MANFRED BAUMANN

# Zauberflötenrache

**SCHLUSSTON** »Der Hölle Rache kocht in meinem Herzen ...« singt Anabella Todorova als Königin der Nacht in Mozarts Zauberflöte bei der Opernpremiere der Salzburger Festspiele. Doch den Schlusston erreicht sie nicht mehr. Sie bricht mitten in der berühmten Arie tot zusammen. Herzversagen? Unfall? Mord?

Martin Merana muss hinter den Kulissen der Salzburger Festspiele und im Society-Milieu der Festspielstadt seine Ermittlungen vorantreiben.

Gibt es eine Verbindung zwischen der toten Sängerin und dem mutmaßlichen Betrug mit gefälschten Meistergeigen, von dem Merana hinter vorgehaltener Hand erfährt? Immerhin soll eine junge Geigerin, die von Anabella Todorova gefördert wurde, zu den Geschädigten gehören. Hat der spektakuläre Tod der Königin der Nacht gar mit den aufgebrachten Tierschützern zu tun? Oder kocht da die Rache im Herzen eines Mörders, den Merana noch gar nicht kennt?

*Manfred Baumann, geboren 1956 in Hallein/Salzburg, arbeitet seit 30 Jahren beim ORF (Österreichischer Rundfunk) als Redakteur und Moderator. Derzeit ist er Leiter der Programmgestaltung/Kreativredaktion und Leiter der Volkskultur im ORF-Salzburg. Er hat einen Lehrauftrag an der Uni Salzburg inne, daneben ist er auch als Autor, Regisseur und Kabarettist tätig. www.m-baumann.at. Manfred Baumann ist auch auf Facebook.*

Bisherige Veröffentlichungen im Gmeiner-Verlag:
Wasserspiele (2011)
Jedermanntod (2010)

MANFRED BAUMANN

# Zauberflöten-rache

*Meranas dritter Fall*

GMEINER
*Original*

Personen und Handlung sind frei erfunden.
Ähnlichkeiten mit lebenden oder toten Personen
sind rein zufällig und nicht beabsichtigt.

Besuchen Sie uns im Internet:
www.gmeiner-verlag.de


Im Ehnried 5, 88605 Meßkirch
Telefon 0 75 75/20 95-0
info@gmeiner-verlag.de

2. Auflage 2012

Lektorat: Claudia Senghaas, Kirchardt
Herstellung: Julia Franze
Umschlaggestaltung: U.O.R.G. Lutz Eberle, Stuttgart
unter Verwendung der Bilder von: © E. Spek - Fotolia.com
Druck: GGP Media GmbH, Pößneck
Printed in Germany
ISBN 978-3-8392-1302-5

*für meine tochter doris, der ich schon immer eine zauberflötengeschichte schreiben wollte. jetzt ist es halt diese geworden.*

# PROLOG

»Mord?« fragte eine Frau in der ersten Reihe erstaunt. »Aber der wird doch gar nicht ausgeführt!«

»Das ist richtig«, erwiderte der Mann am Podium. »Aber es gibt immerhin einen eindeutigen Auftrag dazu.« Auf der großen Leinwand hinter dem Vortragenden erschien ein Kollier mit wertvollen Preziosen. Über den Freiraum in der Mitte der Halskette blendete sich ein alter vergilbter Theaterzettel mit der Ankündigung der Uraufführung.

»Die Zauberflöte, meine sehr geehrten Damen und Herren, ist ein Schmuckstück aus vielen unterschiedlichen Perlen. Sie ist ein Sammelsurium, ein Mosaik, und zugleich ein genialer Wurf der Operngeschichte. Und zudem zeigt sie auch Facetten einer Kriminalstory, nämlich Entführung, Nötigung, versuchte Vergewaltigung und Anleitung zum Mord. Ich habe diesen Aspekt auch nur deshalb angesprochen, weil ich eben unter uns einen Herrn ausgemacht habe, den ich persönlich sehr schätze, und den man in einem Vortrag über die kulturgeschichtlichen Wesenszüge der Zauberflöte nicht unbedingt vermuten würde. Ich freue mich aber, dass er hier im Saal sitzt. Es ist der Leiter der Abteilung Mord/Gewaltverbrechen der Bundespolizeidirektion Salzburg, Kommissar Martin Merana.« Der Mann auf dem Podium hob die Hand zum Gruß. Nahezu alle Köpfe der Zuhörenden in der gut gefüllten Großen Aula der Salzburger Universität drehten sich nach hinten. Merana saß in der vorletzten Reihe und fühlte sich ein wenig unbehaglich. Er kannte Professor Ulrich Peterfels, Dozent für Kunstgeschichte und Semiotik, aus einem seiner Fälle. Er war beeindruckt vom Fachwissen des Mannes. Aber er hätte auf diese wohl nett gemeinte Geste der Aufmerksamkeit gerne verzichtet. Zum Glück erschien auf der Leinwand ein neues Bild, welches das Interesse der Zuschauer wieder nach vorne lenkte. Man sah den Ausschnitt einer Theaterbühne. Ein junger Mann in reich besticktem Kostüm stand etwas unbeholfen neben einem hingestreckten drachenähnlichen Riesenwurm. An der Seite des Jünglings zeigten sich drei Frauen in langen bunten Gewändern und ein Kerl mit Federn am ganzen Leib. Die fünf Personen hatten ihren Blick nach oben gerichtet. Über der Gruppe schwebte eine weitere Frau mit einem sternenbesetzten Diadem auf dem Kopf. Sie hielt den Fuß majestätisch auf eine Mondsichel gestützt.

»Auf den ersten Blick haben wir ein Märchen vor uns.« Ulrich Peterfels deutete zur Leinwand. »Tamino, ein Prinz aus fernen Landen, gelangt unversehens ins Reich der sternflammenden Königin der Nacht. Diese bittet ihn, ihre Tochter zu retten, die von einem bösen Dämon namens Sarastro entführt wurde. Tamino macht sich auf die Reise, begleitet von Papageno, einem kauzigen Naturburschen und Vogelfänger.« Ein neues Bild ersetzte das vorige. Der junge Mann, Prinz Tamino, hielt nun eine Flöte in der Hand. Der Vogelmensch schlug mit einem Stab auf ein silberfarbenes Glockenspiel. Im Hintergrund war eine große gläserne Pyramide zu erkennen, hinter der die Sonne aufging. Vor der Pyramide, bestrahlt vom hellen Licht des Gestirns, stand eine Gruppe von Männern. An der Spitze war der große graubärtige Oberpriester auszumachen, der in seiner weißen Toga fürstliches Gehabe zur Schau stellte. »Schon bald nach dem Anfang kippt die Zauberflöten-Geschichte,« fuhr der Vortragende in seinen Erklärungen fort. »Die Dinge verkehren sich ins Gegenteil. Sarastro, so stellt sich heraus, ist kein Bösewicht sondern der Erste einer Gruppe priesterähnlicher Männer, die im Tempel der Weisheit wohnen. Er hat Pamina nur entführen lassen, um sie vor ihrer Mutter zu schützen, die sich in der zweiten Hälfte der Oper als die Böse entpuppt. Tamino und Pamina bestehen die ihnen abverlangten Prüfungen und werden ein Paar. Der Waldmensch Papageno findet seine gleichgesinnte Papagena. Tamino wird als zukünftiger Herrscher in die Runde der Weisen aufgenommen. Die rachsüchtige Königin der Nacht wird am Schluss vernichtet.«

Die Leinwand zeigte nun eine riesige Sonne, die über einem kleinen verblassenden Mond dominierte.

»Schon in der Anlage der Zauberflötengeschichte als Märchen steckt das Prinzip der uralten mythologischen Auseinandersetzung von Gut und Böse, von Tag und Nacht, von Licht und Dunkelheit. Sarastro ist der Vertreter des Lichtes, symbolisiert durch die Sonne. Die Königin der Nacht steht für das Dunkle, ihr Zeichen ist der sich wandelnde Mond. Es ist nicht weit hergeholt, wenn wir am Bruch innerhalb der Zauberflötenhandlung eine Schnittstelle vom Matriarchat zum Patriarchat festmachen. Spuren dieser gewaltsamen Umkehrung finden wir heute noch in vielen Märchen und Legenden.«

»Könnte man die Auseinandersetzung Männlich-Weiblich in der Zauberflöte nicht auch genderpsychologisch betrachten, wie es manche Regisseure immer wieder andeuten?« Die Frage kam von einem Mann mit randloser Brille, der sich unentwegt Notizen machte.

»Auch diese Sichtweise ist angebracht. Ich lege Ihnen allen den außergewöhnlich stimmigen Zauberflöten-Film von Ingmar Bergmann ans Herz. Bergmann sieht darin die tödliche Feindschaft zwischen Sarastro und der nächtlichen Königin als Folge einer gescheiterten Ehe.«

»Dann sollte man sie allesamt zu einer Familienaufstellung schicken!« rief ein bulliger Mann aus der letzten Reihe laut nach vor. Heiterkeit machte sich im Saal breit. Auch der Professor zeigte sich amüsiert.

»Damit haben Sie gar nicht so unrecht. Die Konstellation zwischen Sarastro, Pamina, Tamino und der Königin wäre garantiert auch ein interessantes Betätigungsfeld für einen Therapeuten. Aber lassen Sie mich fortfahren, Ihnen zumindest in Ansätzen näher zu bringen, welche Aspekte noch in der Zauberflöte zu finden sind. Emanuel Schikaneder, der Textautor, war wie Mozart Mitglied der Freimaurer. Die Prüfungen, die Tamino in der Oper bestehen muss, erinnern an Aufnahmerituale, die in den Logen der Freimaurer üblich sind. Manche Regisseure bauen diese Verbindung auch in ihre Bühneninterpretationen ein durch das Verwenden von Freimaurersymbolen: Dreiecke, Pyramiden, Winkel, Zirkel.« Er beschäftigte sich kurz mit seinem Laptop, suchte die passende Datei. Gleich darauf zeigte die Leinwand Beispiele der angesprochenen Freimaurersymbole. Am Schluss der Serie erschien wieder eine Sonnenscheibe. Vor diese Scheibe schob sich jetzt ein Bild, das vielen Leuten im Saal vertraut war. Eine junge Frau mit entblößten Brüsten schwenkte eine Standarte auf einem Schlachtfeld. Der Vortragende lieferte die Erklärung zur Darstellung.

»Die Zauberflöte entstand 1791, während der Zeit der französischen Revolution, zwei Jahre nach dem Sturm auf die Bastille. Spuren des radikalen Denkens über eine neue politische Weltordnung, basierend auf den Ideen der Aufklärung, stecken auch in der Oper.«

»Also mir kommen diese Eingeweihten mit ihrem selbstgefälligen Getue wie ein großer Haufen Sprüche klopfender Machos vor.«

Schallendes Gelächter brach aus, in das sich bald Pfiffe aus dem hinteren Teil des Saales mischten. Eine Frau mit auffallendem grünem Halstuch drehte sich um. Von ihr war die Bemerkung gekommen. Sie zeigte den pfeifenden Männern in den letzten Reihen den Stinkefinger.

»Ich stehe nicht an, Ihnen in diesem Punkt beizupflichten, Gnädigste.« Der Universitätsgelehrte versuchte die Aufmerksamkeit wieder auf seinen Vortrag zu lenken. »Selbst der Naturbursche Papageno ist nicht ganz frei von machoiden Zügen. Wobei wir schon beim nächsten Mosaikstein der Zauberflöte sind, dem Wiener Vorstadttheater. Der Vogelfänger ist die lustige Figur im Geschehen, ein Federn tragender Verwandter des Hanswurst aus der Tradition des Volksschauspieles.«

Ein überdimensionaler Papageno erschien auf der Leinwand, der mit offenem Mund und leicht heraushängender Zunge auf eine kokette Papagena blickte, die ihm neckisch das gefiederte Hinterteil entgegenstreckte. Wieder zog leises Lachen durch den Raum.

»Und was ist jetzt mit dem Krimi?« rief ein dunkelhaariges Mädchen aus der Mitte des Saales. Erneut drehten viele ihre Köpfe in Richtung Merana. Der bereute allmählich, hergekommen zu sein. Ihm war das Ganze peinlich.

»Ja, darob wollen wir natürlich nicht vergessen.« Professor Peterfels trat an den vorderen Rand des Podiums. »Beginnen wir mit Straftat Nummer Eins: Entführung. Sarastro lässt Pamina in seinen Palast bringen. Auch wenn diese Verschleppung im Nachhinein als gute Tat umgedeutet wird, so geschah es doch gegen ihren Willen. Zweitens: Nötigung und versuchte Vergewaltigung. Monostatos, der Anführer der Mohrensklaven in Sarastros Diensten, will Pamina zur Liebe zwingen. Die Szene, in der er sich über die schlafende Prinzessin beugt, um ihr einen Kuss zu rauben, dürfen Sie ruhig etwas drastischer sehen. Damals konnte man das nicht realitätsnahe auf die Bühne bringen. Und schließlich haben wir noch einen klaren Auftrag zum Mord. Die Königin der Nacht versorgt ihre Tochter Pamina mit einem Dolch und stiftet sie unmissverständlich an, Sarastro zu töten. Sie sehen also, meine Damen und Herren, unser geschätzter Kommissar Merana hätte in der Geschichte der Zauberflöte eine ganze Menge zu ermitteln.«

Wie schnell sich diese scherzhaft gemeinte Bemerkung des Zauberflöten-Experten bald in Wirklichkeit verwandelte, hätte Merana zu diesem Zeitpunkt nicht erahnen können. Er war nicht als Kriminalist hier. Er war wie alle anderen gekommen, um sich die vielen interessanten Details erklären zu lassen, die in der Zauberflöte steckten. Immerhin war diese Oper das Highlight der diesjährigen Salzburger Festspiele. Die Premiere würde in drei Tagen über die Bühne gehen.

»Und all diese unterschiedlichen, manchmal sogar widersprüchlichen Teile werden zusammengehalten durch ein einziges vielstimmiges Band, durch die unvergleichliche Musik des Genies Wolfgang Amadeus Mozart. Sie macht aus dem Bühnenspiel das, was wir an dieser Oper so schätzen: Ein berührendes Kunstwerk.«

Der Professor drückte auf eine Taste an seinem Laptop. Der Beamer des großen Vortragssaales schickte ein neues Bild auf die riesige Leinwand. Sterne flammten auf. Eine Aufnahme des Weltalls war zu sehen. Mitten in der

Ansammlung der Sterne erschienen durch Überblendung die Konturen eines seltsamen Metallgebildes, mit großer Antennenschüssel und teleskopartigen Spinnenbeinen.

»Das, meine Damen und Herren, ist die Raumsonde Voyager Eins, die zusammen mit Voyager Zwei im September 1977 von der NASA ins Weltall geschickt wurde.

Mit an Bord hat jede der Voyager-Sonden eine goldene Schallplatte.«

Das Bild der Raumsonde verschwand, dafür blendete sich eine golden glänzende Scheibe über den Sternenhimmel.

»Diese Datenplatte enthält auch eine interstellare Gebrauchsanweisung, mit deren Hilfe etwaige exterrestrische Wesen den Inhalt entschlüsseln könnten.«

Eine weitere Scheibe wurde sichtbar. Auf ihr waren Kreise, Linien, gezackte Wellen und andere Symbole zu erkennen. Nach ein paar Sekunden erschien wieder das Foto der ersten goldenen Scheibe.

»Auf der Platte finden sich nicht nur Bilder vom Leben auf dem Planeten Erde und Grußbotschaften in 55 Sprachen. Hier sind auch 27 Musikstücke verewigt. Unter diesen Stücken ist auch die Arie der sternflammenden Königin der Nacht.«

»Eine Arie der Rache als Botschaft der Erde für das gesamte Weltall?« Die Frage kam von der Frau mit dem Halstuch. »Da werden sich die Marsmännchen schön bedanken.« Der Vortragende lachte. »Ja, ich kann Ihre Verwunderung verstehen, gnädige Frau. Der Inhalt der Arie ist für einen Gruß an interstellare Freunde tatsächlich etwas erklärungsbedürftig. Aber die Musik gehört zum Wunderbarsten, das wir Menschen dem Kosmos zu bieten haben.«

»Von wem ist die Aufnahme? Wer singt die Arie?« Es war wieder das schwarzhaarige Mädchen, das sich meldete.

Der Vortragende zögerte kurz mit der Antwort. Dann sagte er bedeutungsvoll:

»Sie ist die vielleicht bedeutendste Königin der Nacht aller Zeiten, zusammen mit Anabella Todorova, die heuer bei den Salzburger Festspielen in dieser Rolle zu sehen ist.«

Die goldene Schallplatte verschwand auf der Leinwand. Aus der Tiefe des Weltraumes tauchte ein Punkt auf, der sich schnell vergrößerte und schließlich zum Leinwand füllenden Gesicht einer Frau wurde. »Edda Moser«, riefen mehrere Personen gleichzeitig im Saal.

»Sehr richtig. Und jetzt stellen Sie sich vor, meine Damen und Herren, Sie wären Milliarden Kilometer von der Erde entfernt, tief im Weltall, und fänden die Voyagersonde. Sie würden den Abspielcode entschlüsseln und dann diese wunderbare Musik hören.«

Das Licht ging langsam aus. In die Dunkelheit hinein sang die Königin der Nacht.

*Der Hölle Rache kocht in meinem Herzen,*
*Tod und Verzweiflung flammet um mich her!*
*Fühlt nicht durch dich Sarastro Todesschmerzen,*
*So bist du meine Tochter nimmermehr.*
*Verstoßen sei auf ewig,*
*Verlassen sei auf ewig,*
*Zertrümmert sei'n auf ewig*
*Alle Bande der Natur*
*Wenn nicht durch dich Sarastro wird erblassen!*
*Hört, Rachegötter, hört der Mutter Schwur!*

Em Ende der Arie leuchteten nur mehr die Sterne auf der Leinwand. Applaus setzte ein, die Zuhörer in der großen Aula klatschten. An diese und viele andere Momente des eben Gehörten würde Martin Merana in den kommenden Tagen noch oft denken.

# SAMSTAG, 25. JULI, 8.40 UHR

*facebook / florababy 08:40*

der hölle rache kocht in meinem herzen …

he, leute, seid ihr schon unter den lebenden? oder döst ihr immer noch auf der matratze? ich bin schon seit halb acht uhr voll am beat und zieh mir aus dem internet die zauberflötenfacts rein. aber ehrlich, mädels, so ganz behirne ich die story immer noch nicht: warum macht die doofe königin zuerst auf supermummy und dann auf voll krasse zicke? wahrscheinlich habt ihr blinddüsen keinen blassen schimmer, wovon ich da quatsche? heute abend ist der mega event angesagt: zauberflöten-premieeeere!!! und eure coole flora ist voll dabei. directly at the show! yeahh!

aber jetzt ganz ehrlich: so richtig geilen bock hab ich auch wieder nicht auf zweieinhalb stunden herumgekreische nach noten. doch ich freue mich irre auf die vielen schicken leute! hey, ich sag's euch: was ich da schon gestern abend auf der metatollen party für hippe klamotten gesehen habe!!! mamma mia, glitzerfummeln zum niederbrechen. bin echt happy, dass mummy mit mir noch das geile lila kleid bei der fashion week in berlin gekauft hat. und heute abend mache ich ganz auf hollywood: da werfe ich mich in das brickfarbene, mit dem schmetterling am ausschnitt. yeah mädels, da sieht die kleine flora dann aus wie sexy christina aguilera.

und jetzt reibt euch gefälligst den sand aus den sehdeckeln: denn ich poste euch hier bilder von der fete gestern abend, – sponsorenparty von moda sabarella. megacool!

tschüssischmatz!

eure flora

noch was:

ich bin sowas von urhappy, dass ich diesen wettbewerb gewonnen habe. diese schnuckelige stadt hat das totale italoflair. und so kann florababy hier jede menge spass haben und muss nicht mit euch im freibad rumhängen und sich von den pusteligen knallköpfen anwanzen lassen!

hehehe …

nochnochwas:

der hölle rache kocht in meinem herzen! aber brutalo! wenn ihr nicht sofort aus der kiste krabbelt, und mir antworten postet! ich schmeiß mich jetzt ins getümmel. hoffentlich hat emina heute mehr trillerlaune als in den vergangenen tagen!

Wenn das ein Märchen war, dann war sie Rapunzel. Und die Stadt, die sich am anderen Ufer des Flusses im magisch hellen Licht der Morgensonne rekelte, war die Residenzstadt, in der ihr Prinz lebte. Eine schönere Stadt konnte es gar nicht geben.

Einer majestätischen Krone gleich prangten die weißen Mauern der Burg auf dem Haupt des Festungsberges. Darunter, als funkelnder Kontrast zum satten Grün der Festungshöhe, blitzten die Kuppeln und Türme der Kirchen, leuchteten die Dächer und Fassaden der hohen Bürgerhäuser von Salzburg. Fabienne Navarra machte behutsam einen Schritt nach vorn und legte ihre schmalen Hände auf die Querverstrebung des Eisengeländers. Das Metall fühlte sich heimelig an, erwärmt vom Sonnenlicht. Sie beugte sich vorsichtig über die Brüstung und blickte nach unten. Am Salzachufer herrschte schon rege Betriebsamkeit, Spaziergänger und Radfahrer waren in beiden Richtungen unterwegs. Doch keine Spur von einem Prinzen war auszumachen, weder hoch zu Ross noch zu Fuß. Auch kein Prinz auf Inlineskates. Ein Mopedfahrer rauschte eben vorbei. Selbst der hatte nichts Prinzenähnliches an sich. Sah von hier oben eher aus wie eine Qualle mit Helm. Was würde sie machen, wenn plötzlich tatsächlich da unten am Eingang des Hauses ein Prinz erschiene? Ihre kastanienbraunen Haare reichten ihr zwar bis an die Hüften, aber für Rapunzels Zopf, an dem man hochklettern konnte, fehlte doch einiges. Mindestens zehn bis zwölf Meter schätzte sie. Immerhin stand sie auf der Dachterrasse eines Hauses, das vier Stockwerke hoch war. Ein helles Lachen drang zu ihr herauf. Auf dem Gehweg an der Salzach lief eine junge Frau hinter zwei kreischenden Kindern her. Ein Mädchen und ein Junge. Beide trugen grellgelbe T-Shirts, verziert mit bunten Federn. Fabienne stimmte in das Lachen mit ein, winkte den herumtollenden Kindern zu. Aber die hatten keinen Blick für sie. Die Stadt lag im Zauberflötenfieber. Die Kleinen waren gewiss unterwegs zum nahe gelegenen Zauberflötenspielplatz im Park von Schloss Mirabell. Dort lud einer der Festspielsponsoren, eine internationale Handelskette, zum Papageno-Schminken. Zu Mittag, so hatte Fabienne gelesen, würde sich sogar noch Maximilian Glocker, der Papageno der Festspiel-Zauberflöte, zum gemeinsamen Fotoshooting einfinden. Vielleicht sollte sie sich diesen Spaß auch gönnen, überlegte sie und schaute den beiden ausgelassenen Kindern noch eine Weile nach. Dann richtete sie ihren Blick wieder nach oben, auf das Ensemble der Stadt ihr gegenüber. Seit sie vor drei Tagen hier angekommen war, saugte Fabienne Navarra das prächtige Stadtbild jeden Morgen in sich auf. Sie hatte Salzburg bisher nur von Fotos gekannt. Aber dieser Blick übertraf jede Abbildung. Jedes Mal war sie von diesem Anblick aufs Neue überrascht. Heute schien das alte Frauenkloster Nonnberg, auf der linken Seite des Festungsberges, über den Dächern zu schweben. Die weit entfernten Berge hinter dem Kloster flimmerten fast überirdisch. Die geschwungene Kuppel des barocken Klosterturmes zeigte sich durch das seitlich einfallende Sonnenlicht gläsern. Sie musste lächeln.

Sie ließ ihre Augen wie bei einem Kameraschwenk über die barocke Stadtlandschaft gleiten. Bei einer großen dunklen Kuppel, die sich vom Blau des Himmels abhob, machten ihre Augen Halt. Wie hieß diese Kirche doch gleich? Der Name fiel ihr nicht ein. Aber unmittelbar dahinter, das wusste sie, lag der Festspielbezirk. Ihr Herz begann mit einem Mal schneller zu schlagen. In drei Tagen würde sie dort, im Haus für Mozart, auf der Konzertbühne stehen. Sie, Fabienne Navarra aus dem kleinen Altstätten in der Schweiz gab ihr Debüt bei den weltberühmten Salzburger Festspielen! Und das drei Tage vor ihrem 16. Geburtstag. Sie nahm die Hände vom Geländer, griff nach einer unsichtbaren Geige, spielte ein paar schnelle Läufe, hielt inne und stellte sich vor, wie nach dem Schlussakkord der Applaus aufbrandete. Schon im September folgte das Konzert in der New Yorker Carnegie Hall, das auch die Todorova-Stiftung eingefädelt hatte. Und zu Weihnachten dann auch noch der Auftritt in London. Das Gespräch, das sie vor einem Monat in einem Münchener Caféhaus geführt hatte, fiel ihr ein. Wenn das Projekt mit der Fernseh-Serie auch noch klappte, dann würde sie bald nicht mehr auf die Stiftung angewiesen sein. Dann würde sie ihre eigenen Pläne verwirklichen können. Sie lachte auf und warf noch einen schnellen Blick auf die Straße unter ihr. Immer noch kein Prinz. Auch wenn die Vorstellung wunderbar war, und sie halt nun einmal eine romantische Natur hatte, so brauchte sie in Wahrheit keinen blondgelockten Reiter hoch zu Ross. Sie schaffte es auch so. Ihre langen braunen Haare flogen wie ein Schleier, als sie sich entschlossen umdrehte und ans Ende der Terrasse lief. In schnellen Trippelschritten eilte sie die steile Treppe nach unten in die kleine Wohnung. Dort griff sie nach der Geige, die auf dem Klavier lag. Das war nicht mehr ein Instrument aus zweifellos guter chinesischer Werkstatt um 3.000 Euro. Das war eine Geige von Guadagnini, dessen Vater bei Antonio Stradivari gelernt hatte. Sie küsste ehrfurchtsvoll den Resonanzkörper, dann schlug sie die Noten auf. »Wolfgang Amadeus Mozart. Konzert für Violine und Orchester Nr.2 in D-Dur KV 211« stand auf dem Titelblatt. Sie brauchte die Noten nicht. Jede Phrase, jeder Melodiebogen, jeder Orchestereinsatz waren ihr in Fleisch und Blut übergegangen. Es war mehr aus Gewohnheit, dass sie die Noten offen liegen hatte, während sie mit geschlossenen Augen spielte. Sie setzte den Bogen an und ließ ihrer Geige die ersten Töne entströmen, die sich bald zur verspielt tänzerischen Melodie des 3. Satzes formten. Rondo. Allegro. Die zierlichen aber kraftvollen Klänge sprudelten durch das geöffnete Fenster und erreichten das nahe Salzachufer. Einige Leute auf dem Spazierweg blieben stehen, versuchten wahrzunehmen, woher plötzlich diese feine Musik kam.

Ist das Mozart?, fragte ein dunkelhaariger Herr mit leicht italienischem Akzent und richtete seinen Blick nach oben zu den geöffneten Fenstern des ockerfarbenen Hauses mit der Dachterrasse. Ja, das ist Mozart, antwortete eine ältere Dame.

Der kleine Junge an ihrer Seite im Papagenokostüm zerrte heftig an ihrer Hand. Ob Mozart oder nicht, das war dem Jungen völlig wurscht. Er wollte zum Kinderschminken. Und zwar gleich. Molto presto.

»Zwei Eier im Glas und eine Melange, wie immer, Herr Kammersänger?«

Der Kellner balancierte ein Tablett mit Getränken über den Köpfen der Gäste, die im Freien saßen. Ferdinand Hebenbronn brummte eine Bestätigung und nahm Platz.

Die Tische auf der Terrasse des Café Bazar waren bis auf zwei alle besetzt. Zwei Männer und eine Frau mit Reiseführern, offenbar asiatische Touristen, steuerten auf einen der unbesetzten Tische zu. Augenblicklich war der Ober zur Stelle und deutete auf das ›Reserviert‹-Schild. »Only inside«, sagte er achselzuckend und deutete in das Innere des Lokales. Doch wer wollte an einem derart prächtigen Sommermorgen schon im Inneren des Caféhauses Platz nehmen? Auch den drei Touristen war ein Platz auf der Terrasse lieber. Hier hatte man die heute tief blaue, mit silbrigen Schaumspitzen gleißende Salzach vor sich und gleich dahinter das leuchtende Panorama der Stadt. Ein Postkartenanblick. Die Asiaten steckten kurz die Köpfe zusammen, schauten noch einmal mit leicht verzweifelter Miene in die Runde. Dann zogen sie ab. Unwürdiger Abgang, bemerkte Ferdinand Hebenbronn. Sonst sind die Japaner zäher im Verhandeln. Aber vielleicht waren es auch Chinesen. Wer konnte das schon unterscheiden. Er wühlte in den Zeitschriften, die ihm der Kellner hingelegt hatte. Auf allen Titelseiten prangten dicke Schlagzeilen und Ankündigungsbilder von der heutigen Premiere. Das lang erwartete Opernereignis der Saison! las er. Salzburg mit Jahrhundert-Zauberflöte! Anabella Todorova als Königin der Nacht und Ferdinand Hebenbronn als Sarastro. Das Opern-Traumpaar auf der Festspiel-Bühne! Traumpaar? Hebenbronn schnaubte. Diese sensationsgeilen selbstgefälligen Schmierfinken hatten wie immer keine Ahnung. Er spürte plötzlich ein leichtes Stechen in den Schläfen. Setzte seine Migräne wieder ein? Hoffentlich nicht. Er durfte nicht vergessen, zur Sicherheit seine Migränetabletten zur Vorstellung mitzunehmen. Zwei ältere Damen näherten sich vorsichtig dem Tisch des Sängers, mit Zauberflöten-Programmheften in den Händen. Hebenbronn legte die Zeitungen beiseite und zog seine Mundwinkel nach außen. Dann ließ er seine Zähne aufblitzen. Seine Fans liebten dieses Lächeln, davon war er überzeugt. Nur die wenigsten bemerkten, dass es nicht mehr seine eigenen Zähne waren, die hier blitzten, sondern die sogenannten »dritten«. Er zog einen silbernen Füller aus seiner Jackentasche, griff wortlos nach den ihm hingestreckten Heften und setzte mit barockem Schwung sein Autogramm auf die erste Seite.

»Vielen Dank, Herr Kammersänger! Und toitoitoi für heute Abend! Wir haben leider keine Premierenkarten. Aber wir sehen Sie dann in der vierten Vorstellung!«

Die Stimmen der beiden Damen überschlugen sich. Hebenbronns Lächeln wurde noch eine Spur breiter. Dann beglückte er die Damen noch mit einem graziösen Kopfnicken. Doch gleich darauf verfinsterte sich seine Miene. Ein Kamera-Team steuerte auf ihn zu. Das Stechen in seinen Schläfen wurde stärker.

»Also Kinder, heute nicht!«, rief er und fuchtelte mit den Händen, als verscheuche er lästige Stadttauben. »Ich will jetzt in Ruhe frühstücken. Von mir aus morgen. Da könnt ihr mich aufnehmen, wo ihr wollt. Vor der Mozartstatue. Im Mirabellgarten. Am Würstelstand. Wo auch immer. Aber jetzt nicht.«

Der sommersprossenübersäte Redakteur im hellen Sakko stoppte und gab den Kameraleuten ein Zeichen. Enttäuscht zog das Team ab. Zum Glück musste er sich nicht mehr von jedem Speichelleckerjournalisten belästigen lassen. Hebenbronn biss genüsslich in das Buttercroissant. Er hatte das lange genug gemacht. War ja auch der steilen Karriere nützlich gewesen. Aber inzwischen war er dort angekommen, wo in griechischen Sagen die Götter hausen. Auf dem Olymp. Wie lange würde er sich dort noch halten können? Eine leichte Unruhe beschlich ihn. Die Kraft seiner mächtigen Bassstimme neigte sich dem Ende zu. Das war ihm schmerzlich klar. Den Falstaff oder den Boris Godunov, zwei seiner Glanzrollen, würde er nicht mehr verlustfrei schaffen. Doch wenn alles gut ging, standen ihm ja noch ganz andere Möglichkeiten offen. Die aufgekommene Unruhe legte sich. Er hob die Tasse und nahm einen kräftigen Schluck Kaffee. Er überlegte kurz, ob er noch in sein Haus am Fuschlsee fahren oder lieber in der Stadtwohnung bleiben sollte. Er entschied sich für die Wohnung. Ein Spaziergang quer durch die Stadt vor der Premiere würde ihm gut tun. Er liebte den Weg von Aigen in die Innenstadt. Meist ging er die Salzach entlang, überquerte den Mozartsteg, und schlenderte dann über Mozartplatz und Residenzplatz bis zum Festspielhaus. Wenn er in der Stadt bliebe, dann könnte der Gärtner heute mit der Arbeit auf dem Fuschler Anwesen beginnen. Er hasste es, sich um solchen Kram kümmern zu müssen. Er nahm sein Handy und wählte die Nummer. Der Gärtner, ein pensionierter Türke, bedauerte, aber heute habe er keine Zeit. Verwandtenbesuch. Da werden sie wieder Hammel braten und die Augen essen, dachte Hebenbronn und merkte, wie sich ihm der Magen verkrampfte. »Na, dann kommen Sie halt morgen«, schnauzte er ins Telefon und trug dem Mann noch auf, er solle sich auch um den Swimmingpool kümmern und um das verbogene Gestänge an der Hollywoodschaukel. Dann vertiefte er sich wieder in der Zeitung.

Er hatte nicht einmal die Hälfte des Porträts über sich im Feuilletonteil gelesen, als sein Handy vibrierte. Vielleicht hat es sich der Türke doch anders überlegt und kommt heute schon, hoffte Hebenbronn. Doch das Display zeigte den Namen »Loretto«.

So früh hatte er mit dem Anruf gar nicht gerechnet.

»Hallo, Stuart. Guten Morgen. Ich hoffe, du hast gute Nachrichten für mich. Alles andere will ich nicht hören.«

»Ich bin dran, alter Freund. Alle habe ich sie noch nicht im Sack, aber die meisten.«

»Wann kommst du nach Salzburg?«

»Morgen Abend. Ich besuche dich in deinem Haus. Und ich bringe dir ein Geschenk mit.«

Loretto hörte sein Gegenüber am Telefon lachen. Es klang schmutzig.

»Wie alt?«

»Den Führerschein darf sie noch nicht machen.«

Hebenbronn spürte, wie sein Mund plötzlich trocken wurde. Er nahm einen Schluck Wasser.

»Sei vorsichtig, Stuart.«

»Bin ich doch immer.«

Er beendete das Gespräch. Eine junge Kellnerin stand vor ihm, das dunkle Haar hochgesteckt. Ihre Augen erinnerten ihn an Kirschen. Sie beugte sich über den Tisch und reichte ihm das Glas mit den weich gekochten Eiern. Die makellos weiße Bluse straffte sich über ihrem festen Busen. Die Knospen der Brüste wölbten sich schwach unter dem Stoff. Hebenbronn merkte, wie ihm heiß wurde. Er stellte sich vor, wie die Knospen der Brüste sich aufstellten, wenn er ihr die Bluse auszöge. Die Kellnerin spürte offenbar seine Unruhe, wurde rot im Gesicht. Sie drehte sich rasch um und eilte davon. Hebenbronn starrte ihr nach. Das Gefühl der Trockenheit im Mund nahm zu. Er griff schnell nach dem Wasserglas und leerte es gierig in einem Zug.

»Herr Kammersänger, dürfen wir Sie kurz stören?«

Die Chefin des Hauses stand vor ihm, zusammen mit einem Kellner.

»Wir möchten Ihnen gerne für Ihre Treue als prominenter Stammkunde danken und ein kleines Präsent überreichen. Zugleich soll es ein Talisman für die heutige Zauberflöten-Premiere sein.« Der Kellner trat vor und überreichte ihm einen länglichen Gegenstand. Das Ding war schwer. Er hätte das Präsent beinahe fallen lassen.

»Wir haben auch einen Spruch aus der Zauberflöte eingravieren lassen. Wir hoffen, unsere kleine Aufmerksamkeit gefällt Ihnen, und Sie beehren uns auch weiterhin.« Er bedankte sich herzlich. Dann stellte er das Geschenk vor sich auf den Tisch. Es war ein steinerner Zylinder, etwa 30 Zentimeter hoch. Eine kleine glatte Säule aus rotem Marmor, die auf einem Sockel stand. In der Mitte war ein Spruch eingraviert.

*Für unseren hochverehrten Stammgast*
*Herrn Kammersänger Ferdinand Hebenbronn*
*In Verbundenheit. Das Team des Café Bazar.*

Darunter entdeckte er die angesprochene Stelle aus der Zauberflöte.

*In diesen heil'gen Hallen*
*kennt man die Rache nicht.*
*Und ist ein Mensch gefallen,*
*führt Liebe hin zur Pflicht*

Er war gerührt. Ja, so sind sie, die Salzburger. Immer charmant und aufmerksam.

Das Orchester setzte ein, zum ersten kräftigen Ruf. Posaunen, Hörner, Klarinetten, Streicher, vereint zu einem vielstimmigen Stoß. Als gälte es, eine Tür aufzumachen.

Und in Meranas Kopf öffnete sich auch ein Tor. Auf seiner inneren Bühne hob sich ein Vorhang. DA-DAMMM. Der zweite Ruf. Ein Doppelschlag. Kurz. Lang. Scheinwerferlicht flammte auf in Meranas Vorstellung. Eine Märchenlandschaft schälte sich aus der Dunkelheit. Bizarre Felsen. Wundersam ineinander verschlungene Bäume. Diamantener Sternenhimmel. So hatte er sich als Kind immer die Zauberflötenwelt vorgestellt. Seine Bilder waren völlig anders als die Darstellungen, die er auf der Leinwand während des Vortrages von Ulrich Peterfels gesehen hatte. DA-DAMMM. Der dritte Ruf. Noch strahlender, noch eindringlicher als die beiden vorausgegangenen. Merana war, geleitet vom Klangzauber der Musik, so in seiner inneren Theaterwelt gefangen, dass er das Handyläuten nicht gleich wahrnahm. Auf seiner inneren Bühne tummelten sich zum Klang der Ouvertüre die Gestalten der Oper: die würdevoll durch den Tempel schreitenden Priester mit Sarastro an der Spitze, dahinter Tamino und Pamina, der Prinz und die Prinzessin, Hand in Hand. In der Ferne, vor der bleichen Sichel des Mondes, die sternflammende Königin der Nacht, die verzweifelt versuchte, Blitze auf die Priester zu schleudern. Auf dem Ast eines Wunderbaumes hockten Papageno und Papagena, die kicherten und einander Blätter zuwarfen. Die Geigen und Kontrabässe hatten schon längst zu ihren rasanten Achtel- und Sechzehntelläufen angesetzt, als sich langsam der störende Ton in Meranas

Bewusstsein grub. Das Geräusch passte so ganz und gar nicht zur Musik. Merana öffnete die Augen, hob missmutig die dicke Bärenreiter Zauberflöten-Taschenpartitur von seinen Knien und legte sie neben sich auf die Couch. Er stand auf. Das Mobiltelefon lag auf der Anrichte. Es war die Großmutter, wie Merana am Display erkannte.

»Hallo, Oma. Ich fahre in einer Stunde weg, um dich zu holen.«

Die Stimme der alten Frau war leicht zittrig.

»Tut mir leid, Martin, aber ich fürchte, es wird nichts aus unserem gemeinsamen Opernbesuch.« Sie fühle sich heute etwas schwach, schon seit dem frühen Morgen, erklärte sie. Sie wolle lieber nichts riskieren. Augenblicklich griff die Sorge nach Meranas Herz.

»Hast du schon den Arzt verständigt?«

»Nein, Martin. So schlimm ist es nicht. Mach dir bitte keine Gedanken. Ich kenne meinen alten Körper. Du weißt, dass ich mich auf die Zauberflöte mit dir gefreut habe. Aber ich muss darauf hören, was mir mein Körper sagt. Bleib heute lieber zu Hause, meint er. Es ist mir zu anstrengend.«

Erst als die Großmutter versichert hatte, dass die Nachbarin daheim sei und immer wieder nach ihr sehe, legte Merana auf. Beruhigt war er dennoch nicht. Die Großmutter hatte vor einigen Monaten einen Herzanfall gehabt, war im Krankenhaus gelegen. Sie hatte sich danach allerdings erstaunlich rasch erholt. Hoffentlich kündigte sich hier kein Rückfall an. In Gedanken versunken setzte er sich wieder auf die Couch. Wen sollte er heute Abend anstelle der Großmutter mitnehmen? Birgit? Ihr Verhältnis war seit einiger Zeit ziemlich angespannt. Umso mehr, als Merana in der Vorwoche ihren gemeinsamen ›Darf-ich-mich-vorstellen?-Tag‹ vergessen hatte. Zum ersten Mal seit er vor sechs Jahren die aufgebrachte Demonstrantin mit der großen Trommel bei einem Einsatz auf dem Salzburger Flughafen getroffen hatte und sie bald darauf eine Beziehung eingegangen waren. Er holte tief Luft und stieß den Atem durch die Nase aus. Er wollte es dennoch versuchen. Er tippte die Nummer. Birgits Reaktion war kühl, reserviert. Er hatte nichts anderes erwartet. Erst erzählte er ihr kurz von der Schwäche der Großmutter, dann stellte er seine Frage. Eine Zeit lang herrschte Schweigen am anderen Ende der Verbindung.

»Ich weiß nicht, Martin, ob es so eine gute Idee ist, mit dir heute in die Oper zu gehen.«

Das wusste er auch nicht, aber jetzt hatte er schon damit angefangen. »Wir könnten danach bei Sandro essen«, fügte er hinzu. »Wir waren schon lange nicht mehr dort.«

Sie fauchte.

»Martin, wir sollten nicht gemeinsam Makkaroni essen, sondern miteinander reden.«

Er schwieg. Aus den Lautsprechern im Raum kam immer noch Musik. Eine Flöte setze zu einer Tongirlande an, unterstützt von Streichern. Das muss jetzt Takt 183 sein, fuhr es Merana unwillkürlich durch den Kopf. Er hatte sich in den vergangenen Tagen gründlich mit der Partitur der Zauberflöte beschäftigt, hatte sogar auf seiner Klarinette die eine oder andere Passage mitgespielt.

»Martin, bist du noch da?« Merana schreckte auf. Birgits Stimme klang scharf. »Hast du überhaupt zugehört?«

»Natürlich habe ich zugehört. Wir sollten keine Nudeln essen, sondern reden.«

Merana ließ die Flöte weiterspielen und fügte mit fester Stimme hinzu:

»Was willst du von mir hören, Birgit?«

Einen Augenblick lang war Stille.

»Die Wahrheit.«

Die Wahrheit? Birgits Stimme hallte in Merana nach wie ein Posaunenruf. Die Wahrheit. Welch großes Wort. Mit einem Mal hatte er das Gefühl, er säße im Präsidium bei einem Verhör. Nur sah er sich auf der anderen Seite des Tisches.

»Welche Wahrheit, Birgit?«

Er konnte ihre Verblüffung spüren, als sie loslegte.

»Welche Wahrheit? Das fragt allen Ernstes der große Ermittler Martin Merana? Der Superbulle, der sich sonst in jeden seiner Fälle verbeißt, bis er sie endlich herausgefunden hat, die alles erklärende Wahrheit.«

Mit einem Mal änderte sich ihr Tonfall. Ihre Stimme klang sanft.

»Welche Wahrheit schon, Martin Merana. Die Wahrheit über dich und mich.

Ich will wissen, was du denkst, was du fühlst. Über uns. Über den derzeitigen Stand unserer Beziehung.«

Er schluckte.

»Die Wahrheit ist dem Menschen zumutbar, Martin.«

Merana konnte Phrasen nicht ausstehen. Selbst wenn sie von einer großen Dichterin wie Ingeborg Bachmann stammten. Er kannte die Textstelle. *Die Wahrheit ist dem Menschen zumutbar. Denn wir wollen alle sehend werden*, hieß es dort. Der Satz war stimmig. Aber er wird zu Tode strapaziert, fand Merana. Er wollte zu einer Erwiderung ansetzen, aber Birgit sagte nur: »Denk bitte darüber nach, Martin.« Dann legte sie auf. Grußlos. Er saß noch eine Weile auf der Couch und starrte in die Luft.

Der Schlussakkord der Ouvertüre verklang. Gleich setzte ein bedrohlicher Ton ein. Unruhige, zerrissene, fahrige Geigenkaskaden kündeten von nahender Gefahr. Ein dumpfer Knall schreckte Merana hoch. Das Handy war ihm aus der Hand gefallen und auf den Teppich geplumpst. *Zu Hilfe, zu Hilfe, sonst bin ich verloren,* tönte es aus den Lautsprecherboxen der Stereoanlage. Tamino, der Prinz aus der Zauberflöte, war auf der Flucht, verfolgt von einer riesigen Schlange. Merana versuchte wieder zu seiner inneren Opernbühne zurückzukehren. Aber es wollte ihm nicht mehr so recht gelingen.

»Nein! Das muss in einer einzigen fließenden Linie geschehen!«

Johannes Stiegler versuchte die Musik zu überschreien. Er gab dem Korrepetitor am Bühnenrand ein Zeichen. Der unterbrach augenblicklich das Klavierspiel. Mit dem Aussetzen der Musik blieb der vordere Teil der Schlange mit dem großen Kopf ruckartig stehen. Der Halt kam offenbar unerwartet, denn der hintere Teil der Schlange stauchte sich zusammen wie eine plötzlich gequetschte Ziehharmonika. Es rumpelte auf dem Bühnenboden. Durch den mit Fransen und Glöckchen behängten Stoff drangen Überraschungsrufe von hellen Kinderstimmen. Der völlig aus dem Gleichgewicht geratene Schwanz der Schlange kippte zur Seite wie ein betrunkener Regenwurm. Das Kreischen in der bunten Schlangenhaut schwoll an. Nur nicht die Nerven verlieren! Johannes Stiegler atmete tief durch. Was ein guter Regisseur in erster Linie brauchte, waren gute Nerven. Er hatte es zwar erst zum Regieassistenten gebracht, aber man konnte nie früh genug damit anfangen, die für eine steile Theaterkarriere brauchbaren Talente zu trainieren. Das Problem mit Geduld lösen, war jetzt angesagt.

»He, spinnt ihr total?«, tönte es zornig aus dem rotgoldenen Kopf der Schlange. Die großen Augen des Ungeheuers wackelten. Dann fuhr der Schlangenschädel ruckartig in die Höhe. Die aufgeklebte Zunge flatterte. Der mächtige Schlangenkopf wurde zur Seite gestülpt. Darunter kam ein anderer Kopf zum Vorschein. Der eines Mädchens mit schwarzen Locken und ebenso dunklen Augen. »Ihr Spinner da hinten müsst anhalten, wenn ich stehen bleibe!« Aus dem völlig zerwühlten Stoffkörper der Theaterschlange zappelten einige Kinderbeine. Zwei verdutzte Gesichter tauchten am Schwanzende auf.

»Schon gut, Tamara«, beruhigte der Regieassistent und hob beschwichtigend die Hände. »Macht ja nichts. Wir fangen noch einmal von vorne an. Alle zurück auf die Ausgangsposition«. Er klatschte in die Hände. Die Schlange, bewegt von Kinderbeinen und Kinderhänden, rappelte sich hoch und torkelte mit zur Seite gekipptem Kopf zurück in den Hintergrund der riesigen Bühne des Großen Festspielhauses. Warum musste der verdammte Darmvirus ausgerechnet jetzt fünf Kinder aus der Zauberflötenschlangengruppe flach legen? Hätte er nicht bis nach der Premiere warten können? Johannes Stiegler verfluchte kurz alle Schicksalsgöttinnen, die er aus seinem umfassenden mythologischen Wissen kannte. Dann griff er zum Funkgerät und gab dem Techniker in der Lichtregie die Anweisung, mit der Lichtstimmung noch einmal vom Einsatz der Arie zu beginnen.

»Keine Panik, Leute, wir kriegen das schon hin.«

Aber sicher nicht gleich beim nächsten Versuch. Das war ihm klar. Dem jungen Korrepetitor und dem erfahrenen Lichttechniker auch. Das würde noch dauern. Zwei der Ersatzkinder stellten sich dermaßen tollpatschig an, dass man sich am liebsten alle Haare ausreißen würde. Johannes hätte ja gerne talentiertere Kinder genommen. Aber der Wink aus dem Direktorium war eindeutig gewesen. Diese Kinder und keine anderen. Immerhin waren das die erlauchten Sprösslinge von zwei angesehenen Salzburger Familien, beide potente Förderer der Festspiele. Johannes holte tief Luft. »Also noch einmal von vorne!«, kommandierte er. »Und denkt daran. Ihr seid eine elegant dahingleitende Riesenschlange, und keine Raupe mit Brechanfall.« Bei Brechanfall fiel ihm der Darmvirus wieder ein. Hoffentlich gab es keine weiteren Ausfälle. Er sah auf die Uhr. 11.30. Noch siebeneinhalb Stunden bis zur Premiere. Nur Geduld, sprach er sich selbst Mut zu. Er hob die Hand. Der Korrepetitor griff in die Klaviertasten. Tamara zog sich den großen drachenähnlichen Plastikkopf mit der grünen Zunge über ihren schmalen Mädchenkörper. Die Schlange setzte sich in Bewegung.

»Zu Hilfe, zu Hilfe, sonst bin ich verloren«, brüllte Johannes Stiegler und lief vor der Schlange her. Heute Abend würde dies natürlich Mogens Sigurdson machen, der Sänger des Tamino. Aber jetzt war er der Prinz. Immerhin kamen sie dieses Mal bis Takt 29, ehe der hintere Teil der Schlange ausscherte und den großen Baum neben dem Kulissenfelsen niedermähte.

*facebook / florababy 11:45*

he, leute, megageilo!!!!!

ihr glaubt nicht, wen ich eben mitten in salzburg gesehen habe!!!

BRAD PITT!!!

schlapfte mal eben so mirnichtsdirnichts aus mozarts geburtshaus!!

BRAD PITT, mädels, echt BRAD PITT!!!

mann, das ist ein anderes kaliber als die gähnaffen, mit denen wir immer rummachen.

und das total krasse: er wird heute abend auch in der zauberflötenpremiere sein!

waoo, da werde ich heute etwas länger brauchen vor meinem picassokasten!

ja, sisters, ihr dürft ruhig vor neid platzen: eure allerbeste und megatollste freundin flora ist heute abend in derselben konzerthütte wie BRAD PITT!

tschüssischmatz.

eure flora

nochwas:

BRAD PITT hat sogar emina kurz aus der kreiselbahn getschippert. das erste smiley, seit ich sie kenne!! ich meine, sie ist halt nun mal eine uncoole socke. sie hat zwar schon einiges in der lampe, ne echte gripstante, aber megalangweilig. läuft immer rum mit einer visage, als hätte ihr der hamster die cornflakes weggeputzt. ich weiß nicht, warum mir moda sabarella ausgerechnet diese trauergummipalme als betreuerin umgehängt hat. kerstin, die mit chiara rumzieht, ist voll super!

naja, florababy wird das kind schon schütteln!

also mädels. macht einen auf mellow und haltet den ball flach!

# SAMSTAG, 25. JULI, 12.15 UHR

»Der sieht ja auch aus wie ein Vogelfänger!«, rief Alois Kendelbacher überrascht und deutete mit der Hand zu der Figur auf dem Brunnen. Aus der Mitte der rechteckigen Brunneneinfassung ragte eine Säule in die Höhe. Darauf stand die Statue eines Fabelwesens, ein beschuppter Mann mit einem Wappenschild und einem mächtigen baumartigen Knüppel. Brunnen und Skulptur befanden sich am Eingang zum Furtwängler Park, gegenüber dem Großen Festspielhaus. Maximilian Glocker stellte lachend sein Weißbierglas auf den tischtuchbehängten Stehtisch.

»Nein, Lois. Das ist kein Vogelfänger. Das ist der sogenannte Wilde Mann, eine Salzburger Sagenfigur.« Er nahm seinen Begleiter am Arm und dirigierte ihn näher an den Brunnen heran. »Schau genau hin. Das sind keine Federn an seinem Körper, sondern Blätter. Er hat eine Laubkrone auf dem Kopf. Wenn er auch kein Vogelfänger ist, ein Naturbursche bleibt er trotzdem. Ein Waldmensch. So wie Papageno.«

Alois Kendelbacher betrachtete interessiert die Skulptur. Ihm war dieser Wilde Mann noch gar nie aufgefallen. Gut, so oft war er auch nicht in Salzburg. Vielleicht drei- oder viermal im Jahr. Geschäftlich. Dann hatte er vorwiegend mit dem Salzburger Heimatwerk zu tun, das in der Nähe des Domes lag. Aber heute hatte er sich hier gegenüber dem Festspielhaus mit Maximilian Glocker getroffen, dem Papageno der Festspielzauberflöte. Heute war Alois Kendelbacher nicht in seiner Eigenschaft als Trachtenschneider in der Stadt Salzburg, sondern als Obmann der ›Vogelfänger

Vereinigung Salzkammergut‹. Die beiden Männer kehrten zurück zu ihrem Stehtisch, der zu der eleganten Bar gehörte, die während der Festspielzeit auf dem großen Platz vor den Festspielhäusern zum Verweilen einlud.

»Es bleibt also dabei, Max. Wir treffen einander morgen um elf Uhr am Papageno-Brunnen. Du kommst in deinem Kostüm. Von uns sind fünf Leute dabei mit umgeschnallten Käfigen. Wir zelebrieren die feierliche Übergabe der Urkunde. Vier Fernseh-Teams haben sich angesagt und jede Menge Fotografen. Und dann ist der Festspielpapageno Maximilian Glocker offizielles Ehrenmitglied der Vogelfänger aus dem Salzkammergut. Alles klar?« Er hielt dem Sänger die Hand hin. Der schlug ein. Das Lachen von Glockers dröhnendem Bass füllte fast den gesamten Platz.

»Natürlich Lois, wie ausgemacht. Noch dazu, wo ihr als Salzkammergut-Vogelfänger jetzt sogar UNESCO Kulturerbe seid.«

Kendelbacher deutete auf das leere Bierglas Glockers.

»Noch eines?«

Glocker winkte ab. »Nein, danke. Erstens habe ich in knapp sieben Stunden Premiere. Und zweitens muss ich jetzt gleich hinüber zum Fotoshooting mit mindestens hundert aufgeregten Nachwuchspapagenos.«

Er gab Kendelbacher die Hand. »Also, wir sehen uns heute bei der Premiere und dann bei der Feier.« Der Trachtenschneider hielt im Händeschütteln inne, wirkte leicht verlegen. »Leider nein, Max. Ich habe keine Karten für die Premiere bekommen. Die war schon fünfmal ausgebucht, bevor der offizielle Kartenverkauf losging. Ich habe gerade noch zwei Karten für die letzte Vorstellung Mitte August ergattert. Ganz oben am Rang, vorletzte Reihe. Aber immerhin bin ich dabei.«

Der Sänger klopfte dem Trachtenschneider und Hobbyvogelfänger auf die Schulter.

»Hättest ja was sagen können, als du mich wegen der Ehrenmitgliedschaft angerufen hast«. Kendelbacher schüttelte den Kopf. Nein, das war nicht seine Art. Das hätte er nicht ausnützen wollen. Der Sänger beugte sich nach vor und raunte ihm ins Ohr. »Kennst du die Zauberflöte?«

»Ja. Ziemlich gut sogar. Die Geschichte mit Papageno und Tamino und all den anderen zu kennen, gehört ja wohl zur Vogelfängerehre.«

»Dann weißt du auch, dass in der Zauberflöte die wunderlichsten Dinge geschehen.«

Kendelbacher nickte. »Ja, aber nur wenn man eine Zauberflöte bei sich hat oder Papagenos Glockenspiel«.

»So ist es,« lachte der Sänger und schlug dem Trachtenschneider mit seiner linken Pranke auf die Schulter. Der hatte kurz das Gefühl, der Wilde Mann sei vom Brunnen herabgestiegen und hätte mit seiner Keule zugelangt.

»Und Lois, hast du zufällig ein Glockenspiel dabei, so wie Papageno?«

»Nein, Max. Leider. Der Vogelmensch im Zauberspiel, das ist deine Rolle. Ich bin nur ein stinknormaler Salzkammergut-Vogelfänger«.

Kendelbacher hatte keine Ahnung, wohin dieses Herumalbern führen sollte. Glocker griff in die Tasche. »Der Papageno von heute braucht kein Glockenspiel mehr, dem genügt ein multifunktionales Handy«.

Er zog sein Telefon aus der Rocktasche, legte es auf den Tisch und drückte eine Taste. Musik ertönte, wie von einem elektronischen Glockenspiel.

*Das klinget so herrlich, das klinget so schön!*
*Tralla lalala trallalalala!*

Zwei Passanten blieben stehen, ein junger Mann und ein Mädchen. Sie begannen sich langsam zur Melodie zu drehen. Ganz so wie die Mohrensklaven in der Zauberflöte, die zum Spiel der Glöckchen tanzen müssen, wie von unsichtbaren Fäden gezogen.

»Siehst du? Es wirkt schon!«, lachte der Bassist und deutete auf das sich beschwingt drehende Pärchen. Andere Passanten hielten nun auch inne und applaudierten.

»Man braucht nur die richtigen Zauberdinge, lieber Lois!« Glocker langte noch einmal in seine Jacke und legte dann ein Kuvert auf den Tisch.

»Bis heute Abend!« Er steckte sein Handy ein, deutete dem jungen Paar gegenüber eine Verbeugung an und schickte sich an, zu gehen. Kendelbacher nahm etwas verwirrt das Kuvert und öffnete den Umschlag. Zwei Karten waren darin. Zauberflöten-Premiere. Logenplätze. Und zwei Einladungen für die heutige Premierenfeier.

»He, Max, wie hast du das zuwege gebracht?« rief er dem davonschreitenden Glocker nach. Der drehte sich noch einmal um und winkte.

»Bedank dich bei Brad Pitt.« Dann eilte der Zauberflöten-Papageno weiter, auf dem Weg zu den Mini-Papagenos. Brad Pitt? Bei diesem amerikanischen Schauspieler? Alois Kendelbacher, der Obmann der Salzkammergut-Vogelfänger, verstand überhaupt nichts mehr.

# SAMSTAG, 25. JULI, 16.35 UHR

Gabriella Thun warf einen gehetzten Blick auf die große Uhr über der Verkaufstheke. Schon so spät? Nicht einmal mehr zweieinhalb Stunden, bis zum Beginn der Premiere. Sie hatte Rita eindringlich gebeten, sich zu beeilen, aber die Chefin von »Ritas Salon« in der Salzburger Innenstadt hatte natürlich zuerst wieder alle ihr zugetragenen Klatschskandale loswerden müssen, von den Bestechungsvorwürfen bis zu den Bettgeschichten, ehe sie sich dazu bequemte, Gabriellas widerspenstigen Strähnen die notwendige Aufmerksamkeit zu widmen. Vielleicht sollte ich doch den Coiffeur-Salon wechseln, überlegte Gabriella, während sie schnell in den großen goldgerahmten Spiegel zwischen den flammend farbigen Strelitzien schaute. Die Frisur war tadellos. Was sie sah, war exquisit genug für eine Festspiel-Opernpremiere. Rita verstand ihr Handwerk. Wenn sie nur nicht immer so viel Zeit mit Tratschen vergeuden würde. Andererseits, von wem sollte Gabriella sonst erfahren, was die High Society hinter Salzburgs verschlossenen Türen so alles trieb? Und bestens informiert zu sein, gehörte auch in ihrer Branche zum Erfolg.

»Frau Chefin schauen wieder super aus. Wie die schicken Damen von die Traumschiff aus Fernsehen.« Das Grinsen im breiten Gesicht der kroatischen Angestellten war ehrlich. Sie hielt Gabriella ein kleines Blumenarrangement hin. »Passt so für Tische?«

Gabriella nickte. »Ja, und wie. Das hast du wieder wunderbar hingekriegt, Iliana.

Seid ihr mit den Gestecken für den Saaleingang auch schon fertig?«

Die Kroatin nickte. »Eine von den großen fehlt noch. Danika hat gehen müssen nach Hause, weil schlecht in Magen. Aber wir schaffen schon.«

»Ich werde euch noch schnell helfen«, entschied Gabriella. Die Angestellte hielt sie am Arm zurück. »Gehen Sie nur, sich machen frisch und umziehen für Oper. Wir bringen schon fertig alleine. Lieferwagen ist auch schon fast eingeräumt.«

Gabriella lächelte. »Was täte ich nur ohne dich, Iliana.« Die Kroatin grinste wieder und machte sich auf den Weg in den hinteren Raum des Geschäftes, wo die anderen Floristinnen die Körbe und Töpfe für den Transport des Blumenschmuckes herrichteten. Jede einzelne der Angestellten war stolz, dass ›ihre‹ Blumen, die Rosen und Lilien von ›Flora Gabriella‹ heute Abend die vielen Gäste der Zauberflöten-Premierenfeier entzücken würden. Iliana überblickte die Blumenpracht.

»Diese Büüüldnis ist bezauband scheeeen« trällerte sie mit kräftiger Stimme und deutete auf das farbenfrohe Gesamtensemble. »Wie noch kein Auge jähhh geseeehn.« Sie lachte. Die anderen applaudierten. Sie hatten sich alle gefreut, dass Iliana die Generalprobe der Oper miterleben durfte. Als Dankeschön für zwölf Jahre Treue bei ›Flora Gabriella‹, für zahllose unbezahlte Überstunden an ungezählten Wochenenden. Die Chefin, die dank mancher Insiderinformation durch die allwissende Rita über beste Beziehungen zum Chef des Kartenbüros verfügte, hatte ihr die Generalprobenkarte organisiert.

Es krachte gewaltig, als Metall auf Metall traf. Die Schnauze des schweren Audi schob sich ruckartig nach oben. Auf der Beifahrerseite explodierte der Airbag. Die sich aufblähende weiße Kunststoffkugel traf die Frau wie ein riesiger Boxhandschuh und drückte sie mit aller Wucht gegen die Rückenlehne des Sitzes. Einige Leute auf dem Platz waren stehen geblieben, als sie den Krach vernahmen.

»Schon wieder einer«, murmelte ein älterer Mann im Trachtenanzug kopfschüttelnd. »Die werden das nie lernen«. Die ersten Passanten, Touristen wie Einheimische, zückten ihre Handys, um das Geschehen im Bild festzuhalten. Der dunkle Audi lag da wie ein gestrandeter Wal. Die Tür an der Fahrerseite öffnete sich ruckartig, ein völlig verdatterter Mann mit Schirmmütze kletterte heraus. Auch das Taxi, das kurz vor dem Audi von der Salzachseite kommend auf den Mozartplatz eingebogen war, hatte angehalten. Der Taxifahrer hatte beim Heranfahren mittels Fernbedienung den Versenkmechanismus des großen Metallpollers aktiviert. Solche Poller schützten seit einiger Zeit an bestimmten Stellen die Salzburger Altstadt vor unbefugter Zufahrt. Kaum hatte das Taxi die Stelle passiert, fuhr der Poller wieder aus der Versenkung nach oben. In den meisten Fällen passierte nichts. Dieses Mal war es anders.

Der Fahrer des dunkelblauen Audi missachtete jegliche Hinweistafeln und Sperrlinien und versuchte, hinter dem Taxi auf den Mozartplatz zu gelangen. Der schnell hochfahrende stählerne Zapfen bohrte sich wie eine Lanze in die Unterseite des Wagens und stoppte ihn. Dunkles Öl rann übers Pflaster, als blute der Wal aus einer unsichtbaren Wunde. Der Haufen der Schaulustigen war inzwischen größer geworden. Aus Richtung Kaigasse näherte sich in schnellem Tempo eine Funkstreife. »Natürlich a Preiss!«, mokierte sich der Mann im Trachtenanzug, als er das Kennzeichen an der demolierten Limousine las. »Die moanen eh, die ganze Stadt ghört eahna. Glauben, sie können mitm Bonzenauto durch die Fußgängerzone rumpeln.«

»Jetzt kriegen S' Eahner wieder ein«, entgegnete eine Frau im hellen Sommerkleid neben ihm. »Helfen S' liaber mit. De arme Beifahrerin ist ja völlig fertig.« Sie löste sich aus der Gruppe der Schaulustigen und ging rasch auf das Auto zu.

»Wer z'blöd zum Autofahren ist, soll dahoam bleiben!«, rief ihr der Trachtenanzugträger nach. »Wurscht, ob er aus Norddeutschland kimmt oder aus dem Burgenland!« Der Mann kannte sich aus. 196 Pollerunfälle hatte es allein im ersten Jahr nach Installierung der automatischen Sperren gegeben. Den Vogel hatte ein Fahrer aus dem Burgenland abgeschossen. Der war an einem Tag gleich zwei Mal gegen einen Poller geknallt. Das wusste der Mann im Trachtenanzug genau. Er las penibel die Statistiken, die das Magistrat in regelmäßigen Abständen veröffentlichte. Dass die meisten Unfälle die Salzburger selbst verursachten, überging er dabei stillschweigend.

»Halt! Da können Sie nicht durch!« So schnell war August Maierhofer in 31 Dienstjahren noch nie aus seiner Portierloge im Großen Festspielhaus aufgesprungen. Er riss die Glastüre auf und rammte einen jungen Mann, der zwei mit Folien überzogene Silbertabletts trug. Der Mitarbeiter der Cateringfirma knallte durch den Ansturm des wild gewordenen Portiers gegen einen hageren Herrn im Frack hinter ihm. Der riss die Arme hoch und versuchte instinktiv, seinen Querflötenkoffer zu schützen. Die Silbertabletts krachten mit lautem Scheppern zu Boden. Zartrote Lachsfilets und dunkle Thunfischröllchen vermählten sich in einer Melange aus Joghurt-Kren-Dressing und Orangenchutney mit kleinen Sachertortenstücken und Bananenschnitten. Der erste Querflötist der Wiener Philharmoniker löste rasch eine Hand vom Flötenkoffer und versuchte, den torkelnden Cateringassistenten an der Schulter zu fassen, um ihn vor dem Hinfallen zu bewahren. Gleichzeitig wurde seine Aufmerksamkeit von seinem frisch polierten rechten Schuh angezogen, auf dem sich zwei Lachsfilets samt Joghurt-Kren-Dressing eingefunden hatten. Für einen Augenblick war er ganz fasziniert von der Farbkombination, dem zarten Rot des Fisches auf der schwarzen Fläche seines Schuhs, kontrastiert vom cremigen Weiß der Soße. Eine Installation von unglaublichem Reiz, wie er fand. Vielleicht sollte er sein Handy zücken, um das zu fotografieren. Aber das pausenlos anhaltende Brüllen in seiner Umgebung riss ihn aus den Betrachtungen. »He, Sie da vorne! Stehen bleiben!« Der aufgebrachte Portier befreite sich vom klammernden Arm des ums Gleichgewicht kämpfenden Cateringjünglings und stapfte nach vorne. Zwei Sacherschnitten wurden zu braunem Matsch. Beim nächsten Portiersschritt spritzte Orangenchutney nach allen Seiten. »Haltet die Frau auf! Die kann da nicht weiter!« Er deutete mit der fuchtelnden Hand auf den roten Haarschopf, der fünf Schritte vor ihm eben zwischen breiten befrackten Musikerrücken verschwand. Einige der Orchesterherren, vom Geschrei hinter ihnen irritiert, drehten sich erstaunt um. Sie sahen den ihnen flüchtig vom Vorbeigehen bekannten Mann aus der Pförtnerloge auf sie zustürmen. Doch leider hatte der völlig entnervte Portier vergessen, dass nach ein paar Metern ein Quergang seinen Weg kreuzte, durch den man von den Parkgaragen ins Festspielhaus kam. Und von dort tauchten nicht nur in diesem Augenblick drei Sängerinnen des Staatsopernchores auf, sondern auch eine Mitarbeiterin des Kartenbüros, die ihren gefleckten Foxterrier an der Leine führte. Die zwei Altistinnen an der Spitze der Gruppe waren schneller in ihren Reaktionen und wichen dem wie ein Büffel heranstürmenden Portier gerade noch aus. Doch die zarte Sopransängerin dahinter hatte keine Chance. Der Büffel rammte sie an der Schulter und stieß sie gegen die Kartenbürodame, deren von vielen Cremeschnitten gestärkter Körper Gott sei Dank wie eine Schutzmatte beim Schirennen funktionierte und den Crash abfederte. Der kleine Terrier fasste den Aufprall der Sopranistin am breiten Busen seines Frauchens dennoch als Angriff auf und begann wütend zu kläffen.

»Sind Sie völlig wahnsinnig, Mann?«

Der schrille Schrei der ersten Altistin drang wie eine Sirene in den Gehörgang des pflichtbewussten, aber völlig aus dem Häuschen geratenen Portiers. Der stoppte augenblicklich und erkannte, was er angerichtet hatte. Seine Gesichtsfarbe wechselte von dunkelrot zu kreidebleich. Er stotterte unverständliche Entschuldigungen und bückte sich nach der Handtasche, die zu Boden gefallen war. Er versuchte Handy, Lippenstifte, Kamm und Autoschlüssel einzusammeln und sich gleichzeitig des kläffenden Hundes zu erwehren, der wütend an seiner Leine zerrte und nach dem Knie des Mannes schnappte. Der Portier erhob sich, gab der schlotternden Sopranistin die Handtasche und drehte sich um. Er sah sich dem jungen Mann in der Jacke der ihm wohlbekannten Cateringfirma gegenüber, der ihm böse dreinblickend einen Vogel andeutete, während einige der hereinströmenden Musiker versuchten, elegant über die hingestreckten Fisch- und Dessertleichen auf dem Boden zu steigen, ohne in Joghurtdressing und Orangenchutney zu treten. August Maierhofer hatte plötzlich das dringende Verlangen, auf der Stelle in den schützenden Bunker seiner Portiersloge zu flüchten, in die Nische unter seinem Schreibtisch zu greifen, die Flasche hervorzuholen und sich einen doppelten Vogelbeer zu genehmigen. Doch das würde wohl keinen allzu guten Eindruck hinterlassen. Und er wollte unbeschadet seine Pension antreten können, was Gott sei Dank in fünf Monaten der Fall war. Also würde er zuerst dem jungen Mann helfen, die Fisch- und Tortensauerei aufzuwischen, sich hundert Mal entschuldigen und dann den Wachdienst verständigen. Der würde die Frau schon finden, die in aller Seelenruhe an seiner Portiersloge vorbei ins Innere des Festspielhauses geschlüpft war. Und in einer halben Stunde würde er ohnehin abgelöst. Da sollte sich dann der Steinmeier um die Sache kümmern. Während er aus seiner Loge Papierrollen und eine Mistschaufel holte, war die Rothaarige längst im Inneren des riesigen Gebäudes mit dem Lift nach oben unterwegs. Zusammen mit vier Chorsängerinnen, einem Beleuchter, einer von der Kostümbildnerin schnell herbeigerufenen Schneiderin und einem Cellisten. Keiner kümmerte sich um die kleine rothaarige Frau mit der großen Umhängetasche. Alle waren von der prickelnden Spannung wegen der bevorstehenden Premiere erfasst. Außerdem begegnete man in den vielen Gängen des Festspielhauses tagtäglich Leuten, die man nicht kannte. Gundi Stiegler hätte sich ohnehin von niemandem aufhalten lassen. Einer wie ihr konnte man nicht einfach den Weg versperren.

»Der Hölle Rache kocht in meinem Herzen, Tod und Verzweiflung …« Sie holte tief Luft, konzentrierte sich auf das hohe B, das es gleich zu erreichen galt. »Tod und Verzweiflung flammet um mich her …« Nicht schlecht. Das »flammet« hatte schon ganz passabel gestrahlt. Für den ersten Versuch beim lockeren Einsingen war Anabella Todorova zufrieden. Aber sie konnte es noch besser, das wusste sie. Sie stand in einem der Probenzimmer im zweiten Stock des Festspielhauses neben dem Klavier. Mit der linken Hand griff sie in die Tasten, ließ einen Akkord erklingen.

D-F-A. Sie liebte diese Arie. Auch wenn sie die Königin der Nacht schon Hunderte Male auf allen großen Bühnen der Welt gesungen hatte, war es jedes Mal aufs Neue ein besonderes Erlebnis. Und sie hatte auch jedes Mal wieder ein wenig Schiss bei diesem Auftritt.

*Das ist die am schwersten zu singende Arie in der Opernliteratur,* hatte eine ihrer Vorgängerinnen in einem Interview gesagt, die berühmte Edda Moser. Anabella Todorova konnte ihr nur beistimmen. Bei keiner Arie hat man so wenig Vorbereitung in der Melodie. Es ging sofort los. Ein kurzer Orchesterschlag und dann ein Schrei, der aus tiefem Schmerz explodierte: Der Hölle Rache kocht in meinem Herzen! Als ob einen ein Tiger anspringen würde. Und die Koloraturen waren wie ein vokaler Drahtseilakt im mörderischen Tempo ohne Netz. Sie schlug einen weiteren Akkord an und stellte sich in Positur. »Fühlt nicht durch dich Sarastro Todesschmerzen, Sarastro Todesschmerzen, so bist du meine Tochter nimmermehr. So bist du, nein, meine Tochter nimmermehr …« Es klopfte. Noch bevor die Sängerin auf das Pochen reagiert hatte, wurde die Tür geöffnet und der Kopf einer jungen Frau erschien.

»Entschuldigung, Frau Todorova, ich will Sie nicht beim Einsingen stören. Ich wollte Ihnen nur toitoitoi sagen, bevor Sie in die Maske gehen.«

»Komm rein, Fabienne.«

Die junge Geigerin huschte ins Zimmer. Sie trug ein helles Abendkleid, wodurch das Kastanienbraun ihrer langen Haare noch besser zur Geltung kam. Am Dekolleté steckte eine Rose. Sie lief auf die Todorova zu und küsste sie flüchtig auf beide Wangen.

»Hast du brav geübt? Maximilian Glocker hat mir erzählt, du wärst bei dieser idiotischen Fotografiererei mit den vielen Kindern gewesen.«

Fabienne Navarra errötete leicht. »Aber nur ganz kurz. Dann habe ich sofort wieder zu üben begonnen.«

Die Sängerin musterte die junge Frau vom kastanienbraunen Haaransatz bis zu den dunklen Ballerinas an ihren Füßen. Fabienne Navarra fühlte sich unwohl dabei.

»Ich will, dass du gleich nach der Vorstellung zu mir in die Garderobe kommst. Ich muss mit dir reden.«

»Worüber?«

»Über München.« Die junge Frau erschrak. Woher hatte die Todorova das wieder erfahren? In diesem Augenblick wurde die Tür mit mächtigem Schwung aufgestoßen.

»Ach, hier bist du, meine Liebe.« Ferdinand Hebenbronn stapfte ins Zimmer. Er bemerkte die junge Frau an Todorovas Seite und blieb stehen.

»Ja, wen haben wir denn da? Unsere blühende Rose.« Er griff nach der Hand der Geigerin, tätschelte sie und drückte seine Lippen darauf. »Ich muss jetzt gehen«, stammelte Fabienne, befreite sich schnell von Hebenbronns feuchter Hand, und eilte aus dem Zimmer. Der Bassbariton starrte ihr nach.

»Finger weg von dem Mädchen, Ferdinand, sonst kriegst du es mit mir zu tun.«

Hebenbronn schaute ihr verschmitzt ins Gesicht. »Aber meine liebe Anabella, du kennst mich doch.«

»Eben, genau deswegen.« Sie drohte ihm mit dem Zeigefinger. Doch sie lächelte dabei. Sie hatten sich immer gut verstanden, bei jeder Produktion. Wie oft hatte er versucht, die Liebesszenen auf der Bühne auch in der Wirklichkeit wahr werden zu lassen. Aber niemals bei Anabella Todorova. Das war mehr Kameradschaft.

»Ist das die junge Dame, die gelegentlich bei den Proben zuschaute?«

»Ja. Das ist Fabienne Navarra, eine äußerst talentierte Geigerin aus der Schweiz, eines der Aushängeschilder meiner Stiftung. Sie hat eine große Karriere vor sich, wenn sie sich an das hält, was ich ihr sage.«

»Wer würde sich nicht daran halten, geliebte Anabella?«

Die Sängerin starrte kurz zur Türe, die von der hinauseilenden Fabienne wieder geschlossen worden war.

»Ich weiß nicht.«

Dann wandte sie sich wieder ihrem Gegenüber zu.

»Was wolltest du, meine lieber Ferdinand? Mir alles Gute wünschen zu unserem 50. gemeinsamen Bühnenauftritt?«

»Das auch, hochverehrte Kollegin. Aber ich wollte noch etwas anderes mit dir besprechen. Heute kommen doch die Marketingleute von dieser Modefirma mit der Kleinen, die den Wettbewerb gewonnen hat. Also ich kann nicht bis zur Premierenfeier bleiben, ich muss gleich nach der Vorstellung weg. Ich habe den Modeleuten gesagt, sie sollen in der Pause in meine Garderobe schauen. Willst du das Meet-and-Greet auch gleich zwischen den Akten hinter dich bringen?«

Die Sängerin schüttelte den Kopf. »Nein, das ist mir zu stressig. Die sollen ruhig nach der Vorstellung antanzen.«

»Wie du meinst, meine Liebe.« Er wandte sich zum Gehen, blieb aber in der offenen Tür noch einmal stehen.

»Ich muss dir noch erzählen, was mir eben Kurioses auf dem Weg zum Festspielhaus passierte. Stell dir vor, ich gehe gerade nichts Böses ahnend über den Mozartplatz. Plötzlich kracht es neben mir. Ich drehe mich um. Was sehe ich? Ein dicker Audi wurde von einem dieser komischen Poller, die in der Altstadt überall aus dem Boden schießen, aufgespießt.«

»Das klingt ja wie in einem schlechten Film. Wurde jemand verletzt?«

»Soviel ich erkennen konnte, nicht. Ich bin kurz nach dem Eintreffen der Polizei gegangen. Hoffentlich ist das kein schlechtes Omen für die heutige Vorstellung.«

»Ach was!«, winkte die Todorova ab, küsste den Kollegen auf die Wange und öffnete ihm die Tür. Mit einer galanten Verbeugung verschwand Hebenbronn.

Was sollte in der Vorstellung schon passieren, nur weil irgendein Autofahrer zu dämlich war, einen hochfahrenden Metallpfosten zu beachten? Sie hatte einige merkwürdige Charaktereigenschaften, das wusste sie. Doch Aberglaube gehörte nicht dazu. Da unterschied sie sich von den meisten im Theaterbetrieb.

Sie schlug wieder einen Akkord am Klavier an. Gleich darauf füllte ihr klarer, schneidender und doch wunderbar voller Sopran den Raum.

»Der Hölle Rache kocht in meinem Herzen, Tod und Verzweiflung …«

# SAMSTAG, 25. JULI, 18.23 UHR

»Jetzt schau dir diesen Rummel an, Martin!« Die Frau an Meranas Seite im schwarzen Kleid war stehen geblieben und deutete auf das unübersichtliche Menschengewirr vor den Festspielhäusern. Uniformierte Polizeibeamte versuchten, die Menge der Schaulustigen auf dem breiten Gehsteig gegenüber den Eingangstoren zurückzudrängen, damit die Limousinen Platz hatten, vorzufahren.

Fotografen und Kameraleute drängten sich in dichten Scharen vor den Ankommenden. Immer wieder gelang es einigen Leuten aus den Zuschauerreihen, unter der Absperrung durchzuschlüpfen und auf die Straße zu eilen. Man wollte den Promis so nahe wie möglich kommen. Einen Schnappschuss mit dem Handy erwischen, vielleicht sogar ein Autogramm zu erhaschen.

»Das ist ja noch irrer als sonst.« Merana war ebenfalls stehen geblieben. Kein Wunder, dass das übliche Spektakel bei der Auffahrt vor den Festspielhäusern heute noch turbulenter war. Diese Zauberflötenaufführung wurde als Jahrhundertereignis angekündigt. Hätte Merana nicht durch seine Ermittlung im Jedermannfall* inzwischen beste Kontakte zur Festspielleitung, wäre er nie an Karten gekommen.

»Ist das nicht der französische Präsident?«, fragte seine Begleiterin. Merana reckte den Hals. Vier dunkel gekleidete Männer mit Sonnenbrillen halfen einem kleinen Mann mit Halbglatze aus einer dunklen Limousine und eskortierten ihn durch das mittlere große Tor. Sieben ausländische Staatsoberhäupter hatten sich für die heutige Vorstellung angesagt,

---

* Jedermanntod

wie Merana wusste, darunter auch der britische Premierminister. Dazu einige adelige Herrschaften mit eindrucksvollen Wappen und elendslangen Vonundzu-Titeln auf den Visitenkarten, und natürlich jede Menge Promis aus Film und Fernsehen. Sogar Hollywoodstar Brad Pitt war heute hier. Merana hatte es zu Mittag im Radio gehört. Angeblich hatte der amerikanische Schauspieler die Hälfte seiner Entourage wieder nach Hause geschickt. Dadurch waren einige Premierenkarten plötzlich frei geworden. Daraufhin wurde das Kartenbüro der Festspiele gestürmt. Aber umsonst. Die begehrten Tickets waren längst auf schwer nachvollziehbaren Wegen vergeben worden. Der Kommissar und seine Begleiterin näherten sich der Menschentraube vor dem Festspielhaus. Irgendwo in der Ferne entdeckte Merana ein auffällig gelbes Transparent, das in die Höhe gehalten wurde, wieder verschwand, dann wieder auftauchte. Er konnte nicht erkennen, was darauf stand. Falls es eine Protestbotschaft an die illustren Premierengäste war, hatten die Demonstranten eindeutig einen schlechten Platz gewählt. Er nahm die Frau an seiner Seite vorsichtig am Arm und steuerte mit ihr durch die Reihen der Uniformierten auf den ersten Eingang zu. Er hatte zu Mittag zwei Mal versucht, Birgit zu erreichen. Doch ihr Handy blieb ausgeschaltet. Daraufhin hatte er seine Stellvertreterin angerufen, Chefinspektorin Carola Salmann. Die hatte ihm zuerst abgesagt, weil sie niemanden fand, der auf Hedwig achtgeben konnte, ihre kleine geistig zurückgebliebene Tochter. Eine halbe Stunde später hatte sie ihm mitgeteilt, es ginge nun doch. Otmar würde bei Hedwig bleiben. Revierinspektor Otmar Braunberger gehörte auch zu Meranas Ermittlerteam. Otmar und Carola waren seine engsten Mitarbeiter. Als sie das Foyer des Großen Festspielhauses erreicht hatten, blieb die dunkelhaarige

Chefinspektorin stehen, stellte sich auf die Zehenspitzen und küsste Merana auf die Wange.

»Ich weiß zwar nicht genau, wie ich zu der Ehre komme, zusammen mit dir die Zauberflötenpremiere zu erleben. Aber ich freue mich riesig.«

Ihre Augen glänzten. »Ich mich auch, Carola«, erwiderte der Kommissar und drückte sie kurz an sich.

»Dann lass uns würdevoll auf die Bar zuschreiten, Martin, wie es sich für High-Society-Premierengäste geziemt. Wir leisten uns jetzt Champagner, egal, was er kostet. Du bist von mir eingeladen. Und keine Widerrede.«

Während Carola sich am Buffet um den Champagner anstellte, überlegte Merana, ob er noch einmal die Großmutter anrufen sollte. Er entschied sich dann dagegen. Er hatte kurz vor dem Weggehen mit ihr gesprochen. Sie hatte ihn beruhigt, es gehe ihr schon viel besser als am Morgen.

›Ich habe mir einen Weißdorntee zubereitet, Martin. Der hilft mir jetzt‹, hatte sie gemeint. Ganz beruhigt war Merana nicht, aber er vertraute auf das Wissen der Großmutter. Sie kannte sich aus mit den verborgenen Kräften, die in allem Lebendigen schlummerten, in den Blättern der Kräuter genauso wie in den Herzen der Menschen. Eine Geschichte aus seiner Kindheit fiel ihm ein. Da hatte ihm die Großmutter erzählt, in den Zweigen des Weißdornbusches lebten Feen. Deshalb wäre es gut, den weisen Frauen ab und zu ein Geschenk zu machen. Eine Feder ins Rankenwerk zu stecken oder ein Stück Stoff an einen der Äste zu binden. Er hatte oft stundenlang vor dem Weißdornbusch in ihrem Garten gehockt, hatte die Hälfte seiner Glasmurmeln und ein ganzes in Streifen gerissenes Taschentuch geopfert, aber er hatte nie etwas Feenähnliches zwischen den Ästen entdeckt.

»Woran denkst du, Martin?« Carola reichte ihm ein Glas Champagner.

»An geheimnisvolle magische Frauenwesen, die in Gebüschen leben.«

Carola sah ihn kurz erstaunt an. Dann hob sie das Glas.

»Na, dann lass uns auf die Feen trinken und ihre Zauberkraft. Kein schlechter Einstieg für eine märchenhafte Oper.«

*facebook / florababy 18:43*

hey, ganz schnell: ich bin in der kulturhütte. großes festspielhaus. sieht aus wie unsere alte schule. nur mega größer! ich dehne mir seit einer halben stunde den hals aus nach BRAD, aber niente! dafür habe ich den französischen präsidenten gesehen. hat zumindest emina behauptet, dass er es war. sieht voll anders aus als im fernsehen. eher schwachmatico als staatenlenker! zwei gläser schampus habe ich auch schon gezwitschert. mann, die haben hier preise, da schnalzt es dir die kullerklunker von den lauschern. aber florababy muss es ja nicht blechen. hehe. ist schon super, wenn man die große wettbewerbs-gewinnerin ist.

tschüssischmatz

eure flora

nochwas:

in der pause soll ich mit emina hinter die bühne zu diesem sarastrosänger.

soll ein echter platzhirsch sein unter diesen operngockeln.

Das Licht im Saal wurde langsam schwächer. Dann schwoll der Applaus an. Wie eine Woge rollte er von den Höhen des Ranges bis in die vorderen Sitzreihen des Parketts. Die Besucher auf den hintersten Plätzen am Rang waren am weitesten von der Bühne entfernt, hatten wenigstens einen Vorteil: Sie sahen von hoch oben als Erste, wenn der Dirigent den Orchestergraben betrat. Kaum hatten sie ihn entdeckt, begann das Klatschen. Der Dirigent hatte inzwischen das Pult erreicht, verbeugte sich tief, drehte sich wieder zu seinen Musikern und hob den Taktstock. Der Applaus verebbte. Mit dem ersten Orchesterschlag der Ouvertüre öffnete sich langsam der Vorhang. Die behutsam aufflammenden Scheinwerfer erhellten den Bühnenhintergrund. Nur ein kleiner Ausschnitt war zu sehen, eine schwach schimmernde Mondsichel, umgeben von fahlen Sternen. Es war das erste Mal, dass Merana die Zauberflöte auf der Bühne erlebte. Er hatte vor Jahren einmal eine Aufführung im Fernsehen gesehen. Er erinnerte sich nur vage daran. Als die Streichergruppen der Wiener Philharmoniker zu den schnellen Achtel- und Sechzehntelläufen ansetzten, war Merana überwältigt von der Brillanz des Klanges. Kein Vergleich zur Aufnahme, die er zuhause hatte. Auch die Zuschauer rings um ihn wurden von der Musik und vom gleich darauf einsetzenden Geschehen auf der Bühne in den Bann gezogen. Einmal kam unerwartet Heiterkeit auf. Die große Schlange, die Tamino quer über die Bühne verfolgte, geriet ins Schleudern und knickte im hinteren Teil kurz ein. Darauf erschien ein erschrockenes Kindergesicht am Schwanzende. Aber die Schlange fing sich wieder. Sie bedrohte Tamino mit hoch aufgerichtetem Kopf und gefährlich flatternder Zunge, bis der Prinz am Ende der Arie in Ohnmacht fiel. Gleichzeitig stürzte auch die Schlange zur Seite. Dieses Mal passte das Umkippen des Riesenwurmes, denn der aufbrausende Gesang und die Zauberkraft der drei plötzlich aus der Versenkung aufgetauchten Damen machten dem Ungeheuer den Garaus. Die Sängerinnen waren exzellent. Jede einzelne des Trios hätte an jedem anderen Opernhaus einen Vertrag als gefeierte Solistin erhalten können. Nebenrollen wie die ›Drei Damen‹ mit erstklassigen Kräften von höchster künstlerischer Qualität zu besetzen, gehörte zum Qualitätsanspruch der Salzburger Festspiele. Die Damen auf der Bühne stritten, wer von ihnen bei dem *holden Jüngling, sanft und schön* bleiben dürfte. Dann rauschten doch alle drei davon, um der Königin der Nacht gemeinsam Bericht zu erstatten.

*Wo bin ich? Ist's Phantasie, dass ich noch lebe?*, stammelte Tamino mit leicht schwedischem Akzent. Gleich darauf setzte die Melodie ein, die jedes Kind kannte. Die naiv verspielte Geigeneinleitung kündigte die Ankunft von Papageno an. Ein freudiges Aufatmen flatterte durch die Reihen der Zuschauer, begleitet von leisen Rufen des Erstaunens, als vier große Eulen einen blumengeschmückten Wagen hereinzogen, auf dem Maximilian Glocker als bunt gefiederter Papageno stand, neben sich einen großen Käfig, in dem allerlei Spielzeugvögel hockten, die mit den Köpfen wackelten. Die Zuschauer klatschten. Auch der schwedische Prinzendarsteller bekundete große Überraschung.

*Der Vogelfänger bin ich ja, stets lustig heißa hopsassa.*
*Ich Vogelfänger bin bekannt, bei alt und jung im ganzen Land …*

Weiter kam er nicht. Als die Geigen nach *alt und jung im ganzen Land* zur Wiederholung der Phrase ansetzten, flog auf der rechten Parkettseite die große Mitteltür auf, und eine Gruppe von Leuten stürmte in den dunklen Saal. Eine schnarrende Stimme dröhnte aus dem Schalltrichter eines Megafons: »Wir protestieren gegen die illegale Praxis der Vogelfänger! Das ist Tierquälerei!« Den Umrissen und der Stimme nach war die Gestalt mit dem tragbaren Lautsprecher eine Frau. Daneben machte Merana im Halbdunkel zwei weitere Gestalten aus, mit vermummten Gesichtern, die ein großes gelbes Transparent in die Höhe hielten. ›Freiheit für die Geschöpfe der Natur!‹ stand darauf. ›Stoppt den Vogelfang!‹ Merana erkannte das Transparent wieder. Es war jenes, das er vor dem Festspielhaus in der Ferne gesehen hatte. An den Türen hinter der protestierenden Gruppe erschienen zwei Saaldiener. Die Gruppe flüchtete nach vorn, in Richtung Bühne. Immer noch krähte die Stimme aus dem Megafon. »Wir protestieren mit Nachdruck dagegen, dass der Papageno der Salzburger Festspiele die Tierquälerei unterstützt!« Die ersten Zuschauer sprangen in die Höhe. Buhrufe wurden laut. Der Dirigent hatte längst abgewunken. Einige Geiger im Orchestergraben waren aufgestanden und lugten über die Brüstung, mehr belustigt als beunruhigt. Das Saallicht ging an. Die Billeteure schafften es, die beiden Vermummten zu fassen. Ein Polizist in Uniform stieß dazu und entwand der Frau das Megafon. Merana kannte ihn. Das war Bert Unterweger, einer seiner Kollegen. Der hatte heute Premierendienst. Die Demonstranten waren elegant gekleidet, die Männer im dunklen Anzug, die Frau in einem grün schillernden Kleid. Alle drei ließen sich widerstandslos abführen. Es blitzte im Saal. Mehrmals. Handys und Fotoapparate wurden aktiviert. An der geöffneten Eingangstür erschien ein Fotograf, den Merana zuvor schon im Foyer gesehen hatte.

Das elektronische Klicken der Kamera drang bis zu ihnen. Als die Saaldiener mit der Gruppe der Demonstranten den Ausgang erreicht hatten, riss sich die Frau noch einmal los und brüllte, dieses Mal ohne Megafon:

»Wer Vögel quält, quält auch Menschen!« Dann wurde sie nach draußen gezogen, und die Türen schlossen sich wieder. Die Frau hatte einen leuchtend roten Haarschopf, das hatte Merana gerade noch gesehen. Das Stimmengewirr im Saal war inzwischen angewachsen. Die Festspielpräsidentin hatte sich erhoben und schickte sich an, die Bühne zu besteigen, um für den bedauerlichen Zwischenfall gerade zu stehen. Doch der Bühnenpapageno hob beschwichtigend die Hand. »Lassen Sie es gut sein, Frau Präsidentin«, sagte er laut. Beim Klang von Maximilian Glockers wohltönender Stimme verebbte die Unruhe im Saal schlagartig. »Gott sei Dank sind wir kein abgeschotteter Hochsicherheitstrakt, wo sich Menschen nicht mehr frei bewegen können. So ein Vorfall wie dieser kann in einer freien Gesellschaft eben passieren. Mozart hätte sicher seinen Spaß daran gehabt. Die Dame hat ihre Meinung geäußert, und wir haben sie zur Kenntnis genommen. Wenn die Zuschauer erlauben, dann beginne ich einfach noch einmal mit der Arie.« Begeisterter Applaus setzte ein. Das Licht im Saal verlöschte, die Präsidentin setzte sich wieder auf ihren Platz. Die Geigen begannen erneut mit dem Vorspiel. Bis zur Pause ereignete sich nichts Ungewöhnliches mehr. Dennoch war immer wieder leichte Unruhe zu spüren. Bei jeder Aktion von Papageno drehten sich Zuschauerköpfe zu den Türen, in ungewisser Erwartung, ob vielleicht wieder eine wild gewordene Tierschützerin mit Megafon in den Saal stürmte. Einmal fegte sogar ein halblauter Aufschrei durch die Reihen der Besucher, als sich tatsächlich eine der großen Türen öffnete.

Doch dieses Mal erschienen keine Vermummten mit Transparent sondern drei Buben, die Tamino an der Hand hereinführten und ihn durch den Zuschauerraum zur Bühne brachten. Das waren die Drei Knaben aus dem Spiel, die dem Prinzen den Weg zu den Tempeln der Eingeweihten wiesen. Der Gang durch den Zuschauerbereich gehörte zur Inszenierung.

*facebook / florababy 20:22*

he, leute – der absolute wahnsinn! ihr glaubt es nicht.

1. BRAD PITT in der nachbarloge!!!! direkt neben florababy!! hab gedacht, mich knutscht der gorilla! sieht aus der nähe noch viel mehr sexy aus als im kino!

2. beim auftritts-song von dem federn-typen (he, sisters, zieht euch schleunigst die zauberflöten-facts rein, damit ihr checkt, wovon ich rede) knallen plötzlich ein paar crazy people in den saal! tierschützer mit transparent und megafon! totale sponti-aktion! da kriegst du zecken, so irre geht's hier zu.

später mehr, muss zu sarastro.

flora

Der unerwartete Zwischenfall mit den Tierschützern war das Pausengespräch an allen Stehtischen, in allen Launchen, auch auf der Straße vor dem Festspielhaus, wo die meisten der Opernbesucher flanierten. Merana und Carola sahen sich nach Bert Unterweger um, konnten ihn aber nirgends entdecken. Sie erkundigten sich bei einem der Kollegen in Uniform, die auf dem Platz vor dem Festspielhaus patrouillierten. Der junge Mann bemühte sich, bestens Auskunft zu geben. Schließlich stand man nicht jeden Tag dem Chef der Kriminalabteilung und dessen Stellvertreterin gegenüber. »Die Frau war offenbar schon vorher im Haus. Haben zumindest die Kollegen gesagt. Zwei der Billeteure haben eine Frau im grünen Abendkleid etwa eine Viertelstunde nach Vorstellungsbeginn am Ende des Foyers zum hinteren Ausgang gehen sehen. Sie wolle nur kurz Luft schnappen, weil ihr nicht gut sei, hat sie den Billeteuren zugerufen. Und sie brauche keine Hilfe, das leichte Unwohlsein wäre gleich vorüber. Die beiden Saaldiener haben sich dann nicht mehr darum gekümmert. Der Portier hat angegeben, die Frau sei zu ihm in die Loge gekommen, habe gefragt, ob er ein Aspirin oder etwas in der Art habe. Er hat in seinem Medikamentenkasten gekramt. Dabei müssen die beiden Männer von draußen ins Haus gekommen sein. Ja, und kurz darauf ging es los.«

»Wo sind die Demonstranten jetzt?«

»Die Kollegen von der Dienststelle Rathausstube haben sie mitgenommen zur Erhebung der Personalien.«

Merana bedankte sich und blickte seine Stellvertreterin an. »Wollen wir etwas trinken? Einen Kaffee?« Die schubste ihn in die Seite. »Komm schon, Martin, mach nicht auf scheinheilig. Ich sehe dir doch an, dass du wissen willst, ob sich das auch tatsächlich so abgespielt hat.«

Der Kommissar grinste. Beide wichen zwei heftig diskutierenden Männern aus, die ihnen entgegen kamen, und machten sich auf den Weg. »Ich hoffe, die sperren das kulturfeindliche Gesindel ein«, schnappte Merana aus dem Gespräch der beiden noch auf. Das Erste, was Merana an der Portiersloge am hinteren Eingang, der zum Karajanplatz führte, auffiel, war der eigenartige Geruch.

»Riecht es hier nach Fisch?« Carola schaute sich um, dann ging sie kurz in die Hocke. Mit einem Taschentuch hob sie etwas Rötliches auf und hielt es Merana unter die Nase. »Lachs?« Die Chefinspektorin nickte.

»Und wenn mich nicht alles täuscht, dann kleben da am Boden auch noch Reste einer Torte.«

Gleich hinter der Portiersloge war eine Glastüre. Die stand meist offen, wie Merana sich von anderen Gelegenheiten erinnerte. Schließlich gingen hier viele Menschen ein und aus. Und selbst wenn die Türe am Abend zu gewesen war, dann hatte die Frau sie sicher offen gelassen, als sie zum Pförtner in die Loge trat. Von der Pförtnerloge durch die geöffnete Glastür bis zur Treppe, die zum Parkett hoch führte, waren es keine 20 Schritte. Merana und seine Stellvertreterin gingen langsam den kurzen Weg ab und sahen sich dabei um. Wenn im benachbarten Pausenfoyer nicht gerade jemand in der Nähe der Tür stand, dann konnte man hier unbemerkt hochgehen.

»Raffiniert!«, sagte Carola anerkennend. Merana stimmte zu. »Die beiden Männer huschen von außen an der Portiersloge vorbei, sind nach wenigen Metern außer Sichtweite. Die Frau im Abendkleid, die ja für eine Besucherin gehalten wird, kommt nach und Trara! Großer Auftritt! Das dauert keine 20 Sekunden.«

»Sie muss im Haus gewesen sein. Wie hätte man sonst draußen wissen können, wann der Vogelfänger auf der Bühne seinen Auftritt hat. Das Timing passte perfekt.«

Merana deutete galant in Richtung Foyer. »Frau Kollegin, die Ermittlung ist abgeschlossen. Lassen Sie uns wieder den Abend genießen.« Sie hängte sich bei ihm ein. Beide steuerten auf das Buffet zu.

Gabriella Thun war nicht nach draußen gegangen wie die meisten der anderen Besucher. Sie stand im Pausensaal des Foyers neben einer der Säulen, schlüpfte abwechselnd aus ihren hochhackigen Schuhen, um die Füße zu entspannen, und nippte an ihrem Espresso. Der groß gewachsene Mann mit der sportlichen Figur, bei dem sich eine schlanke, durchtrainierte dunkelhaarige Frau untergehakt hatte, kam ihr bekannt vor. Der war doch von der Polizei? Irgendein hohes Tier bei der Kripo. Wie hieß der doch gleich? So ähnlich wie eine Stadt in Südtirol. Sie dachte angestrengt nach. Bolzano? Nein. Brixen? Eher auch nicht. Aber sie hatte von diesem Kriminalbeamten schon gehört. Der ging doch mit dieser Abgeordneten von der Bürgerpartei und sollte auch noch ein Verhältnis mit einer Kollegin haben. War die Liebschaft vielleicht die attraktive Braunhaarige an seiner Seite? Eher nicht. Wenn sie sich recht erinnerte, sollte das eine Jüngere sein. Gabriella wurde von einem Ehepaar abgelenkt, das an ihr vorbeischlenderte und betont höflich grüßte. Kommerzialrat Daggenhofer und Gattin. Hohes Tier im Wirtschaftsbund. Beste Salzburger Familie. Er kaufte die riesigen Rosensträuße, die er regelmäßig brauchte, nur bei ihr ein, bei »Flora Gabriella.« Für den Geburtstag der Gattin, wie er immer betonte. Demnach hatte seine Gattin an die 30 Mal im Jahr Geburtstag. Gabriella grüßte zurück. Der Herr Kommerzialrat erlaubte sich ein vertrauliches Zwinkern. Sie war unterrichtet davon, dass die aktuelle Herzdame des Wirtschaftsbosses das Alter von dessen eigener Tochter hatte und malvenfarbige Rosen bevorzugte. Aber das wussten nur sie, ihre kroatische Angestellte Iliana und natürlich Rita. Diskretion war eine weitere Säule ihres geschäftlichen Erfolges. Der Polizist und die hübsche Braunhaarige waren aus ihrem Blickfeld verschwunden. Dafür tauchte ein weiterer Mann auf, von dem sie sicher war, dass sie ihn schon einmal gesehen hatte. Klein und gedrungen, mit einem stechenden Blick, der an einen Habicht erinnerte. Am Kinn hatte er eine auffällige Narbe in Ypsilonform. Woher kannte sie den? Ein Kunde? Möglich. Schade, dass Rita nicht da war. Die wüsste sicher genau, was es mit dem Kerl auf sich hatte. Sie blickte ihm nach. Er verschwand durch den Foyerausgang, der zur Parkgarage führte. Doch kurz vor der Drehtür bog er nach links ab. Da ging es doch zum Lift, mit dem man die Künstlergarderoben erreichte? Das wusste sie von vielen persönlich überbrachten Blumenlieferungen. Vielleicht war der Mann ein Künstleragent. Wie hieß er nur? Sie kam nicht drauf. Zuerst war ihr der Name des Kriminalpolizisten nicht in den Sinn gekommen und jetzt der Name dieses Kerls. Sie seufzte tief. Solche Erinnerungslücken passierten ihr in letzter Zeit öfter. Auch wenn sie stolz war, einen Körper zu haben, um den sie jede Dreißigjährige beneiden konnte. Das Hirn war halt doch fast 20 Jahre älter. Die Pausenglocke ertönte. Gabriella stellte die leere Espressotasse auf das kleine Bord, das an der Säule befestigt war, schlüpfte in ihre High Heels und stöckelte langsam zur großen Mitteltreppe, die zum Parkett führte. Als sie ihren Platz erreicht hatte und sich setzte, blitzte es plötzlich hell durch ihren Kopf. Merana! Genau. So hieß der Polizist. Merana. Naja, von zwei Namen wenigstens einer. 50 Prozent. Man wurde bescheiden mit zunehmendem Alter.

*facebook / florababy 20:54*

*geeeiiiilo! meeeega-geeeiiiilo!*

poste euch foto. sofort anschauen!!! ich und BRAAAAD PIIIIITTT!!!!!

waaaaoooo!! treffe ihn vor der loge. quatsche ihn an!!! ein brutalo body-guard will mich abwimmeln! aber er, ganz auf gentletyp, setzt super-smiley auf!! und lässt emina ein foto machen, yeahhh!!!!

nicht neidig werden, schwestern, euer tag kommt auch noch. das ist meiner!!

eure flora

nochwas:

sarastrotyp war auch nicht so übel. nicht die klasse von BRAD, mehr platzhirsch mit falten. und ein geilspecht. hat mir dauernd in den ausschnitt geguckt. hat gemeint, er hätte leider nie eine tochter gehabt, aber wenn, dann müsste sie so aussehen wie ich. und er würde mich auf der stelle adoptieren und nach amerika mitnehmen. also die totale anmache. falka hat er auch dauernd befummelt. und emina hat wieder die trauergurke raushängen lassen und sich an den cateringtisch verkrümelt. wollte sich nicht einmal fotografieren lassen. wenn ich die jpeg-dateien von der firma kriege, poste ich euch die bilder.

nochnochwas:

bin gespannt, ob die crazy tierschützer auch im zweiten teil die hütte rocken!

Die Aufregung über den Zwischenfall mit den Tierschützern war immer noch zu spüren. Sie legte sich erst, als die ersten Töne des langsamen Marsches erklangen, mit dem der zweite Akt begann. Erhaben, fiel Merana zu dieser Musik dazu ein. Würdevoll. Der Einzug der Priester war allerdings wenig würdevoll. Eher gestelzt, wie Kraniche, die ein Lineal verschluckt hatten. Die Eingänge zu den verschiedenen Tempeln im Bühnenbild waren nur angedeutet durch aneinandergelehnte Säulen, die Merana an überdimensionale Zirkel erinnerten. Die Bilder mit den Symbolen der Freimaurer aus dem Vortrag von Ulrich Peterfels fielen ihm ein. Durch das größte dieser Zirkeltore trat jetzt Sarastro und begann das Gespräch mit der Schar der Eingeweihten. Das Schicksal des Prinzen Tamino stand zur Debatte. Der Eindruck der Gestelztheit blieb auch, als Sarastro das feierlich getragene *O Isis und Osiris* anstimmte, dessen letzte Strophenzeile der Chor der Priester wiederholte. Vielleicht gehörte diese merkwürdige Steifheit der Priester zum Stil der Inszenierung. Merana gefiel sie dennoch nicht. Sie passte so gar nicht zur würdigen Gelassenheit der Musik, in der etwas mitschwang, das mit jener Ruhe zu tun hatte, die zu erreichen im normalen Alltag oft schwer ist. Der weitere Fortgang des Spieles gefiel Merana weitaus besser. Papageno und Tamino, die von den Priestern in den Prüfungstempel geführt wurden, waren ein köstliches Paar. Der schwarze Sklavenaufseher Monostatos, der sich an die schlafende Pamina heranpirschte, brillierte in seiner schillernden Charaktermischung aus intrigantem Voyeur und bedauernswertem armem Teufel. Und dann kam die Szene, auf die alle hier im Saal mit großer Spannung warteten. Monostatos beugte sich zu den letzten Tönen seiner Arie mit gierig zitternden Händen über die malerisch aufs Bett hingestreckte Pamina. Da krachte ein gewaltiger Donnerschlag durch das Theaterrund, mit vielfach verzerrtem Echo. Grelle Blitze zuckten durch die Dunkelheit. Dann erschallte ein herrisches *Zurück!!!* Der arme Mohr prallte nach hinten, zu Tode erschrocken. Mitten in der Szene stand die Königin der Nacht. Ganz plötzlich war sie da gewesen. Es hatte den Eindruck, als schwebe sie zwei Meter über dem Boden. Was für ein Effekt!, dachte Merana. Sie war tatsächlich wie aus dem Nichts ›erschienen‹. Erst als sich Meranas Augen an die neue Lichtstimmung gewöhnt hatten, bemerkte er, dass die Königin auf einer durchsichtigen Säule stand. Dieser Pfeiler musste mit der Sängerin aus dem Bühnenboden hochgefahren sein, während die Zuschauer durch den Donner und die blitzenden Lichteffekte abgelenkt waren. War es eine Täuschung der Sinne, oder hatte die stattliche Anabella Todorova in ihrem weiten sternenbesäten Kleid eben kurz geschwankt? Hatte sie sich kurz an dem schmalen Geländer an der Vorderseite der Säule abgestützt oder hatte es nur so gewirkt? Merana blieb keine Zeit, darüber nachzudenken, denn in diesem Augenblick setzte das Orchester mit Geigentremolo und mächtigem Schlag ein. Und Anabella Todorova, die weltweit gefeierte Sängerin der Königin der Nacht, würde mit der nun folgenden Arie der glanzvollen Zauberflötenpremiere der Salzburger Festspiele die Krone aufsetzen.

*Der Hölle Rache kocht in meinem Herzen. Tod und Verzweiflung …* Das erste hohe G bei *Tod* schallte makellos und strahlend durch den riesigen Saal des Großen Festspielhauses. Wie eine Girlande, an der jeder einzelne Ton glitzerte, perlte die erste Koloratur aus dem Mund der großen Todorova. *Sarastro Todesschmerzen …*

Wieder hatte Merana den Eindruck, die Sängerin habe kurz geschwankt, suchte mit der Rechten Halt an dem kaum wahrnehmbaren, durchsichtigen Geländer. Mit der Linken griff die Todorova sich kurz an den Kopf, der von einem prächtigen Halbmond geschmückt war. *So bist du, nein, meine Tochter nimmermehr.*

Jetzt kam sie, die erste wirklich waghalsige Koloratur. *Aaah-a-ha-ha-a-ha-ha …*

Mitten im Lauf der aberwitzig hohen, stakkatoartig herausgeschleuderten Töne, noch ehe sie das rettende

Ufer des ersten tieferen Tones erreichen konnte, brach die Stimme der Sängerin ab. Die Todorova taumelte zurück, versuchte das Sicherheitsgeländer zu fassen, verfehlte es und kippte nach hinten. Wie ein glänzender, sternenübersäter, riesiger Sack donnerte die Frau auf den harten Bühnenboden. Der kollektive Aufschrei des gesamten Publikums und die energische Bewegung des Dirigenten, der das Orchester stoppte, erfolgten nahezu zur gleichen Zeit. Für einen Herzschlag lang herrschte Stille. Als würde ein riesiges Wesen mit mehr als 2.000 Köpfen den Atem anhalten. Dann passierte alles nahezu gleichzeitig. Carlotta Veitsch, die Darstellerin der Pamina, stürzte zur reglos am Boden liegenden Todorova, gefolgt vom schwarz geschminkten Monostatos. Beide knieten sich neben den starr hingestreckten Körper. Die ersten Zuschauer sprangen auf. Der diensthabende Arzt in der fünften Reihe fuhr aus seinem Sessel hoch und stürmte auf die Bühne, gefolgt von der Festspielpräsidentin und Bernd Unterweger, der heute schon zum zweiten Mal einschreiten musste. Im Bühnenhintergrund erschien ein junger Mann zusammen mit einer uniformierten Rotkreuz-Schwester. Als der Arzt sich über den Körper der Sängerin beugte, senkte sich der Vorhang. Wieder kehrte Stille ein, gespenstische Stille. Der Platz des Dirigenten war leer. Er war wohl auf dem Weg hinter die Bühne. Die Musiker im Orchestergraben saßen fast alle wie angenagelt auf ihren Plätzen. Einer der Kontrabassisten beugte sich zu einem der Bläser und sagte ihm etwas ins Ohr. Ein schwaches Murmeln drang an Meranas Ohr. Links von ihm, vier Plätze weiter, flüsterte eine Frau ins Mobiltelefon. Er kannte die Frau, sie war Journalistin einer Wiener Tageszeitung. Der große Vorhang auf der Bühne bewegte sich. Eine sichtlich gezeichnete

Präsidentin erschien und trat an den Bühnenrand, in der Hand ein Mikrofon.

»Geschätzte Damen und Herren. Es hat sich, wie Sie eben selber mitbekommen haben, ein schrecklicher Unfall ereignet. Wir können Ihnen leider in der derzeitigen Situation nicht sagen, wie es Anabella Todorova geht. Bitte, haben Sie Verständnis dafür, dass wir die Premierenvorstellung zu unserem großen Bedauern abbrechen müssen.« Sie wiederholte das Gesagte auf Englisch, dann auf Italienisch. Die Saaltüren wurden geöffnet. Die ersten Zuschauer erhoben sich und gingen schweigend nach draußen. Als Merana und Carola die Straße erreichten, blieb seine Stellvertreterin stehen. »Willst du hinter die Bühne schauen, Martin?« Er überlegte kurz, dann schüttelte er den Kopf. Bert Unterweger war ein erfahrener Kollege. Er wollte sich nicht unnötig wichtig machen. Alles sah nach einem schrecklichen Unfall aus. Und wenn Ungereimtheiten auftauchten, dann würde er es schon erfahren. »Willst du trotzdem noch mit zu Sandro gehen, Carola? Mir ist zwar jeglicher Appetit vergangen, aber einen Grappa könnte ich vertragen. Oder zumindest ein Glas Rotwein.« Sie nickte und hängte sich wieder bei ihm ein.

*facebook / florababy 22:05*

he, leute! mir bleibt die spucke weg!!!! die geben sich's hier volldick!!

stellt euch vor: ein unfall, mitten auf der bühne!! abbruch. finito. die show ist zuende. die königin mit ihrem sternenfummel ist von ihrer säule gekippt wie ein space shuttle mit schlagseite! sah gar nicht happy aus! checkt die news-foren, mädels, dann erfahrt ihr mehr! ich brauch jetzt was mit energy, und zwar eimerweise!

flora

An einem Samstagabend mitten in der Festspielsaison war das ›Da Sandro‹ normalerweise bis auf den letzten Platz gefüllt. Doch heute entdeckte Merana einige leere Tische, als er mit Carola das kleine Lokal betrat, das man über einen Durchgang zwischen Getreidegasse und Universitätsplatz erreichte. Der Besitzer, Alessandro Calvino, war vor 18 Jahren aus Sizilien nach Salzburg gekommen.

Wegen ›una donna bellissima, die schönste Frau von die ganze Weltkugel‹ wie er auch heute noch bei mancher Gelegenheit betonte. Die *donna bellissima* hatte sich bald darauf mit einem Zahnarzt nach München verdrückt, und Alessandro Calvino war in Salzburg geblieben. Binnen kurzer Zeit hatte er das kleine Lokal mit der besten italienischen Küche der Stadt zum gefragten Treffpunkt gemacht.

»Buona sera, Signora Carola, ciao, Martino. Ich habe schon gehört von eine Gast über die schreckliche Unglück auf Bühne.« Der kleine Italiener reichte Merana und dessen Begleiterin die Hand, dann nahm er das ›Reserviert‹ Schild von einem der Tische und bot den beiden Platz an. »Povera Anabella Todorova! Che sfortuna! Sie ist die allerbeste Norma, was man kann sich vorstellen. Che voce! Eine Stimme zum Fallen auf die Knie. Eine wahre Göttin dell'opera! Ich habe sie gehört eine Mal auch als Amina. Es war wie Wunder auf Erden!«

Sandro war ein glühender Fan der Opern von Vincenzo Bellini, der so wie er selbst auch aus Sizilien stammte. ›Norma‹ war die Lieblingsoper des rührigen Lokalbesitzers. Zu allererst kam für Sandro der unvergleichliche Bellini.

Dann kam lange nichts. Eventuell noch Verdi. Und gleich dahinter Tom Waits und Juliette Greco. Der Musenhimmel des Sizilianers hatte eine eigenartige personelle Ausstattung.

Carola nahm einen Weißwein und Merana wählte einen Nero d'Avola, einen Wein aus der sizilianischen Heimat des Lokalbesitzers. Die anderen Tische mit den ›Reserviert‹ Schildern waren immer noch unbesetzt. »Da werden wohl einige der Premierenbesucher nicht mehr kommen«, sagte Carola leise, als der Wirt ihr den Weißwein reichte. »Ja, ich fürchte, Sie haben Recht, signora.« Er deutete mit der Hand eine bedauernde Geste an und verschwand wieder hinter der Theke. Merana und die Chefinspektorin nippten an ihren Gläsern. Eine Zeit lang herrschte Schweigen. In die gedämpfte Unterhaltung im Raum mischten sich ab und zu kurze laute Worte, Ausdruck von Erstaunen. Die Nachricht vom Unfall im Festspielhaus machte offenbar ihre Runde im Restaurant. Das ›Da Sandro‹ gehörte zu Meranas Lieblingslokalen in Salzburg. Er war in den letzten Jahren regelmäßig hier zu Gast gewesen, meistens mit Birgit. Sein Blick blieb an einem Bild hängen, das ihm gegenüber an der Wand angebracht war. Er mochte dieses Gemälde. Es zeigte einen Blick aufs Meer, von Monte Erice aus, einer kleinen Stadt auf dem gleichnamigen Berg im äußersten Westen Siziliens. Normalerweise fand Merana ein beglückendes Gefühl der Ruhe, wenn er sich in den Anblick des Ölgemäldes versenkte. Aber heute schoben sich immer wieder andere Eindrücke darüber. Er sah die nach Halt ringende Gestalt der sternflammenden Königin, die von ihrer durchsichtigen Säule auf den Boden krachte. Eine laute Männerstimme durchschnitt das Gemurmel im Raum. Merana wandte den Kopf. Jemand hatte den Ton am

TV-Gerät über der Theke eingeschaltet. Zu sehen war ein Nachrichtensprecher des ORF. Hinter ihm erkannte man ein Foto von Anabella Todorova als Königin der Nacht. ›Gefeierte Sängerin tot‹, war als Insert unter dem Bild zu lesen. Der Nachrichtensprecher bestätigte, was Merana und Carola Salman schon erwartet hatten. Die bedauernswerte Todorova war offenbar so unglücklich gefallen, dass sie den Sturz nicht überlebt hatte. Der Sender brachte jetzt Szenenausschnitte aus verschiedenen Opern und danach ein ausführliches Porträt der Sängerin. Anabella Todorova in ihren Glanzpartien als Salome, Lucia di Lammermoor, Violetta in ›La Traviata‹, Dona Anna in ›Don Giovanni‹ und immer wieder als Königin der Nacht, ihrer weltweit gefragten Paraderolle. Merana bewunderte die Leistungen von Profis in jedem Metier. Dass es den Kulturleuten im Fernsehen gelungen war, so schnell ein Porträt der eben Verstorbenen auf den Bildschirm zu zaubern, nötigte ihm Respekt ab.

»Entschuldigen Sie meine Forschheit, Sie sind doch von der Kriminalpolizei, oder?«

Merana wandte seinen Blick vom TV-Bildschirm ab. Der Mann neben ihm war groß, an die zwei Meter. Er trug einen dunklen Anzug mit silberfarbener Krawatte. Die Schädeldecke glänzte kahl in der eher intimen Beleuchtung des Lokales. Nur seitlich am Kopf des Herrn wucherten rechts und links ein paar lockige Strähnen, die wohl ursprünglich einmal braun gewesen waren.

»Ja«, nickte Merana. »Was kann ich für Sie tun?«

»Ich will Sie und Ihre verehrte Begleitung gar nicht lange stören.« Er deutete eine kurze Verbeugung in Richtung Carola an. »Ich möchte Sie nur gerne etwas fragen.«

Merana wies auf einen der freien Stühle an ihrem Tisch.

Der Mann schüttelte den Kopf und blieb stehen. »Glauben Sie, dass es ein Unfall war?« Er zeigte mit der Hand in Richtung Fernsehgerät, auf dem nun eine Reporterin zu sehen war, die offenbar vor dem Festspielhaus Besucher zum tragischen Unglück befragte.

»Warum sollte ich annehmen, dass es keiner war?«

Der Mann griff in die Innentasche seines Sakkos, nestelte eine große, längliche Brieftasche hervor, entnahm ihr eine Karte und reichte sie Merana.

»Vielleicht haben Sie Zeit, mich morgen zu besuchen. Ich möchte Ihnen etwas zeigen. Ich bin davon überzeugt, dass es kein Unfall war.«

Merana schaute kurz auf die Karte. ›Robert Neuenberg. Musiker‹, stand da in altmodisch geschwungenen Lettern. Und eine Adresse: ›Salzburg. Kapuzinerberg 13.‹

»Wollen Sie sich nicht doch setzen und mir und meiner Kollegin jetzt gleich erzählen, was Sie zu der Annahme bringt, der Tod von Frau Todorova sei kein Unfall gewesen?«

Der Mann im dunklen Anzug schüttelte erneut den Kopf. Die Haarfransen flatterten wie kleine Federn.

»Nein, ich muss noch etwas überprüfen. Morgen wäre es mir lieber. Ich bin ein Frühaufsteher. Passt Ihnen fünf Uhr?«

Merana blickte ihn überrascht an. Fünf Uhr? Morgen war Sonntag, der einzige Tag in dieser Woche, an dem er Zeit finden würde, auszuschlafen. Der Mann las das Erstaunen in Meranas Gesicht und fügte rasch hinzu: »Verzeihen Sie, ich vergesse oft, dass andere Menschen anderen Lebensrhythmen nachzugehen pflegen. Wie wäre es mit sieben Uhr, zum Frühstück?«

Merana nickte. Der Mann, auf dessen Visitenkarte

›Robert Neuenberg. Musiker‹ stand, verbeugte sich steif. Es sah aus, als bemühte sich eine antike Straßenlaterne um einen Hofknicks. Dann drehte er sich um und stelzte langsam zum Ausgang des Lokales. Der Kommissar und Carola sahen ihm nach. Der Mann würde in der Reihe der kranichähnlichen Eingeweihten keine schlechte Figur machen. »Was war das für ein merkwürdiger Auftritt an diesem an Überraschungen nicht gerade armen Abend?«, sagte die Chefinspektorin leise. Merana stimmte ihr zu, ebenfalls verwundert zu sein. Er war sich sicher, diesen Mann noch nie gesehen zu haben. Aber wenn seine Andeutung stimmte, dann bedurfte es im Fall der gestürzten Sängerin einer detaillierteren Untersuchung als sie normalerweise bei Arbeitsunfällen üblich war. Er zog sein Handy aus der Tasche und wählte eine Nummer. Eine Minute später bestätigte ihm Kollege Bert Unterweger, was er ohnehin erhofft hatte. Die Staatsanwaltschaft wollte aufgrund der öffentlichen Bekanntheit der Toten und der prominenten Umgebung des Unfallortes auf Nummer Sicher gehen und hatte eine Obduktion angeordnet. Diese sollte noch in der Nacht durchgeführt werden. Zumindest in dieser Hinsicht war Merana beruhigt. Gemäß Vorschrift würde jemand aus der Tatortgruppe seiner Abteilung bei der Autopsie dabei sein. In wenigen Stunden würden sie mehr wissen.

# SONNTAG, 26. JULI, 6.15 UHR

*facebook / florababy 06:15*

good morning, leute! bin voll gebügelt. hey debby, sehe dass du online bist. die anderen sind ja echte ewigkeitsrüssler. bin die ganze nacht vor der glotze rumgehangen. war nix mit schlafen. vielleicht habt ihr es schon mitbekommen: die sternentante ist mausehinüber. kann einem echt leid tun.

für mich heißt das: alles change! totale programmänderung! das beste daran: ich darf länger bleiben!!! hat mir falka gestern abend noch gesteckt, ehe sie nach italien abgedüst ist. am donnerstag ist die nächste zauberflöte, da ist florababy noch einmal dabei. weil mir ja eine ganze zauberflöte zusteht, nicht eine halbe, hat falka gemeint. finde das echt super von moda sabarella.

und jetzt kommt das allerallerbeste: heute abend geht es ab nach mailand! modehäuser, parties, shoppen! und dann nach perugia, in die firmenzentrale! chiara kommt auch mit. kerstin und emina bleiben da. muss man ihnen auch gönnen. brauchen relax-zeit. ist nicht immer easy mit uns!

tschüssischmatz!

eure flora

nochwas: zu mittag gibt's vogelfängerparty in der innenstadt. der papageno-typ kriegt irgendeinen promiplunder umgehängt. vermute, die tierschützer werden wieder heißlaufen! da wäre florababy gerne dabei. aber falka lässt mich nicht. schlechtes image für die firma, hat sie gestern gemotzt. stattdessen muss ich zu aida. hauptprobe! urfaaaad!

ciao debby, ich lege mich doch noch ein stündchen auf die lauscher.

Der spektakuläre Störversuch der Vogelfreunde während des ersten Aktes hatte es in den meisten Zeitungen nur auf die Seiten zwei bis sieben geschafft. Die Titelseiten waren gefüllt mit dem tragischen Unfall auf der Festspielbühne und mit größtenteils hymnischen Nachrufen auf Anabella Todorova. Nur ein kleinformatiges aber auflagenstarkes österreichisches Boulevardblatt hatte beides auf die Titelseite gesetzt, den Todesfall der Sängerin und die Protestaktion der Tierschützer. Der Verfasser des Berichtes ließ sich sogar zu der Spekulation hinreißen, zwischen beiden Vorfällen könnte ein Zusammenhang bestehen. Wäre das tatsächlich möglich?, fragte sich Merana, als er kurz vor halb sieben auf dem Notebook die Websites der Tageszeitungen durchschaute. Neben sich hatte er einen doppelten Espresso auf dem Wohnzimmertisch stehen. Wusste der Verfasser mehr? Oder konstruierte er hier einfach eine spektakulär klingende Theorie, die einer Steigerung der Auflagenzahlen und Onlinezugriffe sicher nicht abträglich war? Ein weiteres Ereignis war ebenfalls ins Zentrum der Aufmerksamkeit der Berichterstatter gerückt, das sonst vielleicht nur auf den Adabei-Seiten Niederschlag gefunden hätte. Heute Vormittag um elf Uhr wollten die Vogelfänger aus dem Salzkammergut am Papagenoplatz ihrem neuen Ehrenmitglied Maximilian Glocker im feierlichen Rahmen eine Urkunde überreichen. Was würde dabei passieren?, fragten sich alle Berichterstatter auf den Kulturseiten genau so wie auf den Chronikseiten, wo es ressortgemäß um Unfälle und Verbrechen ging. Welche öffentlichkeitswirksame Aktion würden sich die aufgebrachten Tierschützer dieses Mal einfallen lassen? Da werden die Polizeikollegen heute wohl einiges zu tun bekommen, vermutete Merana. Da wird es nicht genügen, zwei einsame Streifenbeamten zum Papagenoplatz zu schicken. Er schaltete den Laptop aus und machte sich auf den Weg zum Kapuzinerberg.

Der Kapuzinerberg ist einer der beiden dominierenden Stadtberge in Salzburg. Er liegt gegenüber dem Mönchsberg, an dessen Fuß sich der Festspielbezirk erstreckt. Zwischen den beiden Stadtbergen schlängelt sich das Silberband der Salzach. Die Stadt mit ihren Häusern und Kirchen, Straßen und Plätzen schmiegt sich in den geschützten Raum zwischen den Flanken der Erhebungen wie in ein Nest. Als Merana bei seinem Aufstieg von der Linzergasse her die Höhe des alten Kapuzinerklosters erreicht hatte, machte er kurz Halt. Hier war er oft mit Franziska gesessen, hatte ihre Hand gehalten, sich an ihre schmale Schulter gekauert und den Duft ihrer Haut eingeatmet. Sie hatten sich gegenseitig Weintrauben in den Mund geschoben und gemeinsam Pläne geschmiedet über eine unbeschwerte Zukunft. Daraus war nichts geworden. Denn von einem Tag auf den anderen war plötzlich der Tod an ihrer Seite aufgetaucht, der hohlwangige Knochenmann , den man oft auf Darstellungen findet. Er hatte mit einem einzigen Schlag seiner riesigen Sense all ihre Träume zunichte gemacht. Morbus Hodgkin. Lymphdrüsenkrebs. Es hatte keine neun Wochen gedauert, dann war Franziska tot. Und Merana rannte seitdem mit einer klaffenden Wunde in seinem Inneren herum, einem wunden Tier ähnlich. Als er vor sechs Jahren Birgit getroffen hatte, hatte er geglaubt, es wäre nun besser. War es auch, eine Zeit lang zumindest.

Und dann war ihm plötzlich die Streifenbeamtin Andrea

Lichtenegger über den Weg gelaufen. Das heißt, sie war ihm nicht direkt über den Weg gelaufen, sondern aus dienstlichen Gründen an seiner Seite gestanden, als er sich über ein Unfallopfer beugte.* Und zwei Stunden später war sie an seinen Tisch in der Kantine der Polizeidirektion herangetreten und hatte ihm und seinem Ermittlerteam etwas schüchtern, aber überzeugend, dargelegt, dass sie nicht glaube, dass der arme Obdachlose, der kurz davor bei diesem Verkehrsunfall getötet worden war, ein Mörder sei. Und wieder zwei Tage später war sie bereits an seiner Seite gesessen und hatte mit ihm auf dem Salzburger Domplatz eine Jedermannaufführung erlebt, bis zum abrupten Abbruch wegen eines Unwetters. Er hatte versucht, sich dagegen zu wehren. Aber die Präsenz dieser jungen Frau hatte ihn fasziniert. Obwohl sie seiner verstorbenen Frau nicht im geringsten ähnlich sah, hatte sie ihn immer wieder an Franziska erinnert. Er hatte lange nicht mitbekommen, dass innerhalb der Dienststellen längst getuschelt wurde. Woher auch? Er war Andrea lange ausgewichen. Er hatte sich mit Erfolg dagegen gewehrt, eine Affäre mit einer Frau anzufangen, die seine Tochter sein könnte. Auch wenn er manchmal an ihrem Blick vermutet hatte, dass auch sie nicht abgeneigt war, dass sie einander näher kamen. Immer, wenn er in Andreas Nähe war, fühlte er sich gut. Ihr Lachen, ihre Augen, ihre Gegenwart taten seinem Herzen wohl. Und einmal waren sie sich tatsächlich sehr nahe gewesen. Auf einer umgestülpten Getränkekiste mitten auf dem Platz des Ehrenhofes vor dem Schloss Hellbrunn.** Um sechs Uhr morgens. Bei einer ähnlich zauberhaften Lichtstimmung wie heute. Er hatte ihre Hand gehalten, sie hatte ihren Kopf an seine Schulter gelegt. Mehr war

---

* Jedermanntod
** Wasserspiele

nicht gewesen. Eine Zeit lang hatte er das Gefühl gehabt, das bodenlose Loch in seinem Innern würde langsam weniger dunkel. Nach einer Stunde waren sie aufgestanden und nach Hause gefahren, jeder für sich. Aber diese eine Stunde Gemeinsamkeit, ohne Worte, bei nur gegenseitigem Spüren, gehörte zum Schönsten, was er seit dem Tod seiner Frau erlebt hatte. Danach allerdings war es noch schwerer gewesen. Sich weiterhin aus dem Weg zu gehen, war nicht immer möglich. Das ging schon aus dienstlichen Gründen nicht. Einmal hatte er Andrea zufällig in fröhlichem Gespräch mit einem gleichaltrigen Kollegen von der Streife beobachtet. Die beiden hatten geschäkert, und Andrea hatte dem jungen Mann ganz spontan einen Kuss auf die Wange gedrückt. Er hatte gefühlt, wie ihm beim Anblick dieser Szene ein heißes Eisen durch den Leib fuhr. Ein Schwall von Eifersucht hatte ihn gepackt. Sei kein Narr, Merana!, hatte er sich selbst zugezischt, während er sich schleunigst davonmachte, die Unterlippe fest zwischen seinen Zähnen. Jedes Mal, wenn Andrea und er einander begegneten, auf den Gängen des Präsidiums oder zufällig in der Stadt, war beides da: Die scheue Vertrautheit zwischen ihnen, verbunden mit einem tiefen Gefühl der Unsicherheit. Zugleich hatte er wahrgenommen, wie durch die Begegnungen mit der jungen Frau die klaffende Wunde in seinem Inneren allmählich zu bluten aufhörte. Und im selben Ausmaß begann das Bild von Birgit in ihm immer mehr zu verblassen. Hatte sie das gemeint, als sie davon sprach, sie wolle von ihm die Wahrheit hören? Welche Wahrheit? Es war nichts geschehen zwischen Andrea und ihm. Er hatte sich weiterhin bemüht, mit Birgit so viel Zeit zu verbringen, wie es ihm sein aufwendiger Dienst erlaubte. Vielleicht hatte er nicht immer denselben Enthusiasmus aufgebracht, wie am Anfang ihrer Beziehung. Aber sie auch nicht. Oder doch? War sie mit demselben Elan bei ihren gemeinsamen Unternehmungen gewesen, und er hatte es nur nicht wahrgenommen? Vielleicht. Er wollte ihr nicht unrecht tun. *Die Wahrheit ist dem Menschen zumutbar*. Er wusste, dass er eine Entscheidung fällen musste. Das Richtige zu tun, fiel ihm bei seiner Arbeit leichter. Da hatte er ein fast untrügliches Gefühl, auch bei noch so komplizierten Fällen meist die zielführenden Spuren herauszufinden. Seine Entscheidungen waren für seine Umgebung oft schwer nachvollziehbar. Aber er fällte sie fast immer aus einer tiefen inneren Sicherheit. Nur in der richtigen Einschätzung seiner Gefühlslage Birgit und Andrea gegenüber wusste er nicht ein noch aus. Er stand auf. Vielleicht würde er bald einen Fall am Hals haben, der ihn so beanspruchte, dass für nichts anderes mehr Zeit und Raum blieb. Er wünschte es sich fast. Und dennoch würde er eine Entscheidung fällen müssen. Bald. Das war ihm klar.

Robert Neuenberg empfing ihn in der offenen Haustüre. Heute trug er keinen dunklen Anzug, sondern eine helle Sommerhose und darüber ein dunkles Hemd mit kurzen Ärmeln. »Schön haben Sie es hier«, sagte Merana und deutete in die Runde.

Die Grundmauer des Hauses war offenbar einmal Teil der alten Wehranlage gewesen, die sich vom nahen Kloster aus den Berg entlang gezogen hatte. »Ich schätze den Kapuzinerberg sehr. Bin früher oft hier spazieren gegangen, auch hinüber zum kleinen Franziskischlössl auf der anderen Seite. Es ist einfach wunderbar zu sehen, wie viel Natur hier erhalten geblieben ist, wie wenig verbaut dieser Stadtberg noch immer ist.«

»Das hätte auch anders kommen können«, entgegnete der

Hausherr und ließ Merana eintreten. »Ist Ihnen bekannt, dass Adolf Hitler hier auf dem Kapuzinerberg ein Festspielhaus errichten wollte?«

»Ein Festspielhaus?« Davon hatte Merana noch nie gehört. Er konnte sich dumpf erinnern, dass der größenwahnsinnige Nazi-Führer Pläne gewälzt hatte, als Gegenpol zur Festung Hohensalzburg hier eine Art Gauburg zu errichten.

»Ja, eine Gauburg auch«, sagte Neuenberg, »und dazu ein Festspielhaus und sogar noch ein Stadion. Stellen Sie sich vor, wie dann der geschundene Kapuzinerberg heute aussehen würde.«

Merana wollte es sich gar nicht vorstellen. Er nahm Platz. Das Zimmer war nicht sehr hoch, aber geräumig. An den Wänden waren die Reste der alten Stadtmauer zu erkennen. Die Decke war aus hellem Holz, getragen von dunkel gefärbten Querbalken. In der Ecke stand ein mit Büchern beladenes Klavier, daneben ein schmaler Notenschrank. Oberhalb des Flügels hingen zwei Geigen samt Bögen. An einem der beiden Fenster, durch die man auf die Stadt blicken konnte, befand sich ein Tisch mit einer Bank und zwei Stühlen. Sein Gastgeber hatte bereits zum Frühstück aufgedeckt. Merana bemerkte eine Keramik-Kaffeekanne, aus der es dampfte, daneben Tassen, Teller, ein Körbchen mit Schwarzbrot, Butter und Marmelade.

»Ich bin Vegetarier. Ich hoffe, Sie vermissen nicht Schinken oder Salami zum Frühstück«, sagte der Musiker. Merana war es recht so. Das Brot schmeckte wunderbar, der Duft erinnerte ihn an seine Kindheit auf dem Land.

»Das Brot hole ich mir immer vom Grünmarkt auf dem alten Universitätsplatz. Mit Marmeladen versorgt mich meine Schwester, die lebt in Niederösterreich.«

Während Merana sich Butter aufs Brot strich und auch

bei den Marmeladen wacker zugriff, erzählte ihm sein Gegenüber mehr über das Gebäude, über seine Kontakte zu den Kapuziner-Patres im nahen Kloster und über seine Herkunft. Das Haus gehörte seiner Familie seit über 300 Jahren. Robert Neuenberg stammte von Geigenbauern ab. »Mein Großvater hat hier noch gearbeitet. Ich zeige Ihnen nachher gerne seine bestens erhaltene Werkstatt unten im Keller«. Er berichtete weiter, er habe selbst Geige studiert, aber den großen Durchbruch als Solist nie ganz geschafft. Er hatte viel Kammermusik aufgeführt und in Meisterkursen unterrichtet. Vor einigen Jahren hatte er einen Radunfall gehabt. Dabei wurde die linke Mittelhand völlig zertrümmert. »Karriere beim Teufel. Zum Unterrichten reicht es aber immer noch. Und ich schreibe an einem Werk über die berühmte Geigenbauerfamilie Klotz aus Tirol.« Er deutete zum Klavier, auf dem sich die Bücher häuften. Offenbar Fachliteratur für seine Arbeit.

»Ich habe in Salzburg und in Wien studiert. An der Wiener Musikhochschule traf ich eine äußerst attraktive und hoch talentierte junge russische Sängerin, von der damals schon klar war, dass sie große Karriere machen würde.«

»Anabella Todorova?« Der Geiger nickte. Sehr gut, dachte der Kommissar, wir sind endlich beim Grund meines Besuches angekommen. Neuenberg schob seine Kaffeetasse beiseite und langte nach einem schmalen Heftordner, der auf der Bank lag.

»Herr Kommissar, sagt Ihnen der Name Waldemar Bernhold etwas?« Merana überlegte kurz, dann verneinte er. Sein Gastgeber öffnete den Ordner, entnahm ihm zwei Blätter und legte sie vor dem Kommissar auf den Tisch. Das eine Blatt zeigte das Porträt eines Mannes. Breiter Kopf. Die Augen wie bei einem Raubvogel. Am Kinn hatte der

Mann eine auffällige Narbe. Der Hals war kaum zu sehen. Es wirkte, als säße der Kopf direkt auf den Schultern. Das zweite Blatt war ein Ausschnitt aus einem Zeitschriftenartikel des Nachrichtenmagazins ›Spiegel‹. *Aufgegeigt!*, stand als Headline über dem Artikel. *Geigenhändler Waldemar Bernhold ist der König der Branche!* Darunter waren Bilder, die denselben Mann im Park eines prächtigen Chalets zeigten. In der linken Hand hielt er eine Geige. Die Rechte hatte er um eine vollbusige junge Frau im kurzen Kleid gelegt, die ihn einen ganzen Kopf überragte.

»Das ist Waldemar Bernhold«, begann Neuenberg seine Erklärung. »Er ist der bekannteste und einflussreichste Händler der Welt im heiß umkämpften Markt für alte Streichinstrumente.« Bisher hatte Merana über dieses Geschäftsfeld noch nie nachgedacht. Er hatte sich als Konzertbesucher selten die Frage gestellt, woher die Streicher ihre Instrumente bezogen. Natürlich war ihm bekannt, dass die Solisten der Weltspitze zu ganz besonderen Geigen oder Violoncelli griffen. Zu solchen aus der Werkstatt eines Antonio Stradivari oder eines Nicola Amati. Diese Namen waren ihm geläufig. Aber dass es dafür einen eigenen ›Markt‹ gab, noch dazu einen ›heiß umkämpften‹ war ihm völlig neu. Er lauschte interessiert den Ausführungen.

»In den 1970er Jahren konnten Sie, mit etwas Glück, eine Stradivari vielleicht noch um 300.000 Dollar bekommen. Heute zahlen Sie gut und gerne drei bis sechs Millionen Euro dafür. Und das Interesse an alten Instrumenten steigt ständig. Nicht nur Musiker interessieren sich dafür, auch milliardenschwere Industrielle, die sich schon mal eine Stradivari oder Guarneri als Wertanlage leisten, genau so wie Banken, Versicherungen, Stiftungen. Das ist ein Riesengeschäft. Es gibt fundierte Untersuchungen, die belegen, dass aus der Werkstatt großer Geigenbauer niemals so viele Instrumente kommen konnten, wie angeblich im Umlauf sind.« Davon hatte Merana schon mehrfach gehört, zuletzt bei einem Interpol-Briefing über internationalen Antiquitätenschmuggel.

»Ich weiß, dass einige der Instrumente gefälscht sind.«

»Es sind wohl mehr als einige, Herr Kommissar. Herkunfts-Zertifikate werden von wenigen Firmen vergeben, die auf den Handel mit alten Instrumenten spezialisiert sind. Dazu zählen etwa Beare's in London oder Andreas Post in Amsterdam, und vor allem auch das Unternehmen von Waldemar Bernhold mit den Hauptstandorten Wien, Berlin, Paris und Niederlassungen in Tokyo, Shanghai, San Francisco, Toronto und Moskau.« Die Reihe der Städte hörte sich beeindruckend an.

»Durch ein solches Zertifikat wird der Marktwert eines Instrumentes festgelegt. Und je nachdem, welcher Meisterwerkstatt und welchem Jahrhundert so ein Instrument dann per Expertise zugeordnet wird, kann das schon im Preis einige 100.000 Euro Unterschied machen.«

»Und wie wir alle wissen«, fügte Merana hinzu, »sind nicht alle Menschen unter die charakterlich Standhaften zu zählen, sondern durchaus den Verlockungen der gewinnbringenden Täuschung zugänglich.«

»Das haben Sie trefflich formuliert, Herr Kommissar. Da kann es schon sein, dass eine sehr gut klingende Geige aus einer polnischen Meisterwerkstatt des 19. Jahrhunderts, die gut und gerne ihre 100.000 Euro wert ist, plötzlich zu einem meisterlichen Instrument aus der Werkstatt des seligen Herrn Stradivari aus Cremona wird. Das bringt mindestens das Zehnfache. Und dabei fällt für den anerkannten Fachmann, der die Expertise erstellt hat, auch noch genug ab.«

Merana ließ das Gehörte auf sich wirken. Was hatte nun dieser Mann auf dem Foto, der ›König der Branche‹ damit zu tun? Und wie stand das alles in Verbindung zur toten Sängerin? Neuenberg schickte sich an, es zu erläutern.

»Ich weiß nicht, ob Ihnen bekannt ist, dass die von mir sehr verehrte Anabella Todorova eine nach ihr benannte Stiftung unterhält. Zur Förderung junger hochbegabter Musiker, vor allem Sänger und Geiger. Die Stiftung finanziert die Ausbildung, kümmert sich um Meisterkurse bei Topleuten aus der Branche und stellt auch die notwendigen Instrumente zur Verfügung. Seit kurzem leistet sich die Stiftung auch noch ein eigenes Orchester. Sie können sich vorstellen, dass da ein großer Bedarf an hochwertigen Instrumenten besteht. Wer Anabella Todorova kennt … » Er hielt kurz inne. Ihm wurde bewusst, dass die Sängerin seit dem gestrigen Abend nicht mehr unter den Lebenden weilte. »Wer die gute Anabella kannte, weiß, dass für ihre Schützlinge nur das Beste in Frage kam. Sie wandte sich also an denjenigen in der Branche, der als der Allerbeste gilt, Waldemar Bernhold.«

»Und wo ist der Haken an der Sache?«

»Dazu komme ich gleich. Anabella Todorova beauftragte vor einem halben Jahr die Firma Bernhold, für das neu gegründete Stiftungsorchester und für fünf ihrer Meisterschüler eine Anzahl hochwertiger historischer Instrumente zusammenzustellen, für 30 Millionen Euro. Und das möglichst schnell, denn das neue Orchester und die Solisten sollten bald damit auf der Bühne zu erleben sein. Ein Auftrag dieser Größe ist auch für einen Macher wie Bernhold ein erheblicher Brocken, vor allem in der kurzen Zeit. Doch er hat termingerecht geliefert und kassiert.«

»Und ich vermute, jemand hat plötzlich Verdacht geschöpft, dass dabei nicht alles in Ordnung war.«

»So ist es, Herr Kommissar. Erstens ging es Bernhold in letzter Zeit nicht allzu gut. Er hatte sich bei einigen Käufen und Verkäufen verspekuliert. Und zweitens weckt so ein Riesengeschäft natürlich Neid. Es kamen Gerüchte auf. Anabella wollte sicher gehen, ob hinter den Verdächtigungen mehr steckte, und wandte sich an mich. Mir vertraute sie. Immerhin waren wir Freunde, und ich kenne mich einigermaßen gut aus mit alten Geigen.«

»Und haben Sie herausgefunden, dass die Gerüchte der Wahrheit entsprachen?«

»Leider bin ich mit den Untersuchungen noch nicht ganz fertig. Ich habe mich mit zwei Leuten aus der Branche zusammengetan, die ich für absolut seriös und vor allem kompetent halte. Es ist nicht einfach, eine exzellente Fälschung vom Original zu unterscheiden. Das ist ähnlich wie bei alten Gemälden. Auch da widersprechen einander Experten oft in ihrer Beurteilung. Ich hatte gehofft, Ihnen heute schon ein klares Ergebnis vorlegen zu können.«

»Und Sie glauben, der Unfall von Frau Todorova gestern Abend könnte mit einem möglichen Betrug, der noch gar nicht erwiesen ist, zu tun haben?« Der Mann ihm gegenüber wirkte ein wenig verlegen. »Es könnte doch sein, oder?« Merana hatte da gehörige Zweifel. Der angedeutete Zusammenhang war doch ziemlich weit hergeholt. Bis jetzt sah der Tod der Sängerin nach einem zwar tragischen, aber nicht ungewöhnlichen Arbeitsunfall aus. Der Geigenspezialist legte mit einer Geste des Bedauerns die großen Hände auf den Tisch. »Mehr habe ich bis jetzt nicht, Herr Kommissar. Aber eine Anabella Todorova fällt nicht einfach mitten in der Rache-Arie vom Sockel. Was glauben Sie, welche turnerischen Leistungen die Gute schon in anderen Inszenierungen mit Bravour gemeistert hat? Sie war kerngesund. Bis auf ein paar Migränebeschwerden ab und zu.«

»Könnte Alkohol im Spiel gewesen sein?«

Der große Mann lachte auf. »Nie und nimmer! Und wenn, dann hätte das der guten Anabella auch nichts ausgemacht, glauben Sie mir. Ich kann mich noch an so manche Party aus unserer Studentenzeit in Wien erinnern. Sie und Ferdinand Hebenbronn haben sich damals schon gut verstanden. Und nach Mitternacht ist Anabella regelmäßig mit einer Flasche Wodka angerückt. Herrgott, konnte diese Russin saufen! Und der Hebenbronn hielt auch immer tapfer mit. Mir ist schon nach dem zweiten Schluck schlecht geworden. Am nächsten Tag haben die beiden dann getan, als wäre nichts gewesen und sich nur gegenseitig Tabletten gegen Kopfweh empfohlen.«

»Wenn Sie glauben, der Geigenhändler hätte etwas mit dem Unfall von Anabella Todorova zu tun, dann erhebt sich die Frage, ob Bernhold gestern in der Vorstellung war.«

»Das weiß ich nicht. Ich habe ihn zumindest nicht gesehen.«

In diesem Augenblick vibrierte Meranas Handy. Es war Thomas Brunner, der Chef der Spurensicherung. »Guten Morgen, Martin. Ich bin in der Gerichtsmedizin. Richard ist eben mit der Obduktion der Leiche von Anabella Todorova fertig geworden. Die Todesursache ist eindeutig. Sie starb durch die Gehirnverletzung infolge des Sturzes. Sie hatte sonst keine organischen Schäden, das Herz ist okay. Es gibt auch keine Spuren eines Infektes. Organisch ist der Schwächeanfall also nicht zu erklären. Nachdem Kollege Unterweger gestern bei ersten Befragungen mitbekam, dass die Sängerin unter Migräne litt und vielleicht ein Mittel zu sich genommen hatte, ließ Richard auf Anweisung der Staatsanwaltschaft auch gleich eine toxikologische Analyse durchführen. Sie hatte nachweislich ein Kopfwehmittel eingenommen. Aber was noch viel auffälliger ist: Wir haben im Mageninhalt Spuren eines Barbiturates gefunden.«

Also Reste eines Schlaf- und Betäubungsmittels. Das könnte tatsächlich die Ursache für ihren Schwächeanfall gewesen sein.

»Welches Barbiturat?«

»Phenobarbital.«

Merana kannte diese Arznei. Wird auch als Antiepileptikum verwendet. Bei hoher Dosierung wirkt es tödlich.

»Wisst ihr schon die Menge?«

»Da sind die Analysten noch dran. Ich wollte dich nur jetzt schon informieren. Fürchte, da wird jetzt einiges auf uns zukommen.«

»Danke, Thomas. Mach dich mit deiner Truppe sofort auf ins Große Festspielhaus.

Check die Garderobe der Todorova und auch die Garderoben der anderen. Ich fürchte zwar, ihr werdet nicht mehr viel finden. Aber vielleicht kommen die Putzkolonnen heute später, immerhin ist Sonntag. Wir müssen es jedenfalls versuchen. Ich rufe den Staatsanwalt an.«

»Geht klar, Martin, ich bin schon so gut wie dort.«

»Habt ihr sonst etwas Auffälliges entdeckt?«

»Nein.«

»Danke, Thomas«.

Er steckte das Handy ein.

»Wie ich Ihrem Telefonat entnommen habe, wird sich ein Besuch in der alten Werkstatt meines Großvaters heute nicht mehr einer Verwirklichung zuführen lassen, Herr Kommissar.«

Merana musste trotz des eben Gehörten lächeln. Irgendwie war ihm die umständliche Art der Formulierungen seines Gegenübers sympathisch. »Bedauerlicherweise nicht. Aber ich komme gerne darauf zurück. Ich fürchte, wir werden einander in nächster Zeit noch öfter sehen, Herr Neuenberg. Ich habe eben die Bestätigung erhalten, dass man in Anabella Todorovas Körper ein starkes Schlafmittel gefunden hat. Eine Frage, die wir uns dabei stellen, heißt auch: Könnte sie es selbst genommen haben?«

»Sie denken an Selbstmord? Nie und nimmer. Eine gewisse Exzentrik war ihr schon eigen. Aber einen derart spektakulären Abgang mitten in ihrer Lieblingsarie hätte sie nie gewählt. Außerdem stand sie mit beiden Beinen fest im Leben. Von Melancholie oder Depression keine Spur.«

Merana nickte. Sein Blick fiel wieder auf das Foto des Geigenhändlers. War das eine mögliche Spur? In jedem Fall ein erster Hinweis. Und sie würden jeder noch so kleinen Fährte nachgehen. Wenn in wenigen Stunden publik wurde, dass die berühmte Anabella Todorova auf der Bühne des Großen Festspielhauses nicht durch die Tragik eines Unfalles vom Sockel gestürzt war, sondern dass dabei jemand möglicherweise nachgeholfen hatte, dann würde bald die Hölle los sein. Sämtliche nationalen und internationalen Medien aus allen kunst- und klatschinteressierten Regionen dieser Welt würden sich wie eine Meute auf das Ereignis stürzen. Da würde es bald vorbei sein mit einer Untersuchung in aller Ruhe. Einen kleinen Vorsprung hatten sie bis dahin. Er musste auf der Stelle sein Team einberufen und sich mit der Staatsanwältin absprechen. Gott sei Dank war das an diesem Wochenende Gudrun Taubner. Mit der verstand er sich prächtig.

»Was immer ich dazu beitragen kann, Ihnen bei der

Untersuchung zu helfen, zögern Sie nicht, mich jederzeit anzurufen, Herr Kommissar. Tag und Nacht.«

Merana würde nicht zögern. Er stand auf und verabschiedete sich vom Enkelsohn des alten Geigenbauers, dessen Werkstatt sich immer noch im Keller dieses heimeligen 300 Jahre alten Hauses auf dem Kapuzinerberg befand. In diese Werkstatt einen Blick zu werfen, würde er sich nicht entgehen lassen. Später halt. Jetzt hatte er anderes zu tun.

# SONNTAG, 26. JULI, 10.15 UHR

Polizeipräsident Hofrat Günther Kerner liebte in der Regel die ausschweifende Geste. Er pflegte seine Ausführungen mit dem einen oder anderen klassischen Zitat zu würzen, schon allein, um seine humanistische Bildung zu unterstreichen, die ihm im Elternhaus und im akademischen Gymnasium zuteil geworden war. Er scheute auch vor keinem belehrenden Exempel aus dem reichen Schatz seiner 30-jährigen Diensterfahrung zurück. Ja, hin und wieder streute er sogar den einen oder anderen Witz ein, ob die Gelegenheit nun passte oder nicht. Doch er war auch Profi genug um zu wissen, wann eher knappe Präzision in der Gesprächsführung angesagt war. Und jetzt war sie geboten.

»Also, Kinder, die Lage ist klar. Ein Festspielpromi ist tot. Die High Society ist aus dem Häuschen. Ich werde mich bald der Anrufe nicht mehr erwehren können, von der Landeshauptfrau über die Festspielpräsidentin bis zum Innenminister. Vielleicht ruft auch Putin an, die Dame war ja Russin. Mir ist es persönlich völlig wurscht, wer die gute Todorova mit Barbituraten vollgepumpt hat, ich will nur den Namen wissen. Und zwar so schnell wie möglich!«

Er blickte auf Merana und dessen Team, das im großen Besprechungszimmer im ersten Stock der Bundespolizeidirektion Platz genommen hatte.

»Mir kroch schon so eine ungute Ahnung hoch, als ich da gestern plötzlich die tirilierende Russin von ihrer Säule plumpsen sah«, fügte der Polizeichef noch hinzu. Selbstverständlich war der Herr Hofrat so wie jeder, der zu Salzburgs Promi-Clique gehörte, gestern auch in der Festspielpremiere gewesen. Merana und Carola hatten ihn allerdings nicht gesehen. Bei über 2.000 Leuten kann das schon vorkommen.

»Ich habe noch gestern Abend die gute Frau Taubner angerufen, sie möge unbedingt eine Autopsie veranlassen. Aber unsere hoch talentierte Frau Staatsanwältin hatte schon von sich aus die richtigen Schritte gesetzt.« Merana war neugierig, was die ›hoch talentierte Frau Staatsanwältin‹ selbst zu dieser möglichen Bevormundung ihrer Kompetenzen sagen würde. »Somit liegt es nun wie immer an euch, Licht ins Dunkel der Verwirrung zu bringen. An die Arbeit, meine Lieben. Und ich will über jeden neuen Ermittlungserfolg umgehend informiert werden, Martin.«

Der Kommissar drehte die Augen zur Decke. »Natürlich, Günther, wirst du doch immer.« Der Hofrat setzte sein breites Nussknackergrinsen auf. »Ich wünsche euch viel Glück bei der Arbeit. Erfolg ist wie ein scheues Reh. Der Wind muss stimmen, die Witterung, die Sterne, der Mond. Aber ihr macht das schon.« Ganz ohne Zitat war es also doch nicht gegangen. Damit verschwand der Präsident nach draußen.

Merana schaute auf seine Mitarbeiter. Otmar Braunberger wirkte etwas zerknittert. Er hatte bis spät in die Nacht hinein der kleinen Hedwig Kinderlieder vorgesungen, weil sie partout nicht einschlafen wollte. Als ihm die Kinderlieder ausgingen, war er auf Operettenschnulzen umgestiegen. *Im Salzkammergut, da kann man gut lustig sein* hatte nicht die erhoffte Wirkung erzielt. Erst bei *Dein ist mein ganzes Herz*, in der bassbrummenden Version des gesanglich nur mäßig talentierten Abteilungsinspektors, war das Kind schließlich weggeschlummert. Dafür vermittelte Carola den Eindruck, als wäre sie eben einem Erfrischungsbad entstiegen. Neben seiner Stellvertreterin hatte Thomas Brunner Platz genommen, der über Handy mit den Leuten seiner Tatortgruppe im Festspielhaus ständig in Verbindung war. Sie würden bald noch mehr Leute werden, die Präsidiumssekretärin war schon dabei, die Mitarbeiter aus ihrer Sonntagsruhe zum Sondereinsatz zu beordern. Bevor der Polizeipräsident zu seiner Ansprache erschienen war, hatte Merana die anderen bereits kurz über sein Gespräch mit Robert Neuenberg informiert. Die ersten dringlichen Ermittlungsschritte waren allen klar. Es galt, den Hergang des Todesfalles möglichst exakt zu rekonstruieren, Zeugen zu befragen, Bewegungsprofile zu erstellen. Wer war gestern wann an welchem Platz hinter der Bühne, auf den Gängen, in den Garderoben? Wer hatte was mitbekommen? Eine wahre Sisyphusarbeit. Zunächst mussten die Personen erst einmal aufgetrieben werden. Das waren Hunderte: Orchestermusiker, Solisten, die vielen Sänger aus dem Chor, Techniker, Bühnenarbeiter, Garderobenfrauen. Merana graute bei dem Gedanken. »Konzentriert euch zunächst darauf, herauszufinden, ob Personen hinter der Bühne waren, die normalerweise dort nichts zu tun haben. Lasst auch fragen, ob jemandem eine rothaarige Frau aufgefallen ist. Die Tierschützerin muss schon lange vor ihrem Auftritt im Haus gewesen sein.« Gleichzeitig würden sie so schnell wie möglich das persönliche Umfeld der Sängerin überprüfen. Die zentrale Frage war: Wie kam das Gift in ihren Körper? Vielleicht hatte sie es doch selbst genommen?

»Wie kommt man an Phenobarbital? Ist das schwer zu besorgen?« Er schaute zum Chef der Spurensicherung.

»Nein, Martin. Man erhält es zum Beispiel übers Internet. Früher war Phenobarbital ein gängiges Arzneimittel, wird aber in der Regel heute nicht mehr verschrieben.

Es gehört zu den Substanzen, bei denen man sehr genau auf die Dosierung achten muss. Eine bestimmte Menge ist noch okay, die doppelte oder dreifache kann schon gefährlich sein. Aber es ist nach wie vor leicht zu bekommen. Es wird oft bei Fällen von Sterbehilfe eingesetzt. Auch in den immer stärker grassierenden Selbstmord-Foren im Internet wird den Suizidwilligen gerne Phenobarbital empfohlen. Der Stoff ermöglicht ein sanftes Hinübergleiten, ohne große Begleiterscheinungen. Es treten nur, je nach Körpergewicht und Konstitution, nach etwa einer halben Stunde Schwächeanfälle auf. Man bekommt Schwindelgefühle, wird müde und schläft schließlich ein.« Merana kannte diese angesprochenen Webseiten zur Genüge. *Selbstmord-Chats. Anleitung zum Freitod. Kinder der Nacht.* Sie hatten immer wieder in Fällen mit Jugendlichen damit zu tun. Er dachte kurz darüber nach, was der Chef der Spurensicherung über die Wirkungszeit gesagt hatte.

»Wenn die Wirkung schon nach einer halben Stunde einsetzt, dann kann die Todorova das Mittel nicht vor der Vorstellung eingenommen haben, da wäre die Zeitspanne zu lang. Es muss in der Pause passiert sein.«

Thomas Brunner nickte. »Ja, anders ist es schwer vorstellbar. Und die Menge war deutlich übertherapeutisch. Sie hätte in weiterer Folge auch ohne den Sturz wohl zum Tode geführt.«

»Wissen wir schon, wie sie es zu sich genommen hat?«

Thomas Brunner kontrollierte seine Aufzeichnungen. »Eindeutig oral. Wir vermuten, zusammen mit einem Getränk. Richards Analysten haben eine genügend große Menge Johannisbeersaft im Magen der Toten gefunden.«

»Verändert Phenobarbital den Geschmack eines Getränkes?«

»Kaum. Bei einem süßen Fruchtsaft ist es so gut wie nicht wahrnehmbar.«

Für kurze Zeit herrschte Stille im Raum. Jeder der Anwesenden stellte sich vor, was in der Pause hinter der Bühne, im Bereich der Künstlergarderoben, passiert sein könnte. »Schließen wir Selbstmord von vorneherein aus?« Otmar Braunberger hatte die Frage ausgesprochen, obwohl er die Antwort ohnehin kannte. »Nein«, bestätigte Merana. »Wir schließen wie immer gar nichts aus.«

»Was ist mit den Tierschützern?« Die Frage kam von Carola.

»Darum kümmere ich mich selbst.« Der Artikel aus dem Boulevardblatt von heute Morgen fiel ihm ein, in dem der Verfasser spekulierte, ob die beiden Vorfälle in Verbindung standen. Merana erhob sich. Das war für alle das Zeichen zum Aufbruch. »Was hat unser hoch verehrter Chef heute wieder für eine Floskel aus seinem Zitatenköcher gezogen?« fragte Thomas Brunner. »Wie war das? Erfolg ist wie ein scheues Reh? Und dann irgendetwas von ›Wind‹ und ›Witterung‹? Habt ihr das schon einmal von ihm gehört?«

Merana schüttelte den Kopf. »Klingt nach Eichendorff oder einem anderen dieser Romantiker«, ließ sich die Chefinspektorin vernehmen. »Heinrich Heine vielleicht.«

»Franz Beckenbauer.« Sie hielten alle kurz inne, drehten sich dann zu Otmar Braunberger.

»Was?«

»Erfolg ist wie ein scheues Reh. Der Wind muss stimmen, die Witterung, die Sterne, der Mond. Das stammt von Franz Beckenbauer. Aus einem Interview in der *Bunten* in den 90er Jahren. Ich glaube, es war 1995 oder 1996.« Mit dieser Erklärung griff der Abteilungsinspektor in aller Ruhe nach seinen Unterlagen und verließ das Zimmer. Die anderen drei schauten sich erstaunt an. Otmar Braunberger, sein bester Fährtenhund, wie Merana ihn gerne bezeichnete, verblüffte den Kommissar und die Kollegen immer wieder aufs Neue.

# SONNTAG, 26. JULI, 11.10 UHR

Als Merana in Begleitung zweier Beamter in Uniform am Papagenoplatz ankam, war das Spektakel schon voll im Gange. Stimmen aus Megafonen und Schreie begleiteten das Geschehen. Einige hundert Menschen drängten sich auf dem kleinen Platz und in den Gassen der Umgebung. Vom zentralen Mozartplatz aus war der Papagenoplatz durch die schmale Pfeiffergasse in einer Minute zu erreichen.

Merana und seine Begleiter waren von der Salzachseite her gekommen, von da ging es etwas leichter, denn der Weg war breiter. Gut 20 uniformierte Polizisten hatten sich rings um die Absperrung gestellt und hielten die Menschenmengen von der Mitte des Platzes zurück. Dort stand um den kleinen Brunnen eine Gruppe von Männern in Trachtenhemden und Lederhosen. Sie trugen große Vogelkäfige auf dem Rücken. Mitten unter ihnen erkannte Merana Maximilian Glocker, den Papageno aus der Zauberflöteninszenierung. Der Sänger präsentierte sich im Kostüm von gestern Abend. Die stattliche Erscheinung des beleibten Darstellers des Zauberflöten-Vogelfängers bildete einen krassen Gegensatz zur schmächtigen, etwa kindsgroßen Figur des Papageno, die den Brunnen krönte. Diese Bronzestatue machte einen eher zierlichen Eindruck. Ein schlanker Vogelfänger, mit spitzem Hut, das rechte Bein zum Schritt graziös angewinkelt, in der rechten Hand einen Stab, in der linken ein Glockenspiel. Merana mochte die Schlichtheit dieser Skulptur, so wie er die gesamte Intimität des kleinen Platzes schätzte. Er erinnerte sich, wie er zu Pfingsten hier ein fröhliches Fest miterlebt hatte. Ein Gruppe afrikanischer Sänger hatte im Einklang mit Kollegen aus Salzburg die Besucher begeistert. Es war ein ausgelassenes, aber friedliches Miteinander gewesen. Heute wirkte die Atmosphäre bei weitem nicht so harmonisch. Das Geschrei war hektisch, in manchen Momenten sogar bedrohlich. Vergebens versuchte der Festspielpapageno für Ruhe zu sorgen. Aber im Gegensatz zum Vorabend, wo er auf der Bühne nach dem Zwischenfall mit den Demonstranten schnell das Publikum beruhigt hatte, gelang ihm das heute weit weniger. Auf Zuruf hielt er eben noch einmal die große Urkunde hoch. Die gut 30 Fotografen und Kameraleute versuchten, sich die beste Position fürs Bild zu verschaffen. Es herrschte hektisches Stoßen und Drängen. Merana machte zwei Gruppen von Schreihälsen aus. Da waren einmal die Tierschützer, etwa 50 an der Zahl, die mit Transparenten und Megafonen gegen die Vogelfänger in der Mitte des Platzes anschrien. Diese legten allerdings eine betonte Gelassenheit an den Tag und reagierten mit keiner Miene auf die verbalen Attacken. Und dann war da noch eine große Gruppe von Rufern, die versuchten, die übereifrigen Tierschützer durch laute Argumente zur Räson zu bringen. Diese Leute waren wohl nicht unbedingt uneingeschränkte Verfechter des traditionellen Vogelfanges, aber sie wollten in Ruhe die kleine Zeremonie rings um den Brunnen genießen. Wann kriegt man schon einmal einen Festspielstar im Kostüm so hautnah zu sehen? Und noch dazu Maximilian Glocker, der sich in Salzburg großer Beliebtheit erfreute. Plötzlich war in all dem Getümmel Gesang zu vernehmen. Die Handvoll Vogelfänger am Brunnen hatte zu einem gemeinsamen Jodler angesetzt, und der Festspielpapageno stimmte mit ein. Das Geschrei wurde schwächer, aber es verebbte nicht ganz. Bis ein groß gewachsener

Mann mit Trachtenhut mitten aus der Menge in Richtung Tierschützer rief: »Iatzt halts amoi die Pappn und lasstes singen! Nachher kinnts eh wieder weiter schrein, wenn ihr moants, dass euch dann leichter is.« Der Ruf zeigte Wirkung. Augenblicklich war es still auf dem Platz. Die Tierschützer ließen die Megafone sinken. Als die Sänger den Jodler wiederholten, mischten sich die Stimmen einiger Menschen auf dem Platz dazu. Gegen Schluss des Jodlers sang die halbe Menge. Merana glaubte sogar, in der Gruppe der Tierschützer einige ausgemacht zu haben, die zumindest den Mund bewegten. Dann war der Jodler zu Ende und die Zeremonie vorbei. Wer erwartet hatte, dass nun das Geschrei der Tierschützer wieder losgehen würde, wurde enttäuscht. Offenbar hatte der schlichte, wunderbare Jodler seine Wirkung getan. Auf diese einfache, vielstimmige Melodie wieder in ein Protestgeheul auszubrechen, fiel offenbar keinem mehr ein. Merana konnte sich ein stilles Lachen nicht verkneifen. Manchmal verzweifelte er an dieser Stadt und ihren Menschen und manchmal konnte er jeden einzelnen umarmen. Was für ein Theater! Was für ein Riesenaufwand wegen einer Unmutsbekundung zu einer eher harmlosen Angelegenheit wie dem traditionellen Vogelfang. Ob das Anliegen nun berechtigt war oder nicht. Auf der einen Seite Geschrei, wütendes Gegenbrüllen auf der anderen Seite. Aufspielen, aufplustern, sich in Szene setzen, heulen, Banner schwingen. All die angestammten Rituale von Auseinandersetzung konnte man hier beobachten. Und dann erreichte so etwas Schlichtes wie ein Jodler die Herzen der Tobenden, und aus ist es mit der Hysterie. Ja, sie sind schnell beim Protestieren in dieser Stadt, aber ebenso schnell bereit zum Konsens. Gott sei Dank auch bei manch wichtigen Dingen, die wirklich das Leben jedes einzelnen betreffen. Aber meist regen sich die Leute auch nur deswegen auf, weil sie eine neu aufgestellte Skulptur stört, eine moderne Installation auf irgendeinem Platz. Merana gefiel auch nicht alles. Er hatte sich vor Jahren auch gefragt, was er mit einem auf den Kopf gestellten Hubschrauber einer italienischen Künstlerin mitten auf dem Residenzplatz anfangen sollte? Aber es wäre ihm nie und nimmer in den Sinn gekommen, mit Transparenten, Megafonen oder auch nur geifernden Leserbriefen dagegen zu protestieren. Schon gar nicht bevor er das Ding gesehen hatte. Zugegeben, der Hubschrauber hatte ihn dann auch nicht besonders beeindruckt. Er fühlte sich beim Anblick des auf den Kopf gestellten Helikopters eher irritiert. Doch er war neugierig gewesen. Er hatte das ungewöhnliche Bild von Platz, Brunnen, Dom und Hubschrauber auf sich wirken lassen. Hatte begonnen, sich zu fragen, warum er konsterniert war. Und war so in seiner Auseinandersetzung mit dieser ungewöhnlichen Installation in seinem Inneren zu einem Dialog mit sich selbst gekommen. Gott sei Dank gab es in dieser Stadt neben den ewigen Nörglern auch viele, die etwas wagten, ausprobierten. Auf den Bühnen der Festspiele genau so wie in den anderen, kleineren Kulturstätten. Die sich nicht mit fantasielosem Klammern an das Ewiggleiche begnügten, ob auf den Plätzen, in den Schulen, ja sogar in manchen Geschäften. Sonst wäre es manchmal hier nicht zum Aushalten.

»Da schau her. Was führt ausgerechnet den Leiter der Mordermittlung an einem Sonntagvormittag zu einem eher doch belanglosen Match Vogelfänger gegen Tierschützer?« Merana hatte die Stimme auf Anhieb erkannt. Jutta Ploch war Kulturredakteurin einer angesehenen Salzburger Zeitung. Er hatte von ihrem großen Insiderwissen schon bei manchem Fall profitiert. »Oder hast du gedacht, die stämmigen Vogelfänger aus dem Salzkammergut mit den muskelbepackten Oberarmen unter den schnittigen Trachtenhemden würden die schmächtigen Vertreter aus der Tierschützerriege hier öffentlich erwürgen?« Merana musste lächeln.

»Du hast dir die schmucken Herren im Trachtenoutfit aber schon sehr genau angesehen, Jutta. Mir ist die muskulöse Ausstattung der Oberarme gar nicht aufgefallen. Vielleicht haben die Kerle auch noch eindrucksvolle Brusthaare vorzuweisen?«

Die Journalistin lächelte pfiffig zurück. »Ja, haben sie. Alles genau festgehalten.« Sie klopfte zur Bestätigung auf die umgehängte Kamera.

»Gegenfrage, Jutta: Was führt eine Top-Kultur-Journalistin an diesen Platz? Du bist doch nicht ins Heimat- und Brauchtumsfach gewechselt?« Sie schüttelte ihre glatte schwarze Mähne.

»Nein, bin ich nicht. Aber wenn sich schon der Festspielpapageno mitten in der Altstadt ein Stelldichein mit den vogelfangenden Praktikern gibt, dann muss eine Top-Kultur-Journalistin natürlich in der ersten Reihe stehen. Doch du hast mir immer noch nicht gesagt, warum du hier bist, Herr Kommissar. Hat das etwas mit den Vorfällen von gestern Abend zu tun?« Sie sah ihm ins Gesicht. »Weißt du etwas, das ich nicht weiß, Merana?« In Meranas Kopf arbeitete es. Sollte er ihr jetzt schon verraten, was sie ohnehin bald erfahren würde? Er überlegte. Ein Handy klingelte. Die Journalistin zog ihr Smartphone aus der Tasche und starrte mit wachsendem Erstaunen auf das Display.

»Natürlich weißt du etwas, das ich nicht weiß.« Sie hielt

ihm das Handy vors Gesicht. »Anabella Todorovas Sturz war kein gewöhnlicher Unfall, lese ich eben. Sie hatte Gift im Körper!«

Noch ehe Merana darauf etwas erwidern konnte, sah er sich mit weiteren neugierigen Gesichtern konfrontiert. Kameras wurden gezückt. Einige Fernsehleute, die schon auf dem Weg zurück zu ihren Fahrzeugen gewesen waren, drehten wieder um. Sie hatten auch diese Nachricht erhalten. Redakteure hielten Telefone ans Ohr und griffen nach ihren Mikrofonen. Wer hatte diese Meldung jetzt schon rausgelassen?, schoss es Merana durch den Kopf. Egal, es war nun einmal so. Er hob beschwichtigend die Hände. »Kein Kommentar, meine Damen und Herren. Es wird bald eine offizielle Pressemitteilung geben.« So hoffte er zumindest. Er drehte sich um und gab den uniformierten Kollegen ein Zeichen, die Meute der Journalisten zurückzuhalten. Nur Jutta Ploch war es gelungen, an Meranas Seite zu bleiben. »Halt, Herr Kommissar. Wie viel weißt du?« Sie versperrte ihm mit über der Brust gekreuzten Armen den Weg. Sie stand vor ihm wie eine griechische Rachegöttin. »Ich weiß noch gar nichts, Jutta. Ich stehe erst am Anfang der Ermittlung. Aber vielleicht weißt du ja mehr als ich. Theater und Oper ist deine Welt.« Sie schnaubte. »Mach hier nicht auf unschuldiges Pinzgauer Kind vom Land, das sich in der großen Stadt nicht zurecht findet. Das war einmal, Merana. Seit du den Jedermannfall gelöst hast, bist du doch mit dem Intendanten und seiner Pressechefin auf Du und Du, und im Festspielbezirk so gut wie zuhause.« Das stimmte zwar nicht ganz, aber sie hatte auch nicht völlig unrecht. Sie war ihm inzwischen vertrauter geworden, die Welt der Festspiele und der vielen unsichtbaren Vorgänge hinter den Kulissen.

»Ein wenig habe ich schon dazu gelernt«, räumte er ein. »Aber dir kann ich nie und nimmer das Wasser reichen, verehrte Jutta.« Sie schnaubte erneut. »Lass das Süßholzraspeln, Merana, das steht dir nicht. Also, wie immer auf Gegenseitigkeit? Ich sage dir, wenn ich etwas höre, das dir eventuell hilft, und du lässt mich wissen, wie sich bei den Ermittlungen die Sache entwickelt.« Sie hielt ihm die Hand hin. Er schlug ein. »Und bescheiß mich nicht, Merana. Sonst inszeniere ich mit dir Salome. Und du spielst die Rolle des Jochanaan.« Sie fuhr sich mit dem Zeigefinger an die Lippen, hauchte einen Kuss darauf, und tippte dann mit der Spitze gegen Meranas Stirn. »Ciao«. Sie würde eine prächtige Salome abgeben, da hegte er keinen Zweifel. Aber er wollte sicher nicht Jochanaan sein. Denn der wurde durch Salome bekanntlich einen Kopf kürzer gemacht. Der Platz hatte sich inzwischen einigermaßen geleert. An einem der Tische im ‹Zirkelwirt‹ saß Maximilian Glocker, trank in großen genussvollen Zügen aus seinem Weißbierglas und widmete sich dann wieder dem Autogrammgeben. Die Schlange der Wartenden war ziemlich lang. Die Männer mit den Trachtenhemden hatten ihre Vogelkörbe gegen den Brunnen gelehnt und diskutierten offenbar, was sie nun unternehmen sollten. Gleich zurückfahren oder doch noch einen trinken? Merana steuerte auf die Gruppe zu. »Schön habt ihr gesungen, Männer. Was war das für ein Jodler?« »Das war der ›Lahnbacher‹. Der ist von uns daheim, aus dem Salzkammergut«, sagte einer von ihnen. Merana stellte sich vor und reichte jedem die Hand. »Sie sind Alois Kendelbacher, der Sprecher der Gruppe?«, fragte Merana den Mann, dessen Foto er in der Zeitung gesehen hatte. »Sprecher ist übertrieben, bei uns hat schon jeder gleich viel zu sagen, aber einer muss halt den Obmann machen.« Die anderen lachten. »Genau, Lois.« Sie klopften ihm auf die Schulter und griffen nach den Käfigen. »Deswegen bleibst du als Obmann jetzt beim Herrn Kommissar, und wir gehen auf ein Bier. Oder wollen Sie mitkommen?« Merana hob dankend die Hände. »Geht leider nicht. Aber ich halte euren Obmann nicht lange auf, versprochen.«

»Egal, Hauptsache, er kommt noch rechzeitig zum Zahlen.« Sie stimmten alle in ein brüllendes Gelächter ein und verschwanden in Richtung Gasthaus.

»Da ist Ihnen ja ein bemerkenswerter Coup gelungen, Herr Kendelbacher. Wie haben Sie denn den Festspielpapageno dazu gebracht, in aller Öffentlichkeit Ehrenmitglied in Ihrer Gruppe zu werden? Ich nehme an, mit Geld hat das nichts zu tun.«

»Nein, Herr Kommissar. Das könnten wir uns gar nicht leisten. Und für Geld würde das der Max auch nie tun. Ich kenne ihn schon lange, da war er noch ein kleiner Student am Salzburger Mozarteum, der sich im Sommer ein wenig Taschengeld im Chor der Bad Ischler Operettenfestspiele verdiente. Da haben wir uns getroffen. Ich habe ein Trachtengeschäft in Bad Ischl und bin Mitglied im Operettenförderverein. Bei mir hat sich der Max den ersten Trachtenanzug machen lassen. Und weil er wenig Geld hatte, aber ein netter Bursche war, haben wir ihm den Anzug halt geschenkt.«

»Diese noble Geste hat sich jetzt ja rentiert.«

»Ja. Aber ich denke, Sie wollen mit mir nicht über Trachtenanzüge reden, sondern über etwas anderes. Wahrscheinlich über die Auseinandersetzung der Tierschützer mit uns.«

Merana nickte. »Waren Sie gestern in der Vorstellung?«

»Ja, ich habe den unerfreulichen Vorfall miterlebt. Schauen Sie, ich habe ja sogar ein gewisses Verständnis für die Leute. Die sehen das mit dem Vogelfang halt anders als wir. Aber so ein Auftritt wie gestern geht dann doch zu weit.«

»Was stört denn die Tierschützer so besonders an Ihrem Brauchtum?«

»Das müssen sie die schon selber fragen. Der Vogelfang hat eine Jahrhunderte lange Tradition bei uns im Salzkammergut. Wir fangen im Herbst Gimpel, Zeisige, Stieglitze und Fichtenkreuzschnäbel. Wir stellen die Vögel dann über den Winter aus. Es gibt auch Prämierungen. Und im Frühjahr lassen wir sie wieder aus. Aber wir sind nicht nur Vogelfänger. Wir sind auch Vogelschützer und Naturliebhaber. Wir zeigen auf, wo Naturräume gefährdet sind, wir informieren in Schulen Kinder über die Bedeutung der Singvögel. Und wir sind jetzt sogar auf der österreichischen UNESCO-Liste. Unser Brauch ist erhaltenswertes Kulturerbe.«

»Kennen Sie einige der Tierschützer? Wissen Sie, wer die rothaarige Frau von gestern Abend war? Ich habe sie heute hier auf dem Platz nicht gesehen.«

»Ich auch nicht. Natürlich weiß ich, wer das ist. Die Gimpl-Gundi kennt bei uns ein jeder.«

»Gimpl-Gundi?«

»Eigentlich heißt sie Rotgunde Stiegler. Aber bei uns im Salzkammergut nennt sie jeder Gimpl-Gundi. Eine Lokalzeitung bei uns hat sogar von einem Match zwischen der Gimpl-Gundi und dem Ischler-Lois geschrieben. So sagen die Leute zu mir.«

»Woher kennen Sie Frau Stiegler? Ist sie bei jeder Protestaktion?«

»Nein, aber sie war einmal bei mir im Geschäft und hat ein Mordswetter gemacht. Hat mich einen gefühllosen Tierquäler genannt und noch so einiges. Im Grund ist sie ein patentes Frauenzimmer. Sauber beinand, wenn man sie anschaut. Die gefällt mir sogar. Der würden die Dirndlkleider aus meinem Trachtengeschäft gut stehen. Aber sie wollte sich keines zeigen lassen.«

»Haben Sie das versucht?«

»Natürlich. Ich habe einen Blick dafür, was den Leuten steht. Und für die Gimpl-Gundi hätte ich ein ganz spezielles Dirndlgwand. Ich habe es vorsichtshalber einmal zur Seite legen lassen.«

Merana unterdrückte ein Schmunzeln. Er stellte sich vor, wie die aufgebrachte Rothaarige im Bad Ischler Trachtengeschäft herumtobte, während die Zielperson ihrer Attacken in aller Seelenruhe die Frau von oben bis unten musterte und überlegte, welche Farbe ihr wohl stehen würde. Er konnte sich nicht helfen, der Mann gefiel ihm. Auch wenn er den Argumenten der Gegenseite viel abgewinnen konnte.

»Hatte Anabella Todorova auch etwas mit Ihrer Aktion der Papageno-Ehrenmitgliedschaft zu tun?«

Kendelbacher schüttelte den Kopf. »Nein, die kenne ich nicht einmal. Ich habe sie gestern auf der Bühne zum ersten Mal gesehen. Schrecklich. Die arme Frau.«

»Vielleicht durch Maximilian Glocker?« Der Vogelfänger schaute kurz zu seinem berühmten Freund am Gasthaustisch hinüber. »Ich weiß nicht, das müssen Sie ihn schon selber fragen.«

Merana überlegte, ob er das vielleicht gleich machen sollte. Die Schlange der Autogrammjäger war schon kürzer geworden, nur mehr drei Damen und ein kleines Mädchen standen an Glockers Tisch. In diesem Augenblick läutete das Handy des Kommissars. Es war seine Stellvertreterin.

»Martin, wir haben erste Ergebnisse bei unserer Suche nach Leuten, die normalerweise nicht hinter der Bühne sind, gestern Abend aber schon.«

»Lass hören.«

»Eine Sponsorenfirma der Salzburger Festspiele hatte eine Meet-and-Greet-Aktion organisiert. Moda Sabarella, eine Firma aus Italien. Ein Mädchen aus Deutschland hat bei einem Wettbewerb der Firma einen Salzburgaufenthalt samt Zauberflötenpremiere gewonnen. Für sie wurde auch ein Treffen mit Hebenbronn und Todorova arrangiert. Die Marketingchefin der Firma und die Fotografin sind leider schon wieder auf dem Weg nach Italien. Aber das Mädchen und ihre Betreuerin sind noch hier.«

»Sehr gut. Findet heraus, wo die beiden stecken.«

»Das wissen wir schon. In der Hauptprobe von Aida. In der Felsenreitschule. Die ist gegen 15 Uhr zu Ende.«

»Sehr gut, Carola, ich komme um halb drei in die Felsenreitschule. Lass uns mit den beiden reden. Ich weiß inzwischen mehr über die rothaarige Frau von gestern Abend. Sie hört bisweilen auf den schönen Namen ›Gimpl-Gundi‹. Im Ausweis steht allerdings Rotgunde Stiegler. Ich erzähle dir später mehr dazu. Vergesst nicht nachzufragen, ob gestern jemand diese Frau hinter der Bühne oder gar im Bereich der Künstlergarderoben gesehen hat.«

Er beendete das Gespräch. Die drei Frauen und das kleine Mädchen hatten offenbar ihre Autogramme bekommen. Maximilian Glocker widmete sich wieder seinem Weißbier und den bestens gelaunten Vogelfängern, die mit ihm am Tisch saßen. Die Männer stimmten wieder einen Jodler an. Sie deuteten dem Kommissar, sich zu ihnen zu setzen. In Meranas Tasche vibrierte erneut das Handy. Eine SMS-Nachricht war eingetroffen. Hofrat Kerner wollte ihn umgehend sehen. Pressekonferenz um 13 Uhr. Merana seufzte. Wenn der Präsident rief, musste auch ein Festspielpapageno warten, samt seinen jodelnden Gesellen.

*facebook / florababy 15:31*

he, leute, da schlägt der affe salto!

bin gerade verhört worden!! von einem echten kommissar und einer kommissarin!!! sie war meganett. er war ein arschloch. wollten wissen, ob emina und ich was gecheckt haben, als wir mit falka hinter der bühne beim sarastro-geilspecht waren. irgendwas auffälliges. habe kurz überlegt, ob ich etwas erfinden soll. he, sisters, das ist doch urfaaaad! da hockst du endlich einmal zwei bullen gegenüber wie im fernsehen (auch wenn einer davon ein kotzbrocken ist), und dann kannst du nix interessantes quasseln!! die sternentante soll nämlich nicht freiwillig von der säule gekippt sein. es war gift im spiel, sagen die von der kripo. GIFT! wie bei den borgias!! vielleicht war es der geilspecht! dem würde ich es gönnen! nein – halt! wenn der im knast verrottet, kann er mich nicht adoptieren und nach amerika mitnehmen. echt scheiße! na, dann anders rum: zuerst adoptieren und dann schnallen die bullen, dass er die todorova unters gras geschickt hat. er kommt in den knast. gibt den löffel ab. und ich bin universalerbin!

muss jetzt prestissimo zurück ins hotel und packen! bin echt froh, dass emina nicht mitkommt. ist heute beim verhör dagesessen wie die sumpfkröte nach dem schlaganfall. der kommissar wollte sie ausquetschen. sie hat aber keinen mucks gesagt. hehe, das gönne ich dem idioten!

also dann leute, tschüssischmatz

nochwas:

poste euch aus mailand und perugia. ab mittwoch wieder in salzburg!

nochnochwas:

metasuper, dass nur die nette polizistin meine freundschaftseinladung angenommen hat, und nicht das arschloch!

Merana und Carola verließen die Felsenreitschule durch den Haupteingang. Sie hatten nach dem wenig ergiebigen Gespräch mit den beiden jungen Frauen die nächsten Ermittlungsschritte festgelegt. Auf dem Platz vor den Festspielhäusern sahen sie die beiden wieder. Das deutsche Mädchen ließ hektisch die Finger über die Tastatur ihres iPhones tanzen. Wahrscheinlich musste sie ihrer Community berichten, dass sie eben als extrem wichtige Zeugin bei einer Mordermittlung von zwei echten Polizisten verhört wurde. Das Mädchen hatte sich als selbstgefällige strohdumme Schnatterente entpuppt. Gleich zu Beginn des Gespräches hatte sie es nicht lassen können, ihn und Carola zu fragen, ob sie nicht Mitglieder in ihrem Facebook-Freundeskreis werden wollten. Zu seinem großen Erstaunen hatte Carola sogar zugestimmt. Merana besaß keine Facebook-Adresse. Freunde im richtigen Leben waren ihm lieber. Doch er musste sich eingestehen, dass er auch solche kaum hatte. Der Kommissar war mit dem Verlauf des Gespräches nicht zufrieden. Ganz und gar nicht. Die Begleiterin des Mädchens, Emina, die Marketingmitarbeiterin der Modefirma, war im Gegensatz zur drauflosquasselnden Flora wie eine versteinerte Sphinx auf der Vorderkante ihres Stuhles gesessen, die Hände um die fest aneinander gepressten Knie gelegt. Eine stille Schönheit.

Das dunkle Haar zu einem Knoten geschlungen. Ein Bild aus einem Buch war Merana bei ihrem Anblick eingefallen. Dinharazade. Eine Szene aus der Märchensammlung ›Tausendundeine Nacht‹, die er als Kind besessen hatte. Das Zentrum der Szene dominierte Sheherazade. Sie erzählte dem König, der auf einem breiten orientalischen Bett mit Baldachin lag, gerade eine neue spannende Geschichte, deren Ausgang sie offen lassen würde. Nur so blieb sie am Leben. Denn der von Neugierde ergriffene König wollte unbedingt in der kommenden Nacht den weiteren Verlauf der Erzählung hören. In einer Ecke des Zimmers auf dem Bild kauerte eine zweite junge Frau auf dem Boden. Sie hielt die Hände wie zum Schutz um die angezogenen Beine geschlungen. Das war Dinharazade, die Schwester der Märchenerzählerin. Ihre Augen hielt sie starr, fast ängstlich auf Sheherazade gerichtet. Wie ein scheues Reh. Verletzlich. Bereit, bei drohender Gefahr sofort zu flüchten, oder vielleicht auch angesichts des Jägers in Schrecken zu erstarren, unfähig zu jeder Bewegung. Genau dieser Ausdruck von ungläubigem Erstaunen und wachsender Angst war in ihre Augen gekrochen, als Merana und Carola den beiden mitteilten, dass der Tod von Anabella Todorova kein Unfall war, sondern als Folge eines starken Schlafmittels passierte, das sie im Körper hatte. Während das deutsche Mädchen sie gleich mit einer Reihe von Fragen bombardierte, wie sie die giftige Substanz entdeckt hatten, ob das im wirklichen Polizeileben genau so funktioniere wie bei CSI im Fernsehen, ließ Emina den Kopf sinken und starrte auf den Boden. »Möchten Sie uns etwas mitteilen, Emina?« Die Frage hatte Carola gestellt, mit sanfter Stimme.

Als Flora, das deutsche Mädchen, bemerkte, dass sie nicht mehr Zentrum der Aufmerksamkeit war, hörte sie sofort auf, Fragen über Kriminaltechnik und Laborarbeit zu stellen. Sie präsentierte sich umgehend in ihrer Rolle als wichtige Zeugin und legte theatralisch die Hand an die Stirn, als müsse sie sich besonders konzentrieren. Dann begann sie mit lauter Stimme ihren Bericht, wobei sie jedes Wort in die Länge zog, als müsse sie die vermeintliche Spannung erhöhen. »Also, wir sind nach hinten gegangen in so einem komischen Korridor. Falka ging voraus, dann ich, hinter mir Emina und am Schluss die Fotografin. Oder war die Fotografin hinter mir und Emina als Vierte. Ich versuche echt, all meine Sinne zu schärfen, um Ihnen auch wirklich meine genauen Beobachtungen vermitteln zu können …«

In Wahrheit kam nichts dabei raus. Sie setzte sich nur ununterbrochen in Szene, kicherte dämlich, als sie von der Begegnung mit Hebenbronn erzählte. Sie betonte mehrmals, wie galant der berühmte Sänger war, vor allem zu Falka und ihr. Während all der Zeit, in der aus Floras geschminktem Mund die Worte purzelten, beobachtete Merana die stille Emina auf ihrem Stuhl. Schließlich sagte er: »Emina, möchten Sie uns jetzt sagen, was Sie gesehen haben? Was Sie vielleicht von der ganzen Angelegenheit wissen?« Die junge Frau hob den Kopf. Ihre dunklen Augen waren glänzende Knöpfe. Das Gesicht bleich. Die perlmutthellen Zähne bissen in die blutleere Unterlippe. Sie starrte den Kommissar an. Er sah wieder die Angst in ihrem Blick. Noch flackernder als zuvor. Und er bemerkte, dass sie mit einer Entscheidung rang. Spannung lag im Raum. Dann gab sie sich einen Ruck. Die Zähne ließen die Unterlippe frei. Sie öffnete den Mund.

»Und wissen Sie, was das allergeilste war, Herr Kommissar?«, preschte Flora mit erhobener Stimme unvermittelt dazwischen. »Ferdinand Hebenbronn war von mir so begeistert, dass er sogar scherzte, mich zu adoptieren und in die USA mitzunehmen. Können Sie sich das vorstellen?« Schon bei Floras ersten von Kichern begleiteten Worten war Eminas Kopf in Richtung des Mädchens geschnellt wie das Haupt eines Reptils. Ein kurzes Schnauben war ihrer kleinen Nase entwichen. Merana hob zornig die Hand, um den Redefluss zu stoppen. »Halten Sie den Mund, Flora!«, herrschte er sie an. Die zuckte erschrocken zurück. Ihre Kinnlade klappte nach unten, aber sie schwieg. Doch es war zu spät. Merana wusste es, als er Eminas Blick las. Er versuchte es dennoch. »Sagen Sie uns bitte, was Ihnen aufgefallen ist, was Sie wissen?« Die junge Frau hatte sich vom Stuhl erhoben. Ihr Blick war nun leer, der Ausdruck schwer zu deuten. Sie wirkte völlig verschlossen. Emina schüttelte heftig den Kopf. Ihre Stimme war nahe am Flüstern. »Flora hat Ihnen ja schon ausführlich berichtet, dass uns gar nichts aufgefallen ist. Dem habe ich nichts hinzuzufügen. Können wir jetzt gehen?« Merana war versucht, sie aufzuhalten. Er schaut schnell zu Carola. Die schüttelte fast unmerklich den Kopf. Dann gab er den Weg frei. Das scheue Reh verließ langsam das Zimmer. Dahinter folgte eine erzürnte Flora, die Merana beim Hinausgehen noch einen verächtlichen Blick zuwarf. Den hatte sie sich bei einer der Filmfiguren aus ›Gossip Girl‹ oder ›Glee‹ abgeschaut. Merana war nicht zufrieden, wie dieses Gespräch verlaufen war. Ganz und gar nicht.

Das Gelächter der Touristen plätscherte aus der stark belebten Gasse durch das gekippte Fenster in das helle, geräumige Zimmer des Hotels. Waldemar Bernhold starrte auf den Bildschirm seines hochgeklappten Notebooks. Der Screen zeigte eine Seite der Homepage der Salzburger Festspiele. *Allegretto – Stars von morgen* war am oberen Ende der Seite als Headline zu lesen. Darunter stand: *Die Salzburger Festspiele, unterstützt von MAS – Moda Alberina Sabarella – und der Stiftung Anabella Todorova, freuen sich, in diesem Sommer herausragende junge Interpreten in einer eigenen Konzertreihe zu präsentieren.* Der Lärm aus der Gasse nervte ihn.

Er stand auf und schloss das Fenster. Dann scrollte er auf der Bildschirmseite nach unten, bis er an der richtigen Stelle war. *Dienstag, 28. Juli, 20.30 Uhr, Haus für Mozart. Wolfgang Amadeus Mozart: Konzert für Violine und Orchester Nr.2 in D-Dur KV 211. Mozarteumorchester Salzburg. Solistin ist die 15-jährige Fabienne Navarra aus der Schweiz.* Das Programm kündigte noch zwei weitere Violinkonzerte an mit anderen Interpreten, doch die interessierten ihn weniger. Er klickte auf den Namen *Navarra.* Ein Fenster öffnete sich, ließ einen kurzen Lebenslauf samt Foto erscheinen. Das Bild zeigte eine junge Frau im schulterfreien Kleid mit auffällig langen, kastanienbraunen Haaren. Sie wirkte älter als 15. Mindestens 18, hätte er geschätzt, vielleicht sogar 20. Sie hatte anmutig das Kinn auf den an der Schulter angesetzten Resonanzkörper des Instrumentes gelegt. *Fabienne Navarra spielt auf einer Geige aus der Werkstatt Giovanni Battista Guadagnini, Turin, 1772,* stand unter dem Bild. *Zur Verfügung gestellt wird der jungen Künstlerin das wertvolle Instrument von der Stiftung Anabella Todorova.* Er ließ seine Augen eine Weile auf der Geige ruhen. Dann studierte er noch einmal das Gesicht des Mädchens. Sie hatte einen verschlagenen Ausdruck in den Augen, der so gar nicht zu dem etwas gezwungenen Lächeln passte. Er schloss die Seite und wechselte in den Posteingang seiner Mails. Er erwartete ungeduldig eine Nachricht.

## SONNTAG, 26. JULI, 17.20 UHR

Die Team-Sitzung in der Bundespolizeidirektion brachte wenig Neues. Otmar hatte mit Hilfe des Internets und der telefonischen Unterstützung durch die Pressechefin der Salzburger Festspiele eine kurze Skizze des persönlichen Umfeldes der toten Sängerin erstellt, die er den anderen weiterreichte. Anabella Todorova stammte aus Jekaterinenburg. Der Vater, Mathematikprofessor an der Gorki Universität, kam bei einem Flugzeugabsturz ums Leben, als Anabella 14 war. Mutter Larissa war Klavierlehrerin, hatte wieder geheiratet, einen reichen russischen Industriellen, Rodion Shiroff, der erfolgreich Geschäfte durch den Handel mit Vanadium machte. Anabella war durch ein Stipendium der Robert Bosch Stiftung nach Berlin gekommen, hatte dort mit dem Gesangsstudium begonnen, das sie später in Wien beendete. Ihr erstes Engagement war an der Oper in Zürich, als Adina in Donizettis ›Liebestrank‹. Das Debüt wurde zum fulminanten Erfolg. Ab da ging es aufwärts. Merana war beeindruckt, als er die Aufzählung der illustren Namen von Dirigenten, Orchestern und Regisseuren las, mit denen Anabella Todorova zusammengearbeitet hatte.

»Was wissen wir sonst über sie?« Er blickte fragend in die Runde.

»Leider noch nicht viel«, bemerkte der Abteilungsinspektor. Die Sängerin war Anfang Juli zu den Bühnenproben nach Salzburg gekommen, ohne Begleitung. Sie wohnte in einer Hotelsuite, die ihr von den Festspielen zur Verfügung gestellt wurde. »Wir waren schon dort«, beeilte sich Thomas Brunner hinzuzufügen. »Auf den ersten Blick nichts Auffälliges. Jedenfalls kein Abschiedsbrief. Kein Hinweis auf geplanten Suizid. Wir sind noch am Auswerten der übrigen Spuren. Leider sind wir in der Künstlergarderobe der Todorova zu spät gekommen. Die Putzkolonne der Salzburger Festspiele war schneller. Die haben noch in der Nacht alles sauber gemacht. Auch in den anderen Räumen.«

*Wir sind ein großes Räderwerk, das perfekt funktionieren muss, von den Servicekräften bis zu den Künstlern.* So ähnlich hatte es die Pressechefin ausgedrückt, als Merana sie beim Jedermann-Fall kennen gelernt hatte. In diesem Fall war das Räderwerk leider zu perfekt. Schade. Eine säumige Reinigungstruppe hätte ihnen vielleicht zu einigen wichtigen Hinweisen verholfen. Aber Ermittlungsarbeit funktionierte nicht wie ein Wunschbrief ans Christkind. Sie würden auch so weiterkommen. Wie immer. Es war ein Geduldsspiel.

»Was wissen wir über die Stiftung?«

Braunberger blätterte wieder in seinen Unterlagen. »Die Sängerin gründete die Anabella Todorova-Stiftung vor fünf Jahren. Zur Zeit werden sieben Ausnahmetalente unterstützt, drei Sänger und vier Streicher. Vor kurzem wurde auch ein eigenes Stiftungs-Streichorchester ins Leben gerufen. Finanziert wird die Stiftung über Zuwendungen von Anabella Todorova selbst und einigen Sponsoren. Den Hauptbrocken steuert das Unternehmen des Herrn Stiefvater bei, die ›Rodion Shiroff Group‹.« Der Abteilungsinspektor schloss sein braunes, speckiges Notizbuch.

Mein guter Otmar wird bei Internetrecherchen zunehmend besser. Er hat die meisten Details aller bisherigen Fälle immer noch im Kopf. Er kann im Wissen um das Technikarsenal der KPU, der Kriminalpolizeilichen Untersuchung, locker mit Thomas Brunner mithalten. Aber er schreibt seine Notizen nach wie vor in ein altes braunes Notizbuch, das aus den Beutebeständen des Dreißigjähren Krieges zu kommen schien. Merana musste aufs Neue innerlich über seinen besten Fährtenhund lächeln. Und wenn es sein musste, dann konnte der Herr Abteilungsinspektor auch ein Franz-Beckenbauer-Zitat richtig zuordnen. »Ich schlage vor, wir machen noch einmal eine genaue Einteilung«, mischte sich nun die Chefinspektorin ein. »Wer kümmert sich in welcher Form um das Bewegungsprofil sämtlicher Personen im Innenbereich des Festspielhauses? Ich schlage vor, wir konzentrieren uns zunächst auf die Vorgänge während der Pause. Das wird wohl die kritische Zeit sein, in der Anabella Todorova das Gift einnahm, freiwillig oder unfreiwillig. Erst dann dehnen wir den Zeitrahmen aus. Um effizient zu sein, machen wir eine genaue Zuordnung, am besten aufgeteilt nach Sparten: Orchester, Chor, Solisten, technisches Personal, Regieteam, Maske, Garderobenkräfte, Verwaltung und allfällige andere Personen, die hier noch nicht erfasst sind.«

Merana stand auf. »Danke, Carola, kannst du das bitte gleich organisieren? Ich muss in die Stadt.« Er hatte einen Termin. Im Allerheiligsten des Festspielhauses.

»Lieber Herr Kommissar, danke, dass Sie es einrichten konnten, zu mir zu kommen.« Der kleine Mann ergriff Meranas Hand und schüttelte sie kräftig. Jean Pierre Vital, der Intendant der Salzburger Festspiele, war gut einen Kopf kleiner als der Kriminalist. Merana hatte ihn vor einem Jahr bei seiner Untersuchung zum Jedermann-Fall kennen gelernt. »Entschuldigen Sie vielmals, dass Sie warten mussten.« Er bot ihm einen Besucherstuhl an. Merana war eine Viertelstunde im Vorzimmer gesessen, weil sich das Fernsehinterview der ARD mit dem Intendanten hingezogen hatte. Und das nächste Team wartete bereits. Schon vor dem Festspielhaus war Merana die große Anhäufung von Kamera-Teams und Presseleuten aufgefallen. Es waren weit mehr Journalisten unterwegs als sonst. Kein Wunder. Seit sich die Nachricht verbreitet hatte, dass der Tod der Todorova kein gewöhnlicher Unfall war, sondern nach Verbrechen oder Selbstmord aussah, glich der Festspielbezirk einem Hornissennest. »Es wäre mir selbstredend lieber gewesen, wir hätten einander bei einer erfreulicheren Gelegenheit wiedergesehen«, eröffnete der Festspielleiter das Gespräch. Das stattliche Büro des Intendanten hatte sich seit seinem letzten Besuch kaum verändert. Natürlich hingen an den Wänden nicht mehr die Premierenankündigungen vom Vorjahr, sondern die Plakate der diesjährigen Produktionen. Die spärliche, aber geschmackvolle Einrichtung verlieh dem Raum etwas Spartanisches. Der Asparagus in der Ecke war verschwunden, ausgetauscht durch eine mittelgroße Fächerpalme. Vor allem war das große Bild noch an seinem Platz, das schon beim letzten Mal Meranas Aufmerksamkeit angezogen hatte. Das Gemälde zeigte die Jungfrau Maria im roten Kleid, auf einer engelbelagerten Wolkenbank schwebend, unter ihr die aufgeregte Schar der Apostel. Das Kunstwerk war eine täuschend echte Reproduktion von Tizians berühmter ›Assunta‹, der Himmelfahrt Mariens. »Ist es Ihnen inzwischen gelungen, das Original in der Frari Kirche von Venedig zu sehen, Herr Kommissar?« Merana schüttelte bedauernd den Kopf. »Leider nein.« Er ließ seinen Blick noch ein wenig auf dem Gemälde verweilen und wandte sich dann dem Intendanten zu. Der blickte ihn mit freundlichem Gesicht an. »Ich hoffe für uns alle, Sie sind mit Ihrem hervorragenden Team in der Aufklärung des bedauerlichen Falles ähnlich schnell und erfolgreich wie beim letzten Mal.« Diese Hoffnung teilte Merana. Er begann damit, dem Intendanten einige Fragen zum Festspielengagement von Anabella Todorova zu stellen, zur Probenarbeit, zu ihrem Umgang mit Kollegen und Mitarbeitern. Aber es kam dabei nicht viel heraus, wo er einhaken konnte. »Gibt es jemanden unter den Kollegen, der ihr besonders nahe stand?«

»Eventuell Ferdinand Hebenbronn, den kannte sie, so viel ich weiß, seit ihrem Studium in Wien. Wir hatten sogar für die Premierenfeier der Zauberflöte eine kleine Überraschung geplant. Es wäre gestern immerhin der 50. gemeinsame Auftritt der beiden gewesen. Und nach dieser Zauberflötenproduktion hätten sich wohl nur mehr wenige Gelegenheiten für gemeinsame Bühnenprojekte geboten.«

»Warum?«

»Es ist ein offenes Geheimnis, dass die eindrucksvolle Sängerkarriere von Ferdinand Hebenbronn sich dem Ende zuneigt. Die Stimme verlangt es.«

»Was wird er künftig machen?«

»Wenn man den Gerüchten glauben darf, die so herumschwirren, bewirbt er sich um eine künstlerische Leitung.«

»Macht er Ihnen bald Konkurrenz?«

Dem Mund des Intendanten entwich ein kurzes, helles Lachen. »Nein, ich hoffe nicht. Er soll sich eher für die amerikanische Szene interessieren. Er hat gute Kontakte zu Stuart Loretto, der für einige Opernhäuser und Orchester in den USA als Berater tätigt ist.«

Merana lenkte seine Fragen nun direkt auf die Vorfälle

des gestrigen Abends. Doch dazu wusste der Intendant zu seinem Bedauern nichts Zielführendes beizutragen.

»Werden die Festspiele die Tierschützer anklagen, Herr Doktor Vital? Hausfriedensbruch? Geschäftsstörung?« Der kleine Mann schüttelte den Kopf. »Nein, Herr Kommissar. Der Zwischenfall war zwar äußerst unangenehm, aber wir wollen die Angelegenheit nicht noch weiter aufbauschen. Wir haben genug mit dem Medienrummel wegen des schrecklichen Todesfalles zu tun.«

»Wie geht es weiter? Wann ist die nächste Zauberflötenvorstellung?«

»Zum Glück erst am Donnerstag. Wir haben auch schon einen künstlerisch hochwertigen Ersatz für Anabella Todorova gefunden, Milena Kurzmann. Sie kann zumindest die nächsten drei Vorstellungen singen, dann sehen wir weiter. Sie kommt noch heute Abend aus London. Wir haben morgen Vormittag eine Probe angesetzt. Am Nachmittag muss sie weiter nach Berlin, wo sie am Abend ein Konzert gibt. Sie kommt auch am Donnerstag erst kurz vor dem Auftritt nach Salzburg. Das ist stressig, aber Frau Kurzmann ist ein echter Profi. Es kommt uns entgegen, dass der Part der Königin der Nacht ja nicht allzu groß ist, da kann man sich schnell in jedes Regiekonzept einfinden.«

Merana musste dem Intendanten recht geben. So hatte er das noch nie betrachtet. Im Vergleich zu den anderen Protagonisten der Zauberflöte, zu Tamino, Papageno, Sarastro oder Pamina, hatte die Königin der Nacht eher wenig Auftritte.

»Natürlich ist diese Rolle dennoch eine der berühmtesten der gesamten Opernliteratur. Das liegt an den beiden Arien, besonders an der zweiten, der Rache-Arie. Die verlangt einer Künstlerin wirklich alles ab. Mozart hat uns

Menschen großartige Musik hinterlassen, würdig, um bis ans Ende des Kosmos zu reichen!«

Spielte der Intendant auf die Goldene Schallplatte in der Raumsonde an? Merana dachte an die Bilder aus dem Vortrag.

»Wohin gehen Ihre Gedanken, Herr Kommissar?«

»Ich frage mich gerade, ob mir eine kleine Raumsonde mit der Musik der sternflammenden Königin auf dem Weg zur Sonne bei der Lösung unseres Falles helfen kann.«

Der Intendant lächelte. »Wer weiß. Oft sind es die Dinge, von denen wir es am wenigsten erwarten, die uns weiter helfen.« Um ein Haar hätte Merana aufgelacht. Das klang nach der Zitatensammlung seines Chefs. Stammte dieser Spruch vielleicht auch von Franz Beckenbauer? Eher nicht. Der Satz erinnerte zwar auf den ersten Eindruck an einen billigen Spruch aus einem chinesischen Glückskeks. Doch Merana wusste aus seiner langen Erfahrung als Ermittler, dass der kleine Mann auf dem Stuhl vor ihm recht hatte. Manchmal halfen ihm bei seinen Untersuchungen in der Tat plötzlich Hinweise, die er davor gar nicht beachtet hatte. Ehe er aufstand, stellte er noch eine Frage. »Ich nehme an, Sie kennen Waldemar Bernhold?«

Jean Pierre Vital zögerte einen Moment mit der Antwort. »Ja, natürlich. Warum fragen Sie?«

»Ist er in Salzburg? War er gestern bei der Premiere?«

»Das entzieht sich leider meiner Kenntnis. Ich habe ihn nicht gesehen. Aber wenn Sie möchten, kann ich das vielleicht rausfinden lassen.«

»Würden Sie ein historisches Instrument, eine Meistergeige von Waldemar Bernhold kaufen, Herr Doktor Vital?«

Wieder zögerte der kleine Mann mit der Antwort. Dann sagte er:

»Ich sehe mich leider nicht in der finanziellen Lage, mir ein solches Instrument leisten zu können, aber wenn, dann würde ich die Firma ›John and Arthur Beare‹ in London vorziehen!« Nach seinem Gespräch mit Robert Neuenberg hatte Merana etwas in der Art erwartet.

Die Wolken hatten sich von Westen her verdichtet, als Hebenbronn in seinem Haus am Fuschlsee ankam. Wie große dunkelgraue Marmorplatten mit ausgefransten Rändern pflasterten die Wolkengebilde den gesamten Himmel zu. Die drückende Atmosphäre passte zu Hebenbronns Stimmung. Er fluchte, als die Fernbedienung fürs Garagentor wieder einmal nicht funktionierte. Er rutschte schwer atmend vom Sitz seines Mercedes und öffnete das Tor mit der Hand. Auf dem Weg zum Bungalow bemerkte er sofort, dass die Hecke nicht so geschnitten war, wie er es angeordnet hatte. Er wollte die Kanten gerade haben und nicht schief. Der Swimmingpool sah zwar gereinigt aus, aber das Wasser war nicht eingelassen. Herrgott, wozu bezahlte er dem Türken einen Haufen Geld, wenn er dann doch die Hälfte der Arbeit wieder selber machen musste! Wenigstens das Gestänge an der Hollywoodschaukel auf der Terrasse war zurechtgebogen. Er probierte aus, ob die Schaukel funktionierte, und war halbwegs zufrieden. Er konstatierte zufrieden, dass der türkische Gärtner Schmieröl auf die Gelenke gegeben hatte. Immerhin etwas. Er fühlte sich müde. Tonnenschwer lastete der gestrige Abend auf seinem Körper. Er hatte während der Nacht keine Auge zugetan, war erst am Morgen in einen unruhigen Schlaf gesunken. Auch aus dem hatten ihn die grässlichen Bilder immer wieder hochschrecken lassen. Ständig sah er den toten Körper von Anabella Todorova vor sich. Wie sie verkrümmt auf dem Bühnenboden lag. Ein schmaler roter Streifen verband ihren geschminkten Mund mit dem Dunkelgrau der Bretter. Blut. Ihre glasigen Augen hatten ihn angestarrt. Ihn und alle anderen, ehe der Arzt ihr die Lider schloss und die Sanitäterin eine Decke über den leblosen Körper zog. Er zwängte sich von der Terrassenschaukel hoch und schlurfte ins Innere des Hauses. Vielleicht sollte er Loretto lieber absagen. Er verspürte wenig Lust, sich heute mit ›Geschenken‹ zu vergnügen. Auch wenn sie so süß waren wie die kleine Koreanerin vor zwei Monaten in Wien. Er ließ die Tasche auf den Wohnzimmerteppich fallen. Ihr Gewicht erinnerte ihn daran, dass er sein Präsent aus dem Café Bazar mitgebracht hatte. Er zog den Reißverschluss auf und holte die Steinsäule heraus. Dann blickte er sich kurz um, fand einen passenden Platz auf der Kommode neben der Tür und stellte die Säule dort ab. Hier kam sie gut zur Geltung, und jeder Besucher würde sie gleich sehen. Er schlurfte weiter ins Badezimmer. Das Wasser der Dusche war eiskalt, aber das war ihm recht so. Er ließ die eisigen Strahlen auf seine Haut prasseln wie stählerne Nadeln. Dann trocknete er sich ab und legte sich nackt im Schlafzimmer aufs Bett. Wieder starrten ihn die weit aufgerissenen Augen der toten Anabella an. Er wälzte sich vom Bett, holte sich aus dem Wohnzimmer eine Flasche Enzianschnaps und nahm einen kräftigen Schluck. Gleich darauf noch einen. Dann legte er sich wieder hin. Der Alkohol und die Duschmassage der Wasserstrahlen, die seine Haut gerötet hatte, taten ihre Wirkung. Nach ein paar Minuten war er eingeschlafen. Er verfiel sofort in einen wirren Traum. Nackte Mädchen liefen einen Strand entlang und kickten sich mit den Füßen eine Kugel zu, als spielten sie Fußball. Jetzt rollte die große Kugel direkt auf ihn zu. Es war ein

Totenschädel. Er sank in die Knie. Der Sand brannte wie Feuer. Er hörte die Schreie der Mädchen aus der Ferne. Sie lachten. Plötzlich starrte ihn das riesige Gesicht einer Frau an, mit toten Augen. Aus dem Mund tropfte Blut in dicken Batzen. Als würden ihr schwarze Spinnen über den Hals laufen. Er drehte sich unruhig auf dem Bett hin und her. Draußen hatten die Wolkenplatten den Himmel völlig verfinstert. Dunkelheit setzte ein. Es blitzte in seinem Traum. Er stand im Scheinwerferlicht auf der Bühne, versuchte zu singen. Seine Stimme versagte. Angstschweiß kroch über seinen Rücken. Die geifernde Menge forderte eine Arie von ihm. Er konnte nicht. Er brachte keinen Ton heraus.

Ein schrilles Läuten drang in sein Bewusstsein. Sein Oberkörper schnellte aus dem Bett hoch. Er brauchte ein paar Sekunden, um zu registrieren, wo er sich befand. Das Zimmer war dunkel. Wieder drang der schrille Ton an sein Ohr. Er kam von der Türglocke. Sein Kopf brummte, Übelkeit machte sich in seinem Mund breit. Er schaute auf den Wecker am Nachttisch. Kurz vor 21 Uhr. Loretto wollte doch erst nach zehn kommen. Erneut läutete es. Ja, er war ja schon unterwegs. Er schlüpfte in den Bademantel, band sich notdürftig den Gürtel über seinem dicken Bauch zu und stapfte ins Vestibül. Dort warf er einen raschen Blick in den Spiegel. Er fuhr sich mit der Hand durchs Haar, versuchte es zu glätten. Er wollte nicht gänzlich unordentlich erscheinen für seine ›Geschenke‹. Dann öffnete er die Tür.

## SONNTAG, 26. JULI, 23.30 UHR

Merana sackte müde auf die Couch in seinem Wohnzimmer. Er legte die Füße auf den flachen Glastisch. Er war seit halb sechs auf den Beinen. Er hatte sich auf der Heimfahrt vorgenommen, zuhause noch Musik zu hören, den Schluss der Zauberflöte. Ab der wunderbaren Arie der Pamina, die wegen der vermeintlich abweisenden Haltung von Tamino mit tiefer Trauer erfüllt ist. *Ach, ich fühl's, es ist verschwunden.* Diese Arie ging ihm jedes Mal zu Herzen. Die Aufnahme, die er besaß, mit der jungen Gundula Janowitz als Pamina, berührte ihn besonders. Aber er fühlte sich zu erschlagen. Er ließ noch einmal die Geschehnisse des Tages Revue passieren, von seinem frühen Aufstieg zum Kapuzinerberg bis zur letzten Ermittlungs-Besprechung vor zwei Stunden. Sie hatten versucht, aus den spärlichen Angaben, die das Team mit allen Helfern zusammengetragen hatte, einen ungefähren Ablauf der Ereignisse hinter der Bühne und im Bereich der Garderoben zu skizzieren. Drei Zeugen hatten sich gefunden, die sich an eine rothaarige Frau erinnern konnten, darunter eine auskunftsfreudige Schneiderin aus der Kostümabteilung. Die war sich ziemlich sicher, mit einer rothaarigen Person im Lift gefahren zu sein. Doch dann verlief sich die Spur der Frau wieder. Es gab bisher niemanden, der bestätigen konnte, dass Anabella Todorova etwas zu sich genommen hatte. Immerhin hatten sie herausgefunden, dass in allen Künstlergarderoben Johannisbeer- und Orangensäfte vorhanden waren, geliefert von einer Cateringfirma. Dazu hatte man Kaffee, Tee, Obst und Snacks in den Garderoben vorbereitet. Allerdings waren alle Reste samt Geschirr noch in der Nacht abgeräumt worden. Sie hatten auch zur Kenntnis nehmen müssen, dass die Regisseurin bereits am frühen Morgen abgereist war. Sie musste dringend nach Barcelona, wo am Morgen bereits die Proben für ihre nächste Inszenierung begannen. Die kurzen Verständigungsproben mit der Ersatzsängerin Milena Kurzmann würde der Regieassistent übernehmen. Um die Befragung dieses Assistenten wollte Merana sich selbst kümmern. Sie hatten auch noch herausgefunden, dass Waldemar Bernhold tatsächlich seit gestern am späten Nachmittag in Salzburg weilte. Ob er auch im Festspielhaus gewesen war, wussten sie noch nicht. So lange sie keinen Beweis in der Hand hatten, dass der Geigenhändler in Verbindung mit der Todorova-Stiftung tatsächlich in einen Betrug verwickelt war, würde ein Gespräch mit ihm wenig bringen. Sie würden es trotzdem morgen Nachmittag versuchen. Merana sah auf seine Armbanduhr. Gleich Mitternacht. Andrea würde wohl schon zuhause sein, in ihrer kleinen Garçonnière im Stadtteil Schallmoos. Er war einmal dort gewesen, im Frühsommer. Die Streifenpolizistin hatte sich geweigert, an der Abschiebung einer ausländischen Familie mit zwei Kleinkindern mitzuwirken. Ein Disziplinarverfahren drohte. Er hatte ihr Hilfe angeboten. Doch sie wollte die Sache ohne ihn durchstehen. Sie hatte damals sogar kurzzeitig überlegt, den Dienst zu quittieren. Zu Meranas Erleichterung hatte sie es sich dann doch anders überlegt. Ihr Vorhaben, in eine andere Stadt zu ziehen, hatte vielleicht auch mit ihm zu tun. Natürlich wussten sie beide, dass zwischen ihnen mehr war, als nur kollegiale Sympathie. Aber es war so schwer, darüber zu reden. Für ihn vielleicht noch mehr als für sie. Er sah noch einmal auf die Uhr. Sollte er vielleicht jetzt noch hinfahren? Falls sie schon zuhause war, wäre sie sicher noch nicht zu Bett gegangen. Sie hatte einen fünftägigen Kurs in Wien absolviert. Die Ausbildung hatte bis heute Abend gedauert. Der Spätzug war erst vor einer knappen halben Stunde angekommen. Er stellte sich ihr Gesicht vor, wenn sie ihm die Tür öffnete. Das Lächeln, das sie für ihn immer hatte, würde ihm auch dieses Mal gut tun. Er hob die Beine vom Tisch und stand unschlüssig auf. Er war schon halb an der Tür, als sein Handy läutete. Es war Birgit. Das sah er am Display. Für einen Moment überlegte er, das Gespräch nicht anzunehmen. Immerhin hatte er seit gestern drei Mal versucht, sie zu erreichen, und sie hatte nicht abgehoben. Dann drückte er doch die grüne Taste. Ihre Stimme klang nicht mehr so reserviert wie am Tag davor. Sie schlug einen Tonfall an, der irgendwie Verständnis signalisierte und Verständnis erwartete. »Ich wollte dir nur sagen, Martin, dass ich mich entschlossen habe, ein paar Tage wegzufahren. Ich brauche etwas Abstand. Liliane kommt mit.« Liliane? Ihre Schwester? Mit der verstand sie sich doch gar nicht so gut. Die Frau Universitätsdozentin sah doch immer nur hochnäsig auf die kleine Mittelschullehrerin herab. »Ich kann noch nicht sagen, wann ich zurück bin. Aber ich verspreche, mich dann sofort bei dir zu melden.« Kurze Stille trat ein. Sie erwartete wohl, dass er etwas sagte. »Das finde ich gut, Birgit. Genieß die Tage.« Hatte er das Richtige getroffen? Oder hätte er etwas anderes sagen sollen? Sie blieb jedenfalls weiterhin bei ihrem freundlichen Tonfall. »Danke, Martin. Dir alles Gute bei deinem Fall. Wenn ich wieder da bin, dann reden wir in Ruhe. Gute Nacht.«

»Dir auch eine gute Nacht.«

Er blieb neben der Tür stehen und ließ das Gespräch in sich nachschwingen. Gleichzeitig fielen ihm Bilder ein,

Szenen aus den letzten Jahren. Er sah Birgit mit der großen Trommel und dem ausgefransten Schlägel in der vordersten Reihe der Demonstranten, die gegen die Erweiterung des Flughafens protestierten. So hatten sie einander kennen gelernt. Birgit Moser war Mittelschullehrerin für Deutsch und Biologie und zugleich Abgeordnete der Bürgerpartei. Seit einem Jahr saß sie in der Gemeindevertretung der Stadt Salzburg. Sie konnte für die Anliegen anderer kämpfen wie eine Löwin. Dann fiel ihm ein, wie Birgit jubelnd auf der alten Steinbrücke in Verona gestanden war. Sie freute sich wie ein Kind über das dunkelblaue Kleid, das sie eben gekauft hatten. Szenen aus ihren gemeinsamen Unternehmungen zogen an ihm vorüber. Es waren schöne Erinnerungen. Zugleich schlich ein wehes Gefühl in sein Inneres. Es galt eine Entscheidung zu treffen. Das war ihm klar. *Die Wahrheit ist dem Menschen zumutbar.* Er legte das Handy auf die Anrichte und goss sich ein Glas Rotwein ein. Dann öffnete er seinen Laptop, der mit der Lautsprecheranlage verbunden war. Er durchstöberte den Musikdateien-Ordner und klickte auf *Hilliard Ensemble*. Gleich darauf erfüllte Musik den Raum. Es war nicht die Zauberflöte. Klänge aus der Renaissancezeit, getragen von den Stimmen des britischen Vokalquartetts, zogen durch die Stille. *Con l'angelico riso.* Mit engelsgleichem Lächeln. Die Gesichter zweier junger Frauen tauchten in ihm auf. Das eine Gesicht gehörte Andrea. Ihre freudestrahlenden Augen passten zu dem Engelslachen, von dem das Vokalensemble sang. Das andere Gesicht war das von Emina, die ihm heute Nachmittag in einer Garderobe der Felsenreitschule gegenüber gesessen war. Die ihn so sehr an das Bild von Dinharazade erinnert hatte. Beide hatten den gleichen Ausdruck von leiser Furcht in den Augen. Warum hatte die dumme

Göre aus Deutschland heute im entscheidenden Moment ihren Mund nicht halten können? Ärger stieg in ihm auf. Er war sich ganz sicher, dass ihm Emina etwas mitteilen wollte und in diesem Augenblick bereit gewesen war, zu reden. Was wusste die junge Frau? Was hatte sie beobachtet? Er musste in den nächsten Tagen unbedingt versuchen, noch einmal an das scheue Reh heranzukommen.

# MONTAG, 27. JULI, 9.30 UHR

Seit seiner Ermittlung im Jedermann-Fall vor einem Jahr fühlte sich Merana in den Gängen des Großen Festspielhauses schon fast wie zuhause. Er genoss es, durch die Korridore zu streifen, vorbei an den Probenzimmern, hinter deren Türen Klavier oder Geigen erklangen, manchmal auch Gesangsstimmen in schnellen Koloraturläufen. Er traf Musiker, die zur Probe unterwegs waren, Damen aus der Schneiderei, die Kostüme in fantastischer Ausstattung in die Chorgarderoben schoben. Er nickte Bühnenarbeitern und Lichttechnikern zu. Diese grüßten ihn freundlich zurück, als gehöre er längst zum Personal. Als er sich vom unteren Stockwerk der großen Bühne näherte, hörte er über sich laute Stimmen. Zwei Personen stritten, ein Mann und eine Frau. Er erreichte eine Leiter und stieg daran von der Unterbühne zur Hauptbühne hoch. Am Bühnenrand standen in einigen Metern Entfernung ein groß gewachsener junger Mann und eine kleinere Frau, die Merana den Rücken zuwandte.

»Was glaubst du, in welche unangenehme Lage du mich damit gebracht hast!«, rief der junge Mann laut. Dann bemerkte er den Kommissar. »Entschuldigen Sie, das geht leider nicht. Sie können da nicht einfach hereinkommen. Wir haben gleich Probe.«

Nun drehte sich auch die Frau um. Merana war überrascht, als er den roten Haarschopf und das Gesicht wiedererkannte. Die leibhaftige Gimpl-Gundi stand vor ihm. Merana zeigte dem Regieassistenten im Herankommen seinen Dienstausweis. »Ich halte Sie nicht lange auf.« Dann wandte er sich an die Frau. »Guten Tag, Frau Stiegler. An Sie hätte ich auch ein paar Fragen.« Die Frau blitzte ihn aus rauchgrauen Augen an und blies sich kräftig eine Haarsträhne aus dem Gesicht. »Ich habe jetzt leider keine Zeit. Ich bin unterwegs im Dienste der Geschöpfe der Natur!« Damit ließ sie ihn stehen und verschwand Richtung Ausgang. Der Kommissar überlegte kurz, ob er sie aufhalten sollte, fand es aber nicht so wichtig und ließ es bleiben.

»Sie dürfen das nicht so ernst nehmen, meine Mutter gibt andauernd solche Sprüche von sich.«

Merana brauchte ein paar Sekunden, um zu verstehen, was der junge Mann eben gesagt hatte. »Das ist Ihre Mutter, die Gimpl-Gundi? Ich meine Rotgunde Stiegler.«

Der Assistent zuckte mit den Schultern. »Ja, leider.« Dann reichte er dem Polizisten die Hand. »Ich bin Johannes Stiegler.« Sein Händedruck war kräftig.

»Ich nehme an, Sie haben den Vorfall mit Ihrer Mutter am Samstagabend mitbekommen.«

»Natürlich habe ich das mitgekriegt.« Er hob seine Stimme, sie klang zornig. »Deswegen bin ich ja sauer auf sie. Kommt da am späten Nachmittag unangekündigt hinter die Bühne. Zuerst habe ich mich noch gefreut, weil sie mir alles Gute für meine erste Festspielpremiere als Assistent wünschte. Ich wollte sie dann nach draußen begleiten, aber sie meinte, sie fände den Weg schon alleine. Und dann stehe ich im ersten Akt links in der Kulissengasse, während der Max seine Papageno-Arie anstimmt. Und was sehe ich plötzlich? Die Saaltüre fliegt auf und meine Mutter schneit herein mit einem Megafon und veranstaltet einen Affenzirkus! Ich wäre am liebsten bis in die Unterbühne versunken!«

Merana überlegte, ob ihm der junge Mann etwas vorflunkerte und vielleicht gar nicht so erschrocken war, sondern eher ein Mitwisser. Nach dem überzeugenden Tonfall des Mannes zu schließen, glaubte er eher nicht, dass er belogen wurde. Doch ganz ausschließen wollte er die Variante auch nicht.

»Hatte Ihre Mutter etwas dabei, als sie zu Ihnen hinter die Bühne kam?«

»Ja, eine Tasche. In der waren wohl das Abendkleid und die Schuhe. Sie muss sich irgendwo im Haus verkrochen und auf den richtigen Moment gewartet haben, bis sie mit ihren Kumpanen ihre Einlage zum Besten geben konnte. Sie kennt sich hier ja ein wenig aus. Ich Trottel habe ihr gleich zu Probenbeginn vor vier Wochen voller Stolz gezeigt, wo ich arbeite und für sie eine eigene Hausführung gemacht bis in die hintersten Winkel dieses Riesenkastens. Und dann schleicht sie sich hier ein!«

Wieder packte ihn der Zorn. »Ich könnte Sie erwürgen!«

Er hielt kurz inne. »Entschuldigen Sie, neben einem Polizisten sollte man vielleicht mit solchen Drohungen vorsichtig sein.«

»Ich verstehe Sie gut. Wenn es meine Mutter wäre, würde ich sie auch erwürgen wollen.« Sie sahen einander ins Gesicht. Und plötzlich fingen beide aus vollem Hals zu lachen an. Der junge Mann wieherte fast wie ein Maultier und verschluckte sich dabei. Merana klopfte ihm ein paar Mal mit der Hand auf den Rücken, während er Mühe hatte, den eigenen Lachanfall zu bändigen.

»Sind bei euch in der Truppe alle solche Spaßvögel wie Sie?«, fragte der Assistent und japste nach Luft.

»Nein«, erwiderte Merana und fing sich allmählich wieder. »Und ich bin im Grunde auch keiner von der lustigen Sorte. Aber die Situation mit dem Auftritt Ihrer Mutter hatte eine derart groteske Note, dass man bei allem gebotenen Ernst sich dem Lachen nicht entziehen kann.«

»Da haben Sie recht, Herr Kommissar. Es klingt nach einem skurrilen Einfall in einem schlechten Film. Warten Sie einen Moment, bitte.« Der junge Mann verschwand hinter einer der Stoffbahnen, die am hinteren Bühnenteil vom Schnürboden herabhingen. Gleich darauf kam er mit zwei Stühlen zurück. Sie nahmen Platz.

»Wissen Sie, im Grunde ist meine Mutter gar nicht so übel. Sie ist eine Frau, mit der man die sprichwörtlichen Pferde stehlen kann. Sie hat mir zwar in meiner Jugend hie und da ordentlich die Federn gestutzt, aber sie hat mich in meiner Entwicklung im Großen und Ganzen nicht behindert. Das Malheur hat angefangen, als vor zwei Jahren mein Vater starb und sie eine Betätigung suchte, um sich von ihrem Schmerz abzulenken. Plötzlich hatten wir im Keller eine ganze Horde von Igeln, die durch den Winter gebracht werden musste. Sie fing an, mit wildfremden Leuten nächtens Kröten am Straßenrand einzusammeln, um diese kübelweise bis zum nächsten Teich zu schleppen. Dann half sie drei Mal pro Woche im Tierheim aus, und jetzt sind die Vögel an der Reihe. Ist ja alles löblich, aber man kann es auch übertreiben. Sollte sie je anfangen, auf dem Landgut dieses promisüchtigen Reserve-Franz-von-Assisi hier gleich in der Nähe anzuheuern, dann lasse ich sie auf der Stelle für unmündig erklären!«

Die offene Art des jungen Mannes gefiel Merana.

»Wenn das so weitergeht, muss ich etwas unternehmen, Herr Kommissar. Manchmal denke ich mir, ich sollte ihr vielleicht einen neuen Mann suchen.«

»Ich hätte da vielleicht einen brauchbaren Kandidaten.«

Der Assistent sah den Kommissar verwundert an. »Wie meinen Sie das?« Merana winkte ab. »Davon erzähle ich Ihnen ein anderes Mal. Jetzt wollen wir über den tragischen Vorfall bei der Premiere reden.« Doch der junge Mann konnte nicht viel an Verwertbarem zu Meranas Fragen beitragen. Er war die letzten zwei Stunden vor der Aufführung im Ballettsaal vor allem mit den Schlangenkindern beschäftigt gewesen. Während des ersten Aktes, genauso wie nach der Pause, hätte er sich vorwiegend hinter der Bühne aufgehalten und mitgeholfen, dass die Auftritte problemlos funktionierten.

»Wann haben Sie Frau Todorova vor ihrem Arien-Einsatz im zweiten Akt zuletzt gesehen? In der Pause?«

Er dachte kurz nach. »Ja, knapp vor dem zweiten Einläuten. Wir sind einander auf dem Gang vor den Garderoben begegnet.«

»Ist Ihnen etwas Besonderes an ihr aufgefallen?«

Wieder dachte er eine Weile nach. »Im Grunde genommen nicht. Eine leichte Anspannung vielleicht. Aber die hatten wir alle wegen der Premiere. Auch so erfahrende Bühnenfüchse wie Frau Todorova oder Ferdinand Hebenbronn konnten sich der nicht ganz entziehen.«

»Bitte, denken Sie noch einmal genau nach, Johannes. Jedes Detail ist wichtig.«

Der junge Theatermann legte die Hände vor sich auf die Knie. »Anabella Todorova klagte über Kopfschmerzen. Aber das war nichts Besonderes. Sie litt manchmal unter Migräne. Einmal mussten wir deswegen eine Probe früher abbrechen. Aber sonst fällt mir nichts mehr ein.«

Kopfschmerzen? Hatte sie da bereits erste Anzeichen von Schwäche? Begann das Phenobarbital schon zu wirken? Sie mussten unbedingt mehr Zeugen auftreiben.

»Ah, Herr Kommissar …« Merana hörte die Stimme des Intendanten hinter sich. Jean Pierre Vital war in Begleitung einer Frau, die eine dunkle Hose trug und darüber eine Art Poncho, dessen Fransen ihr bis zu den Knien reichten. »Darf ich Ihnen Frau Kurzmann vorstellen, die uns in dieser schwierigen Situation aus unserer Bedrängnis hilft.« Er machte die beiden miteinander bekannt. »Und das, liebe Milena, ist unser hoch talentierter Assistent Johannes Stiegler, der einmal ein großer Regisseur werden wird.« Das Lob des Intendanten freute den groß gewachsenen jungen Mann. Seine Ohren begannen zu glühen. Die Sängerin reichte ihm die Hand. »Ich freue mich sehr, mit Ihnen zu arbeiten, Johannes. Ich vertraue ganz auf Ihre Hilfe.« Sie nahm den Poncho ab und hängte ihn über einen der Stühle. Darunter trug sie eine schlichte, weit geschnittene helle Bluse. Sie betrachtete neugierig das Bühnenbild, in dem sie am Donnerstag als neue Königin der Nacht erscheinen sollte.

»Sie müssen mir bei nächster Gelegenheit unbedingt verraten, was Sie mit dem möglichen Kandidaten für meine Mutter gemeint haben«, raunte der Assistent Merana zu und verabschiedete sich. Vielleicht lieber doch nicht, überlegte Merana. Er hatte eine Mordermittlung zu führen. Da war er in seinem Metier. In der Rolle des Heiratsvermittlers, wie der schlitzohrige Kezal in der Oper ›Die verkaufte Braut‹ einer war, gab er garantiert keine gute Figur ab. Er folgte dem Intendanten auf dem Weg nach draußen.

Er beschloss, den Weg zurück ins Büro zu Fuß zu gehen. Die halbe Stunde Bewegung würde ihm gut tun. Dabei könnte er auch über alle bisherigen Details des Falles nachdenken. Außerdem liebte es Merana, durch die Innenstadt von Salzburg zu schlendern. Schon während seines Studiums, als er in einem Studentenheim am Stadtrand wohnte, hatte er seine Tagesabläufe so organisiert, dass er möglichst viel Zeit in den Gassen und Galerien, auf den Plätzen und Wegen der Altstadt zu beiden Seiten der Salzach verbringen konnte. Er fühlte sich immer noch wie ein Gast an diesem Ort, auch nach über 20 Jahren, seit er von seiner gebirgigen Heimat im Pinzgau in die Landeshauptstadt gekommen war. Er hatte sich den wachen Blick eines Kindes bewahrt, das immer noch über die Schönheiten der Stadt entzückt war. Über den Anblick der Burg hoch über den Häusern. Über den kleinen Schrägaufzug, der zu dieser Festung hinaufführte und von Weitem aussah wie eine Spielzeugbahn. Über die Brunnen und Innenhöfe. Über die Fiakerpferde, die gemächlich Scharen von fröhlichen Touristen über das Pflaster der Altstadt zogen.

Eine Gruppe von Italienerinnen kam ihm entgegen. Er hatte die große Tribüne erreicht, die den ganzen Sommer über vielen Tausenden Besuchern Platz bot, um die Jedermann-Aufführungen vor der Kulisse der mächtigen Fassade der Kathedrale zu erleben, da bemerkte er eine große Menschenansammlung bei den Bögen, die vom Domplatz zum Kapitelplatz führten. Er näherte sich neugierig und versuchte mitzubekommen, was die Menge so faszinierte. Als ein Tourist aus dem dichten Kreis zurücktrat, um den Akku seiner Kamera zu wechseln, zwängte Merana sich in die Lücke. Unter den Dombögen sah er zwei Personen, einen Mann und eine Frau. Der Mann führte zwei Puppen, die an Fäden hingen. Die Frau sogar drei. Dazu erschallte aus einem mobilen MP3-Player Musik.

*Silberglöckchen, Zauberflöten, sind zu eurem Schutz vonnöten.*

Das war eindeutig aus der Zauberflöte. Jetzt erkannte Merana, dass der Mann in der linken Hand eine Puppe lenkte, die aussah wie ein Prinz. An den Fäden des rechten Holzkreuzes hing ein schon etwas ramponierter Vogelfänger. Der Kommissar erlebte hier gerade auf dieser improvisierten Bühne unter den Bögen die Abschiedsszene von Tamino und Papageno, die sich auf die Suche nach Pamina machten. Die Puppenspielerin dirigierte die drei Damen, die den Reisenden mit graziler Bewegung der kleinen Hände den Weg wiesen. Als die beiden fragten, wie sie denn Sarastros Burg finden könnten, sangen die Damen:

*Drei Knäblein, jung, schön, hold und weise,*
*Umschweben euch auf eurer Reise.*

Zur feinen Melodie des Gesanges, die sich für Merana immer so anhörte, als würde sie die leicht ruckende Bewegung eines kleinen Spielzeugkarussells begleiten, ließ ein Mädchen, das er bisher noch gar nicht wahrgenommen hatte, mit sanfter Bewegung einen kleinen Fesselballon durch die Luft schweben, in dem drei Knaben als Miniaturpuppen saßen.

*Sie werden eure Führer sein,*
*Folgt ihrem Rate ganz allein.*

Papageno und Tamino wiederholten diese Phrase der drei Frauen und folgten dann langsam den im Ballon davonschwebenden Knaben. Die Umstehenden beklatschten diese entzückende Szene. Merana stimmte in den Applaus mit ein. Ja, die ganze Stadt lag immer noch im Zauberflötenfieber. Daran hatte auch der grausame Tod der Todorova nichts geändert. Auch das berühmte Salzburger Marionettentheater auf der anderen Seite der Salzach, zwischen Landestheater und Mozarteum gelegen, hatte sich eine Neuinszenierung der Mozart-Oper einfallen lassen. Wenn er es dienstlich schaffte, wollte er sich diese Aufführung ansehen. Er könnte ja dann vergleichen, ob den Puppenspiel-Profis auf der anderen Salzachseite eine ähnlich beeindruckende Szene gelungen war, wie den Straßenkünstlern auf dieser Seite.

Einen Aspekt, der ihm jetzt auffiel, hatte Professor Peterfels bei seinem Vortrag übersehen. Die Handlung der Zauberflöte glich in vielen Zügen auch einer polizeilichen Ermittlung. Tamino und Papageno machten sich auf den Weg, um das Rätsel von Paminas Versteck zu lösen. Und wie in jeder Ermittlung stießen sie dabei auf ganz unterschiedliche Aussagen. Es war schwer, Betrug und Wahrheit auseinander zu halten. Dem armen Papageno wird in einer Szene ganz übel mitgespielt. Er glaubt sich einer steinalten Frau gegenüber, ehe sich herausstellt, dass dieses Wesen ein bildhübsches Mädchen ist, im Alter von *18 Jahren und 2 Minuten*, wie sie exakt angibt. Und während der Vogelfänger nach dieser Papagena greifen möchte, wird sie ihm wieder von unsichtbaren Kräften entzogen.

*Silberglöckchen, Zauberflöten …*

Ja, Merana hätte auch gerne solche Zauberdinge bei seiner Arbeit. Er war auf die Hilfsmittel und Laboreinrichtungen von Thomas Brunner und dessen Truppe angewiesen. Und er würde darüber hinaus vor Freude zu singen beginnen, wenn ihm auch *drei Knäblein, jung, schön, hold* und vor allem *weise* voranschwebten, um ihm den Weg zur Lösung des Rätsels zu zeigen. Er spürte ein nervöses

Klopfen an seinem Oberarm. »Sie sind doch der Polizist von der Mordkommission?« Eine kleine, leicht verwuzelte Frau stand neben ihm. Mit einem Besen in der Hand hätte sie gute Figur bei einer Halloween-Party gemacht.

»Ich habe Sie gestern im Fernsehen gesehen.« Sie meinte wahrscheinlich den Bericht von der Pressekonferenz, bei der Merana auf Wunsch des Polizeipräsidenten ein paar Worte gesagt hatte.

»Was kann ich für Sie tun?«

»Ich habe die Frau Todorova kennen gelernt. Ich habe sie nach der Generalprobe abgepasst, um ein Autogramm zu bekommen. Da, sehen Sie.«

Sie wühlte in ihrer riesigen Handtasche und brachte schließlich eine Karte zum Vorschein, auf der Anabella Todorova im Kostüm der Königin der Nacht abgebildet war. »Dabei sind wir auch ein bissl ins Reden gekommen, die Frau Todorova und ich. Ich habe ihr erzählt, welche Skandale sich hier in der Stadt im Namen Mozarts abspielen. Sie hat mir zugesagt, sich darum zu kümmern.«

»Was meinen Sie? Welche Skandale?«

»Das wissen Sie gar nicht?« Die Frau wurde lauter. »Allerhöchste Zeit, dass die Polizei einmal einschreitet. Folgen Sie mir, dann zeige ich es Ihnen!« Sie stopfte die Autogrammkarte zurück in die Tasche, drehte auf den halbhohen Absätzen ihrer Schuhe um wie ein zackiger Feldwebel und stapfte voraus. Es blieb Merana nichts anderes übrig, als der resoluten Dame zu folgen. Er musste dazuschauen, dass er mithielt, denn die kleine Frau legte in rasanten Trippelschritten ein Tempo an den Tag, das man ihr kaum zugetraut hätte. Sie blickte sich erst nach Merana um, als sie nach dem Residenzplatz in die Goldgasse eingebogen waren.

»Da sehen Sie es! Ein Skandal!«

Sie standen vor einem kleinen Geschäft, das Souvenirs, Reiseführer und Artikel des täglichen Gebrauchs verkaufte. Seifen, Kämme, bunte Halstücher.

»Hier müssen Sie schauen!« Ihr Finger stach gegen die Scheibe, wies auf einen Artikel in der Mitte der Auslage. *Jetzt neu!* stand auf einem großen Schild! *Mozart-WC-Enten mit Originalmusik!* Auf einem kleinen Podest waren drei kleine gelbe Plastikenten postiert, die man offenbar mittels eines Drahtbügels am Rand der Toilettenmuschel befestigen konnte. Merana wusste nicht, was er davon halten sollte. War das ein Scherz? Die Ladentür ging auf und drei Japaner kamen heraus, gefolgt von zwei Frauen, die ihrem Reden nach Einheimische waren. Alle Personen hielten kleine Kartons in den Händen, auf denen ähnliche Enten wie im Schaufenster abgebildet waren. Offenbar kein Scherz.

»Jetzt gehen Sie schon rein und verhaften Sie die ganze Bande!« Die kleine Frau wollte ihn ins Geschäft schieben.

»Moment!« Er versuchte die Dame zu beruhigen. »Da liegt ja offenbar nichts Ungesetzliches vor!«

»Das ist doch völlig wurscht! Eine Sauerei liegt vor! Die bis zum Himmel stinkt!

Wissen Sie, was passiert, wenn man die Enten ins Klo hängt und die Spülung zieht? Da fangen die Viecher zu singen an:

*Das klinget so herrlich, das klinget so schön!*
*Tralla lalala trallalalala!*«

Merana musste sich zurückhalten, um nicht auf der Stelle einen Lachanfall zu kriegen. Er warf einen Blick auf die

Enten in der Auslage. Die kleinen Tiere mussten einen Miniplayer samt Chip und Batterie im Inneren haben, der auf Feuchtigkeit reagierte. Oder auf das Geräusch der Wasserspülung. Er zog demonstrativ einen Notizblock aus der Tasche und notierte sich den Namen des Geschäftes und die Hausnummer.

»Ich kann Sie beruhigen, ich werde der Sache nachgehen«, betonte er.

»Das hat mir die Frau Todorova auch versprochen. Sie werde nachprüfen, ob das alles mit rechten Dingen zugehe, hat sie gesagt. Ob man tatsächlich einen Plastikvogel ins Scheißhaus hängen darf, der Mozart singt.«

»Das hat sie gesagt?«

Die Alte schaute ihn an. »Das mit ›Scheißhaus‹ nicht. Aber den Rest schon. Und ich sage Ihnen, sie hat es getan. Sie ist dem Skandal nachgegangen. Und deswegen haben sie die arme Frau um die Ecke gebracht. Die schrecken nämlich vor nichts zurück.« Sie drohte mit der Faust in Richtung Auslage. »Denken Sie an meine Worte, junger Mann.« Dann vollführte sie wieder die Feldwebeldrehung und stapfte davon. Merana überlegte einen Augenblick, ob an dem Gerede der alten Dame etwas dran sein könnte. War die Todorova tatsächlich hier gewesen, um sich über einen fragwürdigen Gebrauch von Mozarts Ansehen zu beschweren? Das konnte er sich beim besten Willen nicht vorstellen. Ein junges Paar war an der Auslage stehen geblieben.

»Schau, die süßen Enten!« rief die junge Frau begeistert. »Was steht da? Mit Mozart Originalmusik? Komm, so eine müssen wir uns besorgen.« Der junge Mann folgte ihr mit mäßiger Begeisterung ins Innere des Geschäftes. Merana konnte die alte Frau von vorhin verstehen. Auch er merkte, wie ihm der Groll hochkam. Das passte irgendwie zum Erscheinungsbild dieser Stadt, die sich oft liebenswert und kultiviert präsentierte, und dann wieder präpotent, geschäftsgeil und geschmacksverwirrt. Reichten denn nicht Mozart-Kugeln, Mozart-Dinner, Mozart-Liköre, Mozart-Krawatten, Mozart-T-Shirts, Mozart-Schifffahrt, Mozart-Würste? Mussten es unbedingt auch noch Mozart-WC-Enten sein, die singen?

*Nie hab ich so etwas gehört und gesehn!*
*Trallalala tralla lalala!*

Er war nicht der Typ der Leserbriefe schrieb. Doch er überlegte, ob er nicht mit Rotgunde Gimpl eine Initiative gegen Klo-Enten gründen sollte.

# MONTAG, 27. JULI, 16.00 UHR

Waldemar Bernhold empfing sie in seinem Hotelzimmer. Das Fenster zur Gasse war geöffnet. Der Lärm der drei Stockwerke tiefer vorbeiströmenden Leute drang schwach herauf.

»Womit kann ich der Polizei helfen?« Er wies dem Kommissar und dem Abteilungsinspektor zwei Stühle an. »Wir ermitteln die Umstände, die zum Tod von Anabella Todorova geführt haben und bis jetzt noch nicht geklärt sind«, begann Merana das Gespräch mit betonter Gelassenheit.

»Und da Sie unseren Informationen nach Frau Todorova gut kannten wegen ihrer geschäftlichen Beziehung, hoffen wir, dass Sie uns weiterhelfen können«, ergänzte Otmar Braunberger. Der Geigenhändler blickte wachsam zwischen den beiden Polizisten hin und her. Er hatte sich offenbar am Morgen nicht rasiert. Die Bartstoppeln verdeckten zur Gänze die Narbe am Kinn. »Ich weiß nicht genau, wie Sie das meinen?«

»Was wissen Sie über den Tod von Anabella Todorova?«

»Nichts. Nur was ich in der Zeitung gelesen habe.«

Die beiden Ermittler ließen die Aussage unkommentiert stehen. »Waren Sie am Samstag in der Premiere?«, fragte Otmar Braunberger ruhig, als würde er sich nach der Uhrzeit erkundigen.

Bernhold zögerte kurz. »Nein.«

»Sie waren aber im Großen Festspielhaus, eine Zeugin hat Sie gesehen.« Merana blickte kurz zu seinem Begleiter. Bluffte Otmar Braunberger oder stimmte das? Er wusste, dass sein Abteilungsinspektor oft aus seinen eigenen Quellen schöpfte. So war es auch in diesem Fall. Otmar Braunberger wusste, dass die Chefin des Blumengeschäftes, in dem er öfter kleine Sträuße für Hedwig besorgte, zu den größten Klatschtanten der Stadt gehörte, bestens informiert vom Secret Service der Inhaberin eines Friseurladens in der Innenstadt. Und dass die erfolgreiche Geschäftsfrau bei der Zauberflötenpremiere gewesen war, davon war er ausgegangen. Ein Mitglied der selbst ernannten Salzburger Society hatte einfach dabei zu sein. Also hatte er heute auf gut Glück ein Foto von Bernhold eingesteckt und war zu Mittag im Geschäft aufgetaucht. Er hatte damit einen Volltreffer gelandet. Die Geschäftsinhaberin hatte den Mann wiedererkannt und dem Abteilungsinspektor auffällig intensiv gedankt, als er ihr danach dessen Namen nannte. Der Geigenhändler grübelte noch über der Formulierung seiner Antwort und rutschte unruhig auf seinem Stuhl hin und her. »Ja, ich war kurz im Großen Festspielhaus, weil ich Frau Todorova *Toitoitoi* wünschen wollte. Nachdem ich es vor der Veranstaltung nicht geschafft hatte, bin ich in der Pause gekommen.«

»Und hat Sie sich über Ihren Besuch gefreut?«

»Ja.«

Otmar Braunberger, der die Gesprächsführung übernommen hatte, machte eine Pause. Merana überließ seinem Abteilungsinspektor das Timing für die nächste Frage. Bernholds Nervosität wurde deutlicher.

»Ist das alles?«, meinte er ein wenig unsicher, nachdem keiner der beiden Polizisten weitersprach. Braunberger wartete, dann setzte er in aller Ruhe fort. »Wie lange sind Sie geblieben?«

»Nur ganz kurz, vielleicht zwei, drei Minuten. Sie musste

sich ja auf den zweiten Teil der Oper konzentrieren. Auf ihre schwere Arie.«

»Worüber haben Sie geredet?«, warf Merana ein.

»Nichts Wichtiges, belangloses Zeug.«

»Ist Ihnen an Frau Todorova etwas Besonderes aufgefallen? Hat Sie in Ihrer Gegenwart etwas zu sich genommen? Ein Stück Obst, ein Getränk?«

»Nein, nichts dergleichen. Wie gesagt, ich war nur kurz in Ihrer Garderobe und bin dann wieder gegangen.«

Otmar Braunberger machte sich in aller Seelenruhe Notizen in seinem Buch, als gälte es, wichtige Details festzuhalten. Dann sah er dem Mann ins Gesicht. »Sie haben nicht mit ihr über das zwischen Ihnen abgehandelte Geschäft mit alten Instrumenten über die Gesamtsumme von 30 Millionen Euro gesprochen?«

Der Geigenhändler zuckte kurz zusammen. Natürlich war er davon ausgegangen, dass die beiden Polizisten Erkundigungen eingezogen hatten, aber die Direktheit der Frage traf ihn doch unerwartet.

»Nein«, krächzte er, räusperte sich, wiederholte dann mit gefestigter Stimme. »Nein, es war dazu weder die Zeit noch der Anlass.«

»Hätte ein Anlass bestanden, über das Geschäft zu reden?«

»Wie meinen Sie das?«

»So wie ich es sage.«

Er wich dem Blick des Abteilungsinspektors aus. »Nein, es bestand kein direkter Anlass. Das Geschäft ist abgewickelt. Aber über erfolgreiche Transaktionen redet man manchmal auch im Nachhinein ganz gerne.«

Die beiden Beamten erhoben sich. Bevor sie das Zimmer verließen, bemerkte Merana noch: »Sie muss Ihnen schon sehr am Herzen gelegen sein, dass Sie extra den weiten Weg nach Salzburg machten, nur um ihr in der Pause alles Gute zu wünschen und zwei Minuten über Belangloses zu sprechen.«

»Selbstverständlich. Anabella Todorova hatte eine wichtige Premiere. Ein Auftritt bei den Salzburger Festspielen ist auch für eine Künstlerin ihres Ranges ein Top-Ereignis. Da möchte man doch persönlich seine Aufwartung machen.«

»Jetzt ist Frau Todorova tot. Was hält Sie noch in der Stadt?«

»Geschäfte, Herr Kommissar.«

Merana nickte. »Das ist gut. Dann wissen wir wenigstens, wo wir Sie erreichen können.«

In der Team-Sitzung gegen 20 Uhr berichteten Merana und Braunberger zunächst von ihrem Gespräch mit Bernhold. Dann waren die anderen an der Reihe. Trotz intensiver Befragungen mit personell verstärkten Gruppen hatte die Schar der Ermittler noch nichts Wesentliches herausgefunden. Bis jetzt war kein Zeuge gefunden worden, der gesehen hatte, wie die Sängerin während der Pause etwas zu sich genommen hatte. Eine Garderobenfrau erinnerte sich, dass die Todorova über heftige Kopfschmerzen geklagt und sie um eine Tablette gebeten hatte.

»Und hat ihr die Garderobenfrau eine gebracht?« Carola Salman sah auf ihre Notizen.

»Nein, als die Frau zurückkam, hatte der zweite Akt schon begonnen, die Todorova war schon hinter der Bühne, bereit für ihren Auftritt. Sie hatte abgewunken und angedeutet, sie hätte schon eine Tablette genommen.« Das brachte sie also auch nicht weiter. Merana stand auf. Sie waren zwar erst am Anfang ihrer Ermittlungen, aber sie traten bereits auf der Stelle. Das war zwar oft so, aber er würde sich nie daran gewöhnen. Geduld war in der Wertungsliste seiner Tugenden nicht an erster Stelle. Er wandte sich an alle Mitarbeiter im Raum. »Kommt, lasst uns einfach drauflos fantasieren!« Er hielt seine Leute immer wieder dazu an, bisweilen die Fakten beiseite zu schieben und einfach auszusprechen, was ihnen spontan in den Sinn kam. Oft wies ein plötzlich aufkeimender Gedanke in die richtige Richtung.

»Wenn wir Selbstmord ausschließen und davon ausgehen, dass ihr jemand absichtlich Phenobarbital in ein Getränk schüttete, dann brauchen wir ein Motiv. Also, lasst hören!« Er sah die versammelte Runde im Zimmer herausfordernd an.

»Vielleicht war es jemand aus dem unmittelbaren Kollegenkreis, einer der Sänger«, ließ sich ein junger Beamter vernehmen, der den ganzen Tag über in Carolas Gruppe mögliche Zeugen befragt hatte. Merana fuhr sich mit der Hand durchs Haar.

»Lassen wir einmal außer Acht, wer es getan haben könnte. Denken wir nicht an bestimmte Personen. Fragen wir uns, warum. Was könnten plausible Motive sein?«

Er schaute wieder in die Runde. »Geld«, beeilte sich der junge Beamte von vorhin zu sagen. »Vielleicht sollten wir schnell herausfinden, wer ihr Vermögen erbt.«

»Gut«, lobte Merana. »Einfach weitermachen. Lasst euren Gedanken freien Lauf.«

Nach der Reihe wurden mögliche Motive in den Raum gestellt. Eifersucht: Hatte sie einen Liebhaber? Von einem Ehemann war nichts bekannt. Neid: Hatte es Auseinandersetzungen gegeben? Bestand Rivalität? Vielleicht. Auch große Künstler schielen oft mit Missgunst auf die Erfolge anderer. Sie hatten bisher nichts dergleichen gehört, aber das war eine mögliche Richtung, der sie nachgehen konnten. Vielleicht wusste Sängerkollege Ferdinand Hebenbronn mehr dazu. Stand sie jemandem im Wege? Behinderte sie die Karrieren anderer? Hatte jemand Angst vor Entdeckung? Wusste die Todorova etwas, das für eine andere Person gefährlich war? Zu einem Motiv, das in diese Richtung verwies, hatten sie bisher die deutlichsten Hinweise bekommen. Wenn sich der Betrugsverdacht erhärtete, dann war die Vorsitzende der Todorova-Stiftung eine Gefahr für Waldemar Bernhold. An dem Geigenhändler würden sie in jedem Fall dran bleiben.

»Könnte es einfach Hass sein? Gibt es jemanden in ihrer Umgebung, der sie so tief hasste, dass er ihr Gift ins Glas schüttete?« Carola sah die anderen fragend an. Einige nickten. »Das glaube ich nicht«, mischte sich Thomas Brunner ins Gespräch ein. »Ich mag mich irren, aber tiefer Hass passt irgendwie nicht ins Bild.«

»Das musst du uns erklären, Thomas.« Merana nahm wieder Platz und blickte den Chef der Spurensicherung erwartungsvoll an.

»Es gibt ein paar merkwürdige Umstände bei diesem Fall, die mich irritieren. Ich frage mich, warum hat der Täter ausgerechnet Phenobarbital verwendet, ein Schlafmittel, bei dem es gar nicht so leicht ist, die richtige Dosierung zu erwischen. Man bekommt zunächst Schwindelanfälle, heftige Müdigkeit setzt ein. Er konnte doch nicht damit rechnen, dass die Todorova von der Säule fällt und sich den Schädel einschlägt. Wenn sie ihren Auftritt trotz Schwäche absolviert hätte oder schon vorher starke Anzeichen aufgetreten wären, dann hätte doch noch ein Arzt eingreifen können. Ein Notarzt-Team war in Rufweite. Wenn der Täter absolut sicher sein wollte, dass sein Anschlag gelingt, dann hätte er besser zu einem anderen Mittel gegriffen. Von einem solchen hätte auch eine winzige Menge schon gereicht. Muscarin etwa, das Gift des Fliegenpilzes. Das kann man mit ein wenig Internetrecherche ganz leicht selber erzeugen. Oder Colchicin, das Gift der Herbstzeitlosen. Meinetwegen auch das gute alte Arsen. Diese Substanzen wirken schnell und zuverlässig. Rettung ist so gut wie ausgeschlossen. Die Vergifteten gehen jämmerlich zugrunde. Jemanden einen derart qualvollen Tod sterben lassen, würde zu tiefem Hass passen. Aber wir stoßen hier auf ein Barbiturat, dessen Wirkung nicht mit großen Schmerzen einhergeht. Man entschläft sanft. Wir haben ein Mittel vorliegen, das man Sterbenden gibt, um sie sanft hinübergleiten zu lassen. Eine Substanz, die einem in Selbstmordforen angeboten wird. Versteht ihr, was ich meine?«

Sie verstanden. Für einige Momente herrschte Schweigen im Raum.

»Vielleicht hat sie es doch selbst getan.« Der junge Beamte war der Erste, der die Stille durchbrach. »Vielleicht hatte sie doch eine schwere Krankheit, von der wir noch nichts wissen.« Sie gingen noch einmal alle möglichen Motive durch, überprüften, ob diese zu den Personen passen könnten, die sie im Lauf der Ermittlungen bisher kennen gelernt hatten. Kurz vor elf beendete Merana das Meeting. Auf der Heimfahrt fiel ihm das scheue Reh wieder ein. Dinharazade. Die im wirklichen Leben Emina hieß und eine verzogene Göre zu betreuen hatte. Er war sich immer noch sicher, dass die junge Frau etwas wusste. Kam sie auch als Täterin in Frage? Sie war hinter der Bühne gewesen, so wie Dutzende andere auch. Was könnte sie für ein Motiv gehabt haben? Er hoffte, er würde das Mädchen bald zum Reden bringen.

# DIENSTAG, 28. JULI, 8.00 UHR

*facebook / florababy 08:00*

mailand super! shoppen megageil!! die jungs, zum anbeißen!!!!
tschüssischmatz!
eure flora

Merana war schon seit halb sechs Uhr auf, hatte einen einstündigen Morgenlauf hinter sich und saß halbwegs frisch an seinem Computer, um Bürokram zu erledigen. Für elf Uhr hatte er die nächste Team-Besprechung angesetzt. Bei seiner Ankunft in der Bundespolizeidirektion um 7.30 Uhr, hatten ihn schon zwei Fernseh-Teams am Parkplatz erwartet. Auch am Vortag war er immer wieder von Reportern bedrängt worden. Bis zu einem gewissen Grad brachte Merana ja Verständnis dafür auf. Die Medienleute machten auch nur ihren Job. Eine an Sensationen interessierte Öffentlichkeit wollte ständig mit News versorgt werden. Wenn man als Journalist nicht selber schnell genug war, dann brachte die aktuellste Meldung vielleicht die Konkurrenz, und das kostete Quoten und Auflagen. Aber wenn es nichts Neues zu berichten gab, dann war es halt so. Der Kommissar konnte sich keine neuen Erkenntnisse aus der Nase ziehen. Der gewaltsame Tod des weltweit bekannten Opernstars war natürlich auch Stadtgespräch. Kein Caféhaustisch, kein Grünmarktstand, kein Friseursalon, kein Pausenfoyer, kein Taxistand, wo nicht über den skandalträchtigen Vorfall debattiert wurde. Die wildesten Theorien kursierten in der Stadt, von einem Anschlag der russischen Mafia bis zum Eifersuchtsmord. Es wurden Anabella Todorova lesbische Beziehungen zu ihren Stiftungs-Schützlingen genauso unterstellt wie Verwicklungen in undurchsichtige Finanzgeschäfte. Auch wenn sich die eine oder andere kühne Theorie aus der Stadt in manchen Medien wiederfand, vom Revolverblatt bis zur Internetplattform, ließ sich Meranas Team davon nicht beeindrucken. Sie ordneten diese Meldungen der Kategorie ›an den Haaren herbeigezogen‹ zu. Es gab eben keine neuen Erkenntnisse. Und so mussten auch die Journalisten am Parkplatz enttäuscht abziehen. Die Einzige, die vielleicht etwas wusste, es aber bisher nicht preisgegeben hatte, war Meranas Gefühl nach die scheue Marketingbetreuerin der Modefirma. Der Kommissar stand vom Schreibtisch auf und machte sich auf den Weg zu Carola Salmann. Vielleicht könnte sie sich um die junge Frau kümmern. Er klopfte kurz an die Bürotür und trat ein. Er bemerkte , dass die Chefinspektorin erschrocken aufblickte, dann schnell eine Art Heft auf dem Schreibtisch zuschlug und mit einer Mappe verdeckte.

»Guten Morgen, Martin.« Sie wirkte leicht verwirrt. »Ist etwas passiert?«

»Nein.« Er trat näher und konnte sich nicht verkneifen, einen verstohlenen Blick auf die Unterlagen am Schreibtisch zu werfen. Unter einer roten Ledermappe lugte die Ecke eines bunten Magazins hervor. Er konnte nicht genau erkennen, was es war. Carola verfolgte seinen Blick. Ihr Gesicht wurde rot. Was war los mit seiner Stellvertreterin? Betrachtete sie heimlich nackte Männer in Pornozeitschriften und fühlte sich jetzt ertappt wie ein Schulmädchen?

»Kann ich etwas für dich tun, Martin?«

Ihre Haltung war angespannt. Der Kommissar blieb einfach stehen, den Blick demonstrativ auf die unter der Mappe herausragende Zeitschriftenecke gerichtet.

»Was ist mit meiner Chefinspektorin, hat sie Geheimnisse vor mir?« Er lächelte spitzbübisch. Sie schaute ihn mit abschätzendem Blick an. Dann schürzte sie kurz die Lippen und schob langsam die rote Mappe zur Seite. Kein Pornomagazin. Auf dem Schreibtisch lag ein bunt glänzendes dickes Heft mit Bildern von Fischen auf der Vorderseite. Merana hatte ein ähnliches vor kurzem beim Einkaufen gesehen. Das war ein Sammelalbum, herausgegeben von einer Lebensmittelkette, in das man Bilder einklebte. Diese Sticker gab es bei jedem Einkauf. Neben dem Heft lag eines dieser Fotos. Merana hob es hoch.

»Was ist das?«

»Das ist ein Mondfisch. Der schwerste Knochenfisch der Welt. Kann ein Gewicht von über zwei Tonnen erreichen.«

Er legte das Bild zurück. »Ist das für Hedwig?« Sie schüttelte den Kopf.

»Für deine Neffen?« Sie zeigte keine Reaktion. Ihre Lippen waren schmal, als sie ihn ansah. Plötzlich ging Merana das berühmte Licht auf. »Du sammelst selbst?«

Wieder kroch flammende Röte über das Gesicht der Chefinspektorin. Merana war überrascht. Er kannte Carola seit mehr als zehn Jahren. Er bewunderte diese Frau grenzenlos. Er erinnerte sich, wie er sie eines Abends im Büro angetroffen hatte. Sie hatte hilflos geweint, weil sie nicht mehr ein und aus wusste. Ihr Mann war Alkoholiker, hatte wieder einmal einen seiner Ausraster gehabt. Der Gefühlsausbruch, den sie sich damals leistete, war eine Ausnahme gewesen. Sonst zeigte sie sich immer als starke Frau, die mit allem fertig wurde. Sie meisterte mit Zähigkeit und

Opferbereitschaft den Spagat zwischen der Betreuung ihrer behinderten Tochter, der Erziehung eines pubertierenden Sohnes, dem Bändigen eines trinkenden Ehemannes und den Anforderungen eines kräfteraubenden Berufes. Und diese großartige Frau war nun sichtlich verlegen, weil sie dabei ertappt wurde, wie sie das Bild eines Fisches in ein Album klebte. Merana griff nach dem zweiten Stuhl und setzte sich neben sie.

»Lass sehen.«

Sie sah ihn erstaunt an, unsicher, was er wollte.

»Zeig her deinen Schatz. Wie viele hast du schon?«

Langsam löste sie sich aus ihrer Starre.

»Es sind bis jetzt 29, die vielen doppelten und mehrfachen natürlich nicht mit gerechnet.« Sie öffnete das Sammelheft in der Mitte. »Und das ist Nummer 30, Mola mola, der Mondfisch. Endlich habe ich ihn ergattert. Dieses Bildchen bekommt man selten. Muränen und Bachforellen habe ich genug. Da könnte ich das halbe Büro damit tapezieren. Aber der Mondfisch ist eine rare Beute.«

Sie klebte das Bild ins Heft und klopfte noch einmal mit der Hand darauf. In ihren Augen leuchtete Sammlerstolz. Merana sah darin dasselbe Glitzern, das er an ihr kannte, wenn sie in einem schwierigen Mordfall auf das entscheidende Indiz gestoßen war. Und er sah noch etwas. Ein kleines Mädchen, das sich einfach freute.

»Das macht der großen Kriminalistin Spaß, was?«

Sie sah ihn wieder kurz an, versuchte abzuklären, ob er sie vielleicht auf den Arm nehmen wollte. Aber Merana hatte das anerkennend gemeint. Sie zögerte kurz. Dann beugte sie sich zur Seite und zog die unterste Schublade auf, kramte darin, und legte schließlich ein paar weitere Hefte auf den Schreibtisch. Alles Sammelmappen. Sie wirkten ein wenig abgegriffen, aber gut gefüllt. *Die schönsten Hundebilder* las Merana, *Exotische Tiere des Dschungels* und *Leben in der Wüste.*

»Respekt, Frau Chefinspektorin, da waren Sie ja sehr fleißig.«

Sie lehnte sich langsam in ihren Sessel zurück und schaute ihn mit ihren dunklen Augen eine Weile an.

»Weißt du, Martin, das ist eines der wenigen Vergnügen, die ich habe. Als Kind durfte ich nie sammeln. Dafür war kein Geld da. Und außerdem hatte meine strenge Mutter nichts übrig für derlei idiotischen Firlefanz. In meiner Klasse hatten alle die Bilder von Fußballstars, Filmpromis und Tieren. In den Pausen gab es einen richtigen Tauschhandel. Ich hatte nichts. Schon allein das machte mich zur Außenseiterin.«

Sie beugte sich vor und legte die Hefte zurück in die Schublade.

»Du kannst dir nicht vorstellen, wie blöd ich mir vorkomme, wenn ich an der Supermarktkasse bin und beim Bezahlen immer nach den Bildern verlange. Für meine kleine Tochter, sage ich, und gebe mir größte Mühe, dabei nicht rot zu werden. Aber es macht mir einen Heidenspaß, die Bilder hier im Büro in das Album zu kleben. Leider kann ich mich nicht auf den Schulhof stellen, um zu tauschen.« Vielleicht sollte sie das einfach machen, dachte Merana.

»Welche Bilder waren es bei den Hunden, die man am schwersten bekam?«

Die Röte aus ihrem Gesicht war verschwunden, ein Lächeln machte sich stattdessen breit. »Der Abessinische Sandterrier und die französische Bulldogge. Bei den Wüstentieren war es die Dornschwanzagame, ein Pflanzenfresser unter den Echsen, übrigens eine Delikatesse für die

Nomadenvölker.« Sie griff noch einmal in die Schublade, holte ein Album hervor und schlug die entsprechende Seite auf. Sie hatte neben das Bild der urtümlichen Echse, die auf einem Felsen kauerte, mit dem Filzstift ein großes Rufzeichen und ein Datum gesetzt.

»Und beim aktuellen Album der Wasserbewohner ist es der Pazifische Rotfeuerfisch. Wenn dir zufällig einer unterkommt, ich hätte im Tausch zwölf Hammerhaie anzubieten.«

Plötzlich musste Merana lachen. Er konnte nicht anders. Da saßen zwei Chefermittler der Salzburger Polizei. Draußen wurde die Welt gerade erschüttert von Festspielskandalmorden und anderen Grausigkeiten und sie beide unterhielten sich über Abessinische Sandterrier und Rotfeuerfische. Als Carola mitbekam, wie Merana die Tränen aus den Augen schossen, konnte auch sie nicht mehr an sich halten und stimmte ins Lachen mit ein. Merana beugte sich zu ihr, küsste sie einfach auf den Mund und drückte sie fest an sich. »Falls ich es dir noch nicht gesagt habe, Carola. Du bist eine tolle Frau und mir einer der liebsten Menschen. Was bin ich froh, dich als Kollegin und Freundin zu haben.« Er drückte sie noch eine Spur fester. Sie hielten einander, während ihre Körper vom gemeinsamen Lachen geschüttelt wurden. Dann löste sie sich langsam von ihm und wischte sich die Tränen aus dem Gesicht.

»Zumindest hast du das schon lange nicht mehr gesagt, Martin. Bitte öfter mal wiederholen, es tut gut.« Der Kommissar stand auf und versuchte, wieder zu Luft zu kommen.

»Was wolltest du eigentlich von mir?«

Ach ja, das hätte er wegen all der Dornschwanzagamen fast vergessen.

»Ich wollte dich nur bitten, ob du dich um diese Emina kümmern kannst. Versuch herauszufinden, wo sie sich aufhält. Ich würde sie gerne noch einmal treffen. Und ich denke, es wäre gut, wenn du dabei bist. Vielleicht sagt sie dir eher etwas.«

»Wird gemacht.«

An der Türe blieb er noch einmal stehen. »Hammerhaie!« sagte er laut, und musste schon wieder lachen. Dann warf er ihr eine Kusshand zu und ging nach draußen.

Den Rest der Zeit bis zum Meeting verbrachte er wieder am PC. Die Zahl der ungelesenen Mitteilungen hatte sich auf 72 verkleinert, war aber immer noch beträchtlich. Anfragen anderer Dienststellen beantwortete er je nach Dringlichkeit sofort oder markierte sie für später. Der mit einer entzückenden Zeichnung im Anhang versehenen Bitte einer Volksschulklasse, *ob der Herr Kommissar nicht nach den Ferien einmal zu uns kommen könnte, um uns zu erzählen, wie man Verbrecher fängt,* widmete er sich etwas ausführlicher. Er versprach, im Herbst gleich nach Schulbeginn zu erscheinen. Er werde auch den Chef der Spurensicherung mitbringen, damit die jungen Detektive selbst mit einem Profi den Tatort Klassenzimmer untersuchen könnten. *Jubiläum – 300. Crash!* stand in der Betreff-Zeile der nächsten Nachricht. Es war eine Rundmail der Kollegen von der Streife. Am Samstagnachmittag hatte ein Hamburger auf dem Mozartplatz mit seinem Audi den Poller umgemäht, las er in der Meldung. Im Anhang gab es auch einige Bilder zum Jubiläums-Poller. Die mit Humor gesegneten Kollegen hatten eine ähnliche Nachricht auch zum 100. und 200. Vorfall verschickt, wie Merana sich erinnerte. Die Bilder würde er sich später anschauen. Der nett gemeinten

Aufforderung, im Poller-Lotto mitzutippen, wann der 400. Pfosten fallen würde, kam er nicht nach. Ungelesene Mail Nummer 42 brachte wieder eine Einladung. Der Landtagsclub einer politischen Partei würde sich freuen, beim diesjährigen Sommerfest im Kavaliershaus Klessheim den hochgeschätzten Herrn Kommissar und Kriminalabteilungsvorstand in illustrer Runde begrüßen zu dürfen. Er sagte knapp, aber höflich ab. Im Gegensatz zu Menschen, die man bei solchen Gelegenheiten meistens traf, war ihm die Begegnung mit wissbegierigen Volksschülern allemal lieber. Bis elf Uhr schaffte er es immerhin, die Anzahl der ungelesenen Mailnachrichten auf 17 zu reduzieren.

In der Team-Sitzung tauchte ein Hinweis auf, der vielleicht etwas zu bedeuten hatte.

Carlotta Veitsch, die Sängerin der Pamina, hatte sich erinnert, während der Pause auffällig laute Stimmen gehört zu haben, einen Streit offenbar. Veitsch hatte die Garderobe gleich neben der Todorova.

»Bernhold?«, fragte Merana.

Der junge Beamte, der diese Aussage mit ins Meeting gebracht hatte, schüttelte den Kopf. »Wohl eher nicht. Frau Veitsch gab an, dass es zwei Frauenstimmen waren.«

Frauenstimmen? War an den Gerüchten über lesbische Beziehungen doch etwas dran? Quatsch! Merana gab sich einen Ruck. »Hat sonst jemand von diesem Streit gehört.« Alle in der Runde verneinten. Merana blickte zu seiner Stellvertreterin. »Carola, hast du etwas Neues?«

»Ich habe in der PR-Abteilung von Moda Sabarella niemanden erreicht, der mir Auskunft geben konnte wegen Emina. Anscheinend hat sie heute frei. Ich habe die Pressechefin der Festspiele gebeten, uns zu helfen.«

Gut. Wenn Elena Braga die Sache in die Hand nahm, dann würde dabei auch etwas herauskommen.

»Sonst noch etwas?«

Otmar Braunberger blätterte in seinem Lederbüchlein. »Wir wissen inzwischen, wie die Hinterlassenschaft geregelt ist. Das meiste fließt in die Stiftung. Ein kleiner Teil geht an die Mutter.«

»Was passiert eigentlich mit den jungen Leuten? Mit den Talenten, um die sich die Todorova gekümmert hatte? Können die einfach so weiter machen oder ändert sich für die Grundlegendes?« Merana nickte. Der junge Kollege machte das gut. Er begann die richtigen Fragen zu stellen.

»Ich weiß nicht, ob uns das entscheidend weiterhilft«, gab er als Antwort. »Aber wir sollten das in jedem Fall herausfinden. Übernehmen Sie das bitte.«

Damit war die Sitzung beendet.

Gegen 13 Uhr hörte Merana ein Klopfen von außen.

»Herein.« Die Tür öffnete sich. Er war überrascht.

»Andrea«, sagte er erfreut. »Schön, Sie zu sehen.« Er stand auf, umkurvte seinen Schreibtisch und gab ihr die Hand. Die Finger waren warm. In ihren Augen fand er das Leuchten, das ihm so vertraut geworden war.

»Wie war der Kurs in Wien? Sind Sie am Sonntag gut zurück gekommen?«

Sie nickte. Er hielt immer noch ihre Hand.

»Zurückgekommen bin ich gut. Der Kurs war nicht schlecht. Aber in erkennungsdienstlichen Belangen habe ich nicht allzu viel Neues gelernt. Das meiste war mir schon vertraut.«

Sie sah ihm in die Augen. »Ich wollte nur sagen, wenn Sie mich bei Ihren Ermittlungen brauchen können, Herr

Kommissar, ich bin gerne dabei. Ich weiß allerdings, dass wir im Streifendienst zur Zeit knapp mit Leuten sind.«

»Danke für das Angebot. Ich rede mit dem Chef.«

Ihr Blick war fest auf ihn gerichtet. Merana wurde warm. Eigentlich sollten sie über etwas viel Wichtigeres reden als über Ermittlungen und erkennungsdienstliche Kurse.

»Also, Andrea«, begann er. »Vielleicht haben Sie in den nächsten Tagen einmal Zeit, um ein wenig zu plaudern. Wir könnten einen Kaffee miteinander trinken.«

Das Leuchten in ihren Augen blieb, aber er sah ihr an, dass sie die Antwort genau überlegte. »Das ist eine gute Idee, Herr Kommissar. Das sollten wir vielleicht tun.«

Es klopfte laut, dann wurde die Tür aufgerissen. Im Eingang stand die Sekretärin des Polizeipräsidenten. Sie war überrascht, warf einen kurzen verwirrten Blick auf die junge Beamtin. »Entschuldige die Störung, Martin. Aber der Chef braucht dich ganz dringend. Du hast wohl dein Handy auf lautlos gestellt.«

Sie versuchte einen gelösten Eindruck zu machen. Aber es war ihr nicht entgangen, dass der Chef der Abteilung Mord/Gewaltverbrechen offenbar mit einer Streifenbeamtin Händchen hielt. »Danke, ich komme sofort.« Sie blieb in der offenen Tür stehen. Wohl um zu unterstreichen, wie dringend die Angelegenheit war.

»Ist gut, Erna«, sagte Merana eindringlich. »Sag dem Chef, ich bin schon auf dem Weg. Und danke, dass du dich extra herbemüht hast.« Sie nickte ein wenig unbeholfen und schloss langsam die Tür. Merana ließ Andreas Hand los. »Da werden die Gerüchte wieder durch das Präsidium schwirren. Seien Sie gewappnet, Andrea.« Die junge Frau lächelte schelmisch. »Keine Sorge.« Sie griff nach der

Türklinke. »Wenn es wenigstens etwas gäbe, worauf sich diese Gerüchte beziehen könnten.« Er sah sie erstaunt an. Sie hielt seinem Blick stand. Da lag sogar etwas Herausforderndes in ihren Augen. »Vielleicht sollten Sie den Kaffee bei mir trinken, Herr Kommissar. Ich habe eine neue Espressomaschine. Sie wissen ja, wo ich wohne. Ich finde, wir sollten die Leute nicht enttäuschen.«

Sie zwinkerte ihm zu und öffnete die Tür. Er spürte, wie ihm heiß wurde, von den Ohren bis in die Lenden. »Nein, vielleicht sollten wir den Leuten tatsächlich etwas bieten.« Sie ging voraus, er folgte ihr. Er fand, dass sie auch in der am Gesäß etwas unvorteilhaft geschnittenen Uniformhose eine tolle Figur machte. Die Hitze in seinem Körper wirkte belebend.

»Hallo, Martin, setz dich.« Der Hofrat deutete auf einen Stuhl. »Und falls du mich fragen willst, ob du die Kleine von der Streife für die Ermittlungen haben kannst, muss ich dir sagen: vorerst nicht. Wir haben zu wenig Leute.«

So etwas in der Art hatte sich der Kommissar schon gedacht.

»Es geht um Kaltner.« Kaltner? Der hatte doch Urlaub, war im Ausland. Gruppeninspektor Gebhart Kaltner gehörte zu Meranas Leuten. Alle im Team hatten sich anfangs schwer getan mit dem ehrgeizigen Schnösel, aber in letzter Zeit war das Verhältnis besser geworden.

»Ich weiß, dass er sich versetzen lassen will, auch wenn er noch keinen offiziellen Antrag gestellt hat. Im BKA in Wien wird in der Abteilung 2 gerade eine Stelle frei. In der zentralen Fahndung. Der Posten wäre genau auf Kaltner zugeschnitten. Die Entscheidung brauchen die Wiener sofort, heute noch. Es gibt genug Interessenten. Ich würde zustimmen und Kaltner das anbieten. Doch ich wollte zuerst mit dir reden.«

»Aber Kaltner wollte doch immer in Salzburg bleiben, wegen der guten Beziehungen, die ihm die Familie seiner Frau eröffnet!«

Der Hofrat zog die Lippen nach oben und schüttelte missbilligend den Kopf. »Lieber Herr Chefermittler. Du bist zwar ein Ass, wenn es darum geht, hinter den richtigen Spuren herzuschnüffeln, die dich zu deinen Mördern bringen. Aber was das Privatleben deiner Mitarbeiter anbelangt, besteht offenbar enormer Nachholbedarf. Die gute Gisela setzt dem armen Kaltner seit Wochen Hörner auf. Und für den Schwiegerpapa würde die neue Flamme des Töchterchens auch besser in die Ausstellungsgalerie seiner gehobenen Kreise passen. Der Erbe eines Bankhauses wirkt dort allemal eindrucksvoller als ein kleiner Gruppeninspektor von der Polizei, der in der Wertetabelle des Herrn Kommerzialrates eher in die Kategorie ›Armer Schlucker‹ einzureihen ist.«

Mit einem Mal tat Merana sein junger Mitarbeiter leid. Er hatte ihm zwar ab und zu eine Abreibung für seine Präpotenz gewünscht, aber diese Demütigung hatte er sich auch nicht verdient. Zudem grämte ihn, dass der Polizeipräsident offenbar vom Versetzungswunsch seines Mitarbeiters eher erfahren hatte als er selbst. Vielleicht sollte er sich wirklich mehr fürs Privatleben seiner Leute interessieren, dann wäre er auch nicht so überrascht, wenn sie heimlich Tierbilder sammelten.

»Ich werde Kaltner nichts in den Weg legen. An seiner fachlichen Qualität besteht ohnehin kein Zweifel. Er wird im BKA gute Figur machen.«

»Gut, Martin. Dann werde ich das in die Wege leiten.«

Als Merana aufstand, bemerkte Hofrat Kerner noch mit einem Lächeln.

»Und noch etwas, Herr Kommissariatsleiter. Wenn du das nächste Mal in deinem Dienstzimmer eine uns beiden wohlbekannte, braunhaarige, mit einer beneidenswerten Figur ausgestattete Streifenbeamtin betatschst, dann sperr das Büro ab oder schieb den Schreibtisch vor die Tür.«

Der Blick des Chefs war an wohlmeinender Treuherzigkeit, gepaart mit einem Anflug von Schadenfreude, nicht zu überbieten.

»Danke. Ich nehme immer gerne den Rat älterer Männer an.«

Und in der offenen Tür setzte Merana noch hinzu. »Besonders von solchen, die immer wieder gerne nach der Pfeife ihrer Sekretärin tanzen.« Für einen Augenblick war dem Herrn Hofrat das Lachen vergangen. Der dicke Band der aktualisierten Ausgabe der Strafprozessordnung, der gleich darauf durchs Zimmer flog, konnte sein Ziel allerdings nicht mehr erreichen und krachte gegen das Holz der verschlossenen Tür.

Am Nachmittag erreichten ihn zwei Anrufe. Der erste kam von Elena Braga, der Pressechefin der Salzburger Festspiele. Sie berichtete ihm, dass Flora Stullermann seit Sonntagabend auf Einladung von Moda Sabarella in Italien weilte, zusammen mit Chiara Rivella. Das war die junge Dame die den Aida-Wettbewerb der Modefirma gewonnen hatte. Die Betreuerinnen der Mädchen, Emina Saric und Kerstin Schwarzer, wären nicht mitgeflogen. Die Firma hätte ihnen drei Tage Zeit für eine kurze Erholung gegeben.

»Aufgeweckte Pubertierende zu betreuen, ist offenbar

anstrengend!«, fügte die Pressechefin hinzu. Wenn Merana an den zickigen Auftritt der kleinen Deutschen dachte, dann konnte er nur zustimmen. Von Kerstin Schwarzer und Chiara Rivella hörte er zum ersten Mal. Er notierte sich die Namen. Man konnte nie wissen.

»Was machen die beiden Betreuerinnen, wo finde ich sie?«

»Das wusste die PR-Abteilung nicht genau. Am Mittwoch kommen die beiden Gewinnerinnen von ihrem Kurzausflug aus Italien zurück, da müssen auch die Betreuerinnen wieder zur Stelle sein. Ich habe jedenfalls hinterlassen, dass sich Emina Saric bei der Polizei melden sollte, so wie von Ihrer Stellvertreterin gewünscht.«

Merana bezweifelte, dass das scheue Reh dieser Aufforderung nachkommen würde. Naja, wenigstes wären Emina und die zweite Betreuerin ab Mittwoch wieder greifbar. Vielleicht war die Spur, der er hinterherschnüffelte, wie sein Chef das vorhin so treffend auszudrücken wusste, auch eine falsche. Er bedankte sich bei der Pressechefin. »Wie geht es Ihrer Großmutter? Einerseits schade, dass sie nicht zur Premiere kommen konnte. Andererseits ist ihr viel Aufregung erspart geblieben.«

Merana hatte Elena Braga vom geplanten Besuch seiner Großmutter erzählt, als er sich die von der Pressechefin organisierten Karten persönlich abgeholt hatte. »Danke. Es geht ihr Gott sei Dank wieder viel besser. Ich habe gestern mit ihr telefoniert.«

Der zweite Anrufer war Robert Neuenberg.

»Herr Kommissar, alea iacta est.« Noch einer, der mit Zitaten um sich warf.

»Die Ergebnisse der Untersuchungen sind eindeutig. Ich

habe hier die Expertisen von zwei weiteren Experten vorliegen. Und wir kommen alle drei zum selben Ergebnis.

Waldemar Bernhold hat die geschäftliche Abwicklung in rechtswidriger Bereicherungsabsicht durch Vorspiegelung falscher Tatsachen vollzogen. Er hat, wie das mein für die Sprache der einfachen Leute immer offener Großvater so trefflich ausdrücken würde, die Stiftung kräftig beschissen.«

»Wie kräftig?«

»Zwölf Instrumente des Orchesters sind gefälscht, fünf Violinen, drei Bratschen und vier Celli. Und dazu, und das ist der Hammer, die Geige einer Solistin. Das angebliche Meisterwerk von Giovanni Battista Guadagnini ist eine Kopie. Eine sehr gute Geige zwar. Wir vermuten aus der Werkstatt von Giovanni Pressenda, wahrscheinlich von einem seiner Schüler hergestellt. Sicher am Markt um die 150.000 Euro wert, aber keine zwei Millionen, mit der die Guadagnini verrechnet wurde.«

»Wie hoch ist der Betrug?«

»Man kann das nicht auf den Cent genau festlegen, Herr Kommissar. Unsere Schätzungen gehen davon aus, dass die Stiftung um etwa 18 bis 20 Millionen Euro betrogen wurde.«

Das waren zwei Drittel der Geschäftssumme. Sie würden mit dem Geigenhändler noch einmal ein deutliches Wort reden müssen. Otmar sollte sich morgen gleich darum kümmern.

»Wer spielt die falsche Guadagnini?«

»Eine der besonderen Schützlinge der guten Anabella, das Schweizer Ausnahmetalent Fabienne Navarra.«

»Der Name sagt mir leider gar nichts.«

»Ich kann mir vorstellen, verehrter Herr Kommissar,

dass Sie bei all Ihren Ermittlungen nicht auch noch Zeit finden, im Festspielprogramm zu lesen oder die Kulturseiten der Zeitungen zu konsultieren. Fabienne Navarra gibt heute Abend ein Konzert im Haus für Mozart, in einer eigenen Veranstaltungs-Reihe für junge Solisten.«

»Weiß sie, dass ihr Instrument eine Fälschung ist?«

»Nein! Um diese Angelegenheit wird sich dann die neue Leitung der Stiftung kümmern. Das würde die junge Schweizerin wohl nur verunsichern. Sie wird das Mozartkonzert auch auf einer weniger wertvollen Geige mit Bravour spielen.«

Merana bedankte sich und gab Neuenberg das Versprechen, ihm bei nächster Gelegenheit einen Besuch abzustatten. Dann rief er die Pressechefin an und fragte, ob für einen mozartsüchtigen Ermittler, der zudem auf einer bestimmten Spur unterwegs war, sich heute Abend noch ein freies Plätzchen im Konzertsaal finden ließe.

# DIENSTAG, 28. JULI, 21.30 UHR

Merana hatte an diesem Abend Gelegenheit, gleich drei der fünf Violinkonzerte von Wolfgang Amadeus Mozart zu hören, und dazu die Symphonie in D-Dur KV 297, die der 22-Jährige in Paris komponiert hatte. Bei diesem symphonischen Werk überließ der Chef des Mozarteum Orchesters das Pult einem Nachwuchsdirigenten, der vor kurzem einen internationalen Wettbewerb gewonnen hatte. Warum die Programmplaner in der Reihenfolge das fünfte Violinkonzert an die vorderste Stelle gesetzt hatten, und dann erst das vierte und das zweite konnte Merana nicht ganz nachvollziehen. Er machte sich aber auch keine großen Gedanken darüber. Jedenfalls bildete die junge Schweizerin den Abschluss des Abends. Noch bevor sie den ersten Ton spielte, war Merana beeindruckt von ihrer Erscheinung. Voll konzentriert stand sie neben dem Dirigenten. Sie wirkte angespannt, aber nicht nervös. Ganz im Gegensatz zu ihren Vorgängern, denen man die Ehrfurcht, im illustren Rahmen der Salzburger Festspiele auftreten zu dürfen, deutlich ansah. Das lange offene Haar reichte der jungen Frau bis zu den Hüften. Im Programmheft hatte er gelesen, dass Fabienne Navarra in drei Tagen ihren 16. Geburtstag feierte. Er hätte sie für wesentlich älter gehalten. Der Dirigent wartete, bis absolute Ruhe im Saal eingekehrt war. Dann nickte er der Solistin zu.

»Ich widme dieses Konzert dem Andenken an meine große Gönnerin und Förderin Anabella Todorova, die am vergangenen Samstag auf so tragische Weise von uns gegangen ist. Ich bitte Sie, sich für eine Minute der Erinnerung an diese außergewöhnliche Künstlerin von Ihren Sitzen zu erheben.«

Die Leute im Saal standen auf. Die Betroffenheit aller war deutlich zu spüren.

Die junge Frau auf der Bühne hielt den Kopf gesenkt. Nach einer Weile blickte sie auf und schenkte ihrem Publikum ein zaghaftes Lächeln. »Danke.« Die Konzertbesucher nahmen wieder Platz. Kraftvoll begann das Orchester mit der ersten Phrase. Fünf Tonschritte. Als würde ein Zeremonienmeister mit großer Bestimmtheit um Aufmerksamkeit ersuchen und dabei rasch einen Vorhang aufziehen. Dann folgten kurze aufwärtsstrebende Streicherfiguren. Verspielt, als versammelten sich leichtfüßige Tänzer auf der Soiree-Bühne eines Rokokoschlosses. Nach etwa einer Minute war die Orchestereinleitung zu Ende. Die junge Frau schloss die Augen und ließ ihre Geige erklingen. Merana war vom ersten Ton an gefesselt. Nun war kein fiktiver Zeremonienmeister mehr nötig, keine Tänzer, keine Bilder von Perücken tragenden Soireegästen. Nun nahm die junge Frau auf der Bühne mit dem Spiel ihrer Geige die Regie des musikalischen Geschehens in die Hand. Und sie ließ diese Führung nicht mehr aus, bis zum Schluss. Die Kadenz am Ende des ersten Satzes spielte sie, als hätte sie in ihrem ganzen Leben bisher nichts anderes getan. Merana war bis ins Innerste berührt, wie sie den Spannungsbogen der Melodie im zweiten Satz hielt. Bei diesem langsamen Satz war die Gefahr groß, das Tempo zu verschleppen, den Geigenton mit falscher Vibratosüße dahinschmelzen zu lassen. Von all dem keine Spur. Merana kam das Spiel der jungen Frau wie ein einziger großer Atem vor, energievoll und gelöst zu gleich, vom ersten bis zum letzten Ton. Und wären der Schweizerin nicht in den schnellen Läufen gegen

Schluss des dritten Satzes zwei minimale Ausrutscher passiert, hätte man meinen können, dieses Wesen auf der Bühne käme aus einer anderen Welt. So war es alles in allem die großartige Vorstellung einer jungen Künstlerin mit enormem Gestaltungswillen, beachtlichem Gespür für die Magie des Augenblickes in nahezu jeder Passage, verbunden mit der Erkenntnis, dass sie ihr Potenzial noch lange nicht ausgeschöpft hatte. Dennoch, eine reife Leistung. Das Publikum gab seine Begeisterung durch minutenlange Standing Ovations kund. Die junge Schweizerin wurde nach ihrem Abgang noch gezählte sieben Mal an die Rampe geholt, erhielt fünf Blumensträuße und drei kleine Teddybären. Und sie schaffte es bei weitem nicht, die vielen Rosen einzusammeln, die ihr bis zum Schluss auf der Bühne zuflogen. Beim Abgang wich die Spannung aus ihrem Körper, und Tränen flossen ihr übers Gesicht.

Merana wollte der jungen Künstlerin nach der Vorstellung genug Zeit lassen, ihren Triumph zu genießen. Geduldig wartete er im Korridor neben der Garderobe, bis all die Gratulanten die junge Frau umarmt und geherzt hatten. Merana hatte Elena Braga gebeten, dafür zu sorgen, dass er nach dem Konzert in Ruhe mit der jungen Frau reden konnte. Sie hatte versprochen, rechtzeitig da zu sein. Erleichtertes Lachen war immer wieder hinter der verschlossenen Tür zu vernehmen, gedämpfter Jubel und Gläseranstoßen.

»Sieh da, der Herr Kommissar. Ich hatte mir schon fast gedacht, dass du heute hier auftauchen wirst.« Jutta Ploch war um die Ecke des Korridors gebogen.

»Warum dachtest du das?« Er begrüßte die Journalistin und küsste sie auf die Wange. »Na, erstens sagt man dir nach, dass du in letzter Zeit zunehmend einen Blick für schöne junge Frauen hast …« Er wollte zu einer scharfen Erwiderung ansetzen.

Sie hob nur kurz die Hand und schenkte ihm ein freundschaftliches Lächeln. »Lass dich doch ein bisserl aufziehen, Martin. Zweitens war mir schon klar, dass du in deine Ermittlungen auch den besonderen Schützling von Anabella Todorova einbeziehen wirst.« Sie warf einen kurzen Blick zur Garderobentür, hinter der gerade zwei junge Männer mit weiteren Rosensträußen verschwanden. Dann schaute sie wieder auf den Kommissar. »Ich habe etwas für dich, Merana. Hast du im Tausch auch etwas anzubieten?« Er überlegte kurz. »Ich will die Ware vorher sehen.«

Sie deutete mit dem Kopf zur Garderobe. »Es betrifft die junge Dame da drinnen.«

»Dann lass bitte hören.«

»Nur wenn du für mich auch etwas hast.« Er nickte. »Ich denke, du wirst zufrieden sein. Also, schieß los?«

Die Journalistin trat näher an den Kommissar und senkte ihre Stimme.

»Ich weiß, wo die kleine Schweizerin vor kurzem war und was sie da gemacht hat.«

»Wo?«

»In München.«

»Und weiter? Lass dir nicht jedes einzelne Wort aus deiner schönen Nase ziehen, Jutta.«

»Sie hat sich mit Stuart Loretto getroffen.«

Loretto? Diesen Namen hatte doch gestern der Intendant erwähnt im Zusammenhang mit Ferdinand Hebenbronn.

»Ist das der Mann, der in den USA Opernhäuser und Orchester berät?«

Sie nickte beeindruckt. »Bravo, Schüler Merana, setzen. Sehr gut. Da hast du aber brav deine Hausübungen gemacht. Loretto berät aber auch europäische Fernsehstationen und Filmproduktionsfirmen. Ein Konsortium von TV-Sendern plant eine große Serie. Minimum zwölf Folgen in der ersten Staffel. Im Mittelpunkt steht eine junge Geigerin. Sie muss geigerisch einiges drauf haben und sie muss gut ausschauen. Und jetzt rate mal, wer dafür als aussichtsreichste Kandidatin in Frage kommt?«

Jetzt drehte auch Merana kurz den Kopf zur Garderobentür.

»Aber das ist ja hervorragend für die junge Frau. Wer kriegt schon in diesem Alter die Chance für eine derartige Präsenz in der Öffentlichkeit! Wo ist der Haken?«

»Der Haken ist tot. Der liegt bei euch im Leichenschauhaus.«

»Was? Das verstehe ich nicht.«

»Denk nach, Merana, bist doch sonst auch ein heller Junge. Wenn Fabienne Navarra der Fernsehstar einer Abendserie wird, dann kann sie die ganz große klassische Karriere vergessen. Dann gibt es zwar viel Kohle und jede Menge Adabei-Termine, aber bald keine Auftritte mehr in den führenden Konzertsälen der Welt. Das geht sich nicht aus. Sie ist noch in der Entwicklung, sie muss sich für einen Weg entscheiden. Und ich glaube nicht, dass dies der guten Todorova gefallen hätte. Nicht nur, dass sie einen Haufen Geld in das Mädel investiert hatte, sie wollte ihr unbedingt zu einer großen Solisten-Karriere verhelfen. Dazu heißt es: üben, lernen, arbeiten, Meisterkurse belegen, jeden Schritt behutsam nach dem nächsten setzen. Da bleibt keine Zeit für anderes. Es sind schon zu viele Stars verglüht. Kannst du dich noch an Vanessa Mae erinnern? Sicher kannst du das. Männer vergessen so etwas nicht. Ich sage nur: Poster im weißen Badeanzug. Sie steht bis zu den Oberschenkeln im Meer, die Geige im Ansatz. Der feuchte Stoff klebt an der Haut ihres jungen Körpers. Ich sehe es am Leuchten in deinen Augen, Martin, dass du genau weißt, wovon ich spreche.«

Er räusperte sich. »Ja, ich kann mich an das Bild erinnern. Was ist aus Vanessa Mae geworden?«

»Nicht das, was aus ihr werden hätte können. Sie wurde ein Pop-Star. Hat für sich vielleicht das Richtige gewählt. Aber unter einer Anabella Todorova wäre sie diesen Weg nicht gegangen. Sie spielt übrigens auch auf einer Guadagnini-Geige so wie die kleine Schweizerin.«

Merana erwiderte nichts. Immer noch erschienen Gratulanten und verschwanden hinter der Garderobentür. Er versuchte, das eben Erfahrene einzuordnen.

»Jetzt bist du an der Reihe, Herr Kommissar. Spiel aus. Was hast du für mich?«

Er lächelte sie kurz an. Dann sagte er mit ernster Miene.

»Die Guadagnini-Geige ist eine Fälschung.«

»Die von Vanessa Mae?«

Ihr verblüfftes Gesicht entlockte ihm ein Schmunzeln. »Nein, die von Fabienne Navarra.« Die dunkelhaarige Journalistin blies langsam die Luft aus. »Ach du heilige Cäcilia! Wenn das stimmt, dann wird der gute Bernhold eine Menge an Erklärungsbedarf haben. Von wem weißt du das?«

»Ich gebe, so wie du, meine Quellen nicht preis. Aber du kannst davon ausgehen, dass es stimmt. Bei dem Instrumenten-Deal gab es noch andere faule Eier. Insgesamt ein Betrug in Höhe von rund 20 Millionen Euro.«

Noch einmal strömte die Luft deutlich hörbar aus dem

Mund der Journalistin. »Ich vermute, du hast die Info vom Neuenberg, der war mit der Todorova gut befreundet. Und er kennt sich aus mit alten Geigen.«

Merana bestätigte die Vermutung nicht, aber er zog wieder einmal insgeheim den Hut vor Jutta Ploch. Die Journalistin war ein wirklicher Profi in ihrem Fach. Sie verfügte nicht nur über allerbeste Beziehungen, sie hatte auch eine exzellente Kombinationsgabe.

»Ich möchte nicht, dass du das veröffentlichst, bis wir mit dem Bernhold geredet haben!«

»Wann wird das sein?«

»Ich hoffe, morgen.«

»So lange kann ich warten, wenn du es sonst keinem verklickerst.«

Er versprach es.

Der Strom der Gratulanten war inzwischen abgerissen. Die Pressechefin der Festspiele eilte den Korridor herunter, das Handy am Ohr. Sie winkte Merana und Jutta zu. »Entschuldigen Sie, Herr Kommissar, ich bin aufgehalten worden. Den Großteil meiner Zeit verbringe ich derzeit damit, dafür zu sorgen, dass unsere Künstler in Ruhe arbeiten können und nicht dauernd von Presseleuten aufgehalten werden. Dich, liebe Jutta, meine ich damit natürlich nicht.« Die Journalistin deutete eine gespielte Verbeugung an und verabschiedete sich. Elena Braga verschwand im Zimmer der Geigerin. Nach einer kurzen Weile öffnete sie die Tür, ließ vier Leute aus dem Raum und gab Merana ein Zeichen, einzutreten. Dann ging sie selbst auch nach draußen. Die junge Frau, die jetzt vor ihm saß, hatte einiges von ihrer Bühnensouveränität verloren. Sie wirkte erschöpft. Ihre vollen Lippen zeigten sich verschmiert von den vielen Küssen. Das schulterfreie Kleid war leicht zerknittert.

Sie hielt nervös eine der Rosen in den Händen und drehte sie andauernd.

»Auch wenn Sie es in der letzten halben Stunde sicher Hunderte Male gehört haben, möchte ich mich den Gratulationen gerne anschließen, Frau Navarra. Ihr Spiel hat mich tief berührt. Es war ein großartiges Konzert.«

Ihr gelang ein schwaches Lächeln. »Danke, das ist sehr freundlich.« Sie nahm drei Teddybären von einem Stuhl und bat Merana, sich hinzusetzen. »Frau Todorova wäre heute Abend sicher sehr stolz auf Sie gewesen.« Sie nickte verlegen, sagte aber nichts. »Wie war Ihr Verhältnis zu Ihrer Förderin?«

Sie hielt den Kopf gesenkt, spielte weiterhin mit der Rose. »Gut.«

»Haben Sie eine Erklärung, wie es zu diesem schrecklichen Vorfall gekommen ist?

Wir gehen nicht von Selbstmord aus. Wir denken, dass jemand Frau Todorova absichtlich Gift verabreicht hat.« Er wartete auf ihre Reaktion. Sie zuckte zusammen. Sie hatte sich an einem Dorn gestochen. Sie legte die Rose schnell auf den Garderobentisch und saugte kurz an der kleinen Wunde am Daumen.

»Haben Sie etwas mitbekommen? Wissen Sie, wer das getan haben könnte?«

Mit der Daumenspitze im Mund und den müden Augen wirkte sie gar nicht mehr wie die große Künstlerin, die Merana eben noch auf der Bühne erlebt hatte. Vor ihm saß eine kleines Mädchen, das nun den Kopf mit den langen Haaren schüttelte. Er stellte ihr noch weitere Fragen zu ihrem Umgang mit Anabella Todorova, zur Arbeit in der Stiftung. Ihre knappen Antworten brachten nichts Ergiebiges.

»Wie wird es mit Ihrer Karriere weitergehen?«

»Ich hoffe, gut.«

»Ich habe gehört, Sie werden vielleicht sogar Star einer Fernseh-Serie?« Zum ersten Mal kam Feuer in ihre müden Augen. Es zuckte darin. »Woher wissen Sie das?« Ihre Stimme war plötzlich laut geworden. Sie erschrak selbst dabei.

Er ging nicht auf ihre Frage ein. »Wusste Frau Todorova davon?«

»Natürlich wussten Sie davon. Ich habe es ihr erzählt.«

»Wann?«

»Das weiß ich nicht mehr genau. Vor etwa zwei Wochen, als ich hierher nach Salzburg kam.«

»Wie hat sie darauf reagiert?« Sie zögerte kurz mit der Antwort, als müsse sie überlegen. »Sie hat nicht viel dazu gesagt, sie war ja auch sehr mit den Proben beschäftigt. Außerdem ist bei der Konzeption noch gar nichts fix. Ich bin nur pro forma gefragt worden, ob ich mir das eventuell vorstellen könnte.«

Merana dachte nach.

»Und Sie haben tatsächlich schon vor zwei Wochen mit ihr darüber geredet und nicht erst am Premierenabend?« Dieses Mal kam ihre Antwort schneller. »Nein, es war bei meiner Ankunft in Salzburg.« Er ließ sich mit der nächsten Frage Zeit.

»Wann haben Sie Frau Todorova zuletzt lebend gesehen?«

Schmerz schlich sich in ihr hübsches Gesicht. »Als sie während der Arie von dieser schrecklichen Säule kippte. Ich saß in der fünften Reihe.« Ihre Augen füllten sich mit Tränen.

»Und davor?«

»Ich habe sie kurz beim Einsingen aufgesucht, um ihr für den Abend alles Gute zu wünschen.«

»Und dazwischen nicht mehr?«

»Nein!« Dieses Mal kam die Antwort sehr schnell. Und laut. Vielleicht ein bisschen zu laut, für Meranas Geschmack. Er erhob sich, dankte für das Gespräch und verließ das Zimmer. Als er den Max-Reinhardt-Platz vor den Festspielhäusern erreichte, vibrierte sein Handy. Es war Otmar Braunberger.

»Martin, in einem Waldstück an der Gaisbergstraße wurde eine Tote gefunden.

Thomas und seine Truppe sind schon unterwegs. Die Tote hatte einen Ausweis dabei.«

»Wer ist es? Kennen wir sie?«

»Ja. Emina Saric.«

Der Kommissar blieb abrupt stehen, als sei er gegen eine unsichtbare Mauer getreten. Emina tot? Das Gesicht der jungen Frau mit den scheuen Rehaugen stand vor ihm. Er spürte, wie sich sein Magen zusammenkrampfte.

»Ich laufe runter bis zum Justizgebäude. Hol mich dort bitte ab.«

# DIENSTAG, 28. JULI, 23.45 UHR

Die rotierenden Blaulichter der Einsatzfahrzeuge, die zur Absperrung oben an der Straße standen, warfen gespenstische Lichtreflexe gegen die Bäume. Merana war mit Otmar Braunberger das steil abfallende Waldstück hinuntergeklettert. Die Bäume standen nicht allzu dicht, so dass sie gut weiterkamen. Etwa 100 Meter unterhalb der Straße stießen sie auf Brunners Tatortgruppe. Die Männer und Frauen in den Overalls wichen zur Seite, als der Kommissar und der Abteilungsinspektor auftauchten. Die Mitarbeiter der Spurensicherung hatten zwei starke Scheinwerfer aufgestellt. Das grelle Licht fiel auf die verkrümmte Gestalt der jungen Frau, die auf dem abschüssigen Waldboden mit dem Kopf nach unten lag. Ihre Augen starrten in den Nachthimmel. Auf einen Punkt der weit außerhalb dieses Waldes lag. Weit außerhalb dieser Welt. Das scheue Reh war verschwunden. Zurück geblieben war der leblose Körper einer Frau. Dieser starre Leib ließ nichts mehr von der stillen Grazie erahnen, die Merana gekannt hatte. Spuren von getrocknetem Blut und Erde überzogen ihr Gesicht. Das helle Kleid war völlig verschmutzt und an den Ärmeln aufgerissen. Der Saum hatte sich weit nach oben geschoben. Ein kleines Stück des beigen Höschens war sichtbar. Auf der Innenseite des Oberschenkels glitzerte im Licht etwas Klebriges.

»Ist das Sperma?«, fragte der Kommissar.

»Nein«, antwortete der Chef der Spurensicherung. »Das ist die frische Schleimspur einer Schnecke.«

»So viel ich auf den ersten Blick feststellen konnte,

wurde ihr keine sexuelle Gewalt angetan«, erklärte ein groß gewachsener Mann in der Runde. Das war Doktor Richard Zeller, Polizeiarzt und Gerichtsmediziner. Merana begrüßte den Arzt mit einem Kopfnicken.

»Könnte es ein Unfall gewesen sein?«

Der struppige Kopf des Arztes bewegte sich langsam hin und her. »Das kann ich ohne genauere Untersuchung nicht exakt sagen, Martin. Aber sieh dir die Schrammen im Gesicht und an den Armen an. Die Kratzer schauen nicht aus, als ob sie zu Lebzeiten entstanden wären. Eher postmortal. Ich vermute, sie ist woanders gestorben. Dann hat man sie da oben von der Straße runtergeworfen. Die weit auseinander stehenden Bäume lassen das zu. Die Leiche ist heruntergekollert und hier an diesem Strunk hängen geblieben.«

»Wie lange liegt sie schon hier, Richard?«

»Schwer zu sagen. Ich werde mich bemühen, dir so schnell wie möglich Klarheit zu verschaffen. In diesem Wald dürfte es auch tagsüber eher kühl sein. Das kommt uns entgegen. Ruft bei den Wetterfritzen an und besorgt mir bitte rasch die Temperaturverlaufsdaten der letzten Tage. Dann sehen wir weiter.«

Der Kommissar warf noch einen letzten Blick auf die Tote. Eine eigenhändige Untersuchung der Leiche ersparte er sich. Da konnte er sich auf seine Spezialisten verlassen. Bei der Herfahrt hatte er die Staatsanwältin verständigt. Er würde sie gleich noch einmal anrufen, um ihr zu berichten.

*Ach, ich fühl's, es ist verschwunden,*
*Ewig hin der Liebe Glück!*

Plötzlich hörte er die Stimme von Gundula Janowitz in seinem Innern. Pamina trauerte mit schwerem Herzen, hilflos, ratlos, niedergedrückt von der Ausweglosigkeit.

*Nimmer kommt ihr Wonnestunden*
*Meinem Herzen mehr zurück!*

Als er an der Seite eines ebenso schweigsamen Otmar Braunberger im Wagen Richtung Stadt fuhr, hallte immer noch das Leid der verzweifelten Pamina in ihm nach.

*So wird Ruh' im Tode sein! So wird Ruh' im Tode sein!*

*facebook / florababy 02:30*

perugia krass! party ein hammer!! paolo der traum schlechthin – siehe foto!!!!

tschüssischmatz!
eure flora (morgen wieder in salzburg)

# MITTWOCH, 29. JULI, 9.00 UHR

Der Wecker hatte um 6.30 geläutet. Merana war aus dumpfem Schlaf hochgeschreckt. Hatte einige Minuten gebraucht, um sich halbwegs zu orientieren. Die Traumbilder der vergangenen Nacht schwirrten immer noch in seinem Kopf herum. Er hatte eine tote Frau in einem Waldstück liegen gesehen, am ganzen Körper mit dunklen Flecken übersät. Als er sich über die Frau beugte, sah er mit Entsetzen, dass sich die Flecken bewegten. Es waren blutende Schnecken. Er konnte das Gesicht der Frau nicht erkennen. Er rief einen Namen. Die halb verfaulten Bäume ringsum schickten ein vielstimmiges Echo zurück. *Franziska.* Der Name seiner an Krebs verstorbenen Frau. Er machte sich auf die Suche nach ihr. Einmal sah er kurz zwischen den Baumstämmen das Gesicht von Andrea aufleuchten. Er lief darauf zu, aber ein riesiger Kerl im langen Gewand schleuderte ihm ein *Zurück!* entgegen. Die Gestalt glich dem Sarastro aus der Zauberflötenpremiere. Er drehte sich um und versuchte wieder die tote Frau mit den Schnecken zu finden. Doch er sah sie nirgends mehr. Er spürte würgende Angst in sich. Tiefe Angst. Er wusste nicht genau, wovor er sich fürchtete. Die Angst drückte ihn auf die Knie. Er wollte schreien, aber er brachte keinen Ton heraus. Da sah er eine alte Frau an einem See mit hellem Wasser sitzen. Es war die Großmutter. Sie winkte ihm zu. Gleich darauf wachte er auf.

Ein Gewirr aufgeregter Stimmen schlug ihm entgegen, als er gegen neun Uhr das große Besprechungszimmer betrat.

Die Bilder der toten Frau, die vergangene Nacht im Wald gefunden worden war, beherrschten die breite Ermittlungstafel an der Längsseite des Raumes. Auch nachdem der Kommissar sich gesetzt hatte, um das Meeting zu eröffnen, war noch keine Ruhe eingekehrt. Jedes Mitglied der Ermittlungsgruppe hatte sich bereits mit den Fakten aus dem Untersuchungsbericht vertraut gemacht, den sie am Morgen im Mail vorgefunden hatten. Doktor Zeller hatte noch in der Nacht die Autopsie vorgenommen. Der Chef der Spurensicherung hatte das Gutachten durch den Bericht seiner Gruppe ergänzt. Merana hatte in der Früh mit Staatsanwältin Taubner telefoniert. Sie war genauso wie der Kommissar der Ansicht, die beiden Fälle vorerst im Zusammenhang zu betrachten, sofern sich keine anderen Anhaltspunkte ergaben.

Die Leiche von Emina Saric war gegen 23 Uhr von einem Ehepaar entdeckt worden, das nach einem Restaurantbesuch auf dem Gaisberg den Heimweg zu Fuß angetreten hatte. Der Hund des Ehepaares, der vor den beiden herlief, hatte plötzlich angeschlagen und war von der Straße in den steil abfallenden Wald abgebogen. Die Fundstelle der Leiche war tagsüber von der Straße aus nicht direkt einsehbar, weshalb die Tote wohl auch einige Zeit unentdeckt geblieben war. Nach Einschätzung des Gerichtsmediziners musste der Tod rund 45 bis 55 Stunden vor Auffinden der Leiche eingetreten sein, also irgendwann zwischen Sonntag am späten Nachmittag und den frühen Morgenstunden des Montags. Sowohl der Arzt als auch die Leute der Tatortgruppe stimmten darin überein, dass die Frau nicht an dieser Stelle gestorben war. Die Leiche wies deutliche Druckstellen an den Armen auf, als wäre sie getragen oder gezogen worden. Zudem zeigten die Verletzungen an ihrem Körper, dass sie zuvor auf eine viel härtere Unterlage gestürzt war, als sie der weiche Waldboden bot. Sie hatte schwere Wunden am Hinterkopf. Verletzung des Gehirns durch Schädelbruch. Das linke Schulterblatt war gebrochen und der Beckenknochen abgesprengt.

»Hört sich an, als sei sie rückwärts aus dem Fenster vom vierten Stock in den Hof gestürzt«, bemerkte Carola Salman, als sie gemeinsam den Bericht durchgingen.

»Vierter Stock ist zu hoch«, korrigierte der Polizeiarzt. »Meiner Einschätzung nach ist die Fallhöhe nicht mehr als drei Meter. Aber Hof könnte passen. Die Unterlage war sehr hart und glatt. Es könnte auch jemand nachgeholfen haben. Sie hat seitlich am Schädel eine Verletzung, die auf keinen Fall infolge des Sturzes entstand. Sie könnte einen Schlag von der Seite bekommen haben. Dass sie sich diese seitliche Verletzung zuzog, als der Körper durch die Bäume nach unten fiel, halte ich aufgrund der Bodenbeschaffenheit im Wald für äußerst unwahrscheinlich.«

Die versammelte Mannschaft dachte über die ergänzenden Bemerkungen des Arztes nach. Merana stand auf und trat an die Tafel. Sie war in zwei Hälften geteilt. Links hingen die Tatortfotos der toten Emina, auf der rechten Seite die Bilder von Anabella Todorova.

»Wir werden wie immer professionelle Arbeit machen, und deshalb möchte ich nicht, dass wir uns in eine Richtung verrennen. Bis jetzt gibt es keinerlei verbindliche Anzeichen dafür, dass die beiden Todesfälle miteinander in Zusammenhang stehen. Andererseits weisen beide Frauen zwei Gemeinsamkeiten auf. Sie haben, jede auf ihre Art, mit den Salzburger Festspielen zu tun. Und sie waren beide bei der Premiere der Zauberflöte anwesend. Wir werden im Fall von Emina Saric nicht allein auf diesen Zusammenhang fixiert sein, sondern zusätzlich auch allen anderen Hinweisen nachgehen, die nichts mit ihrer Tätigkeit bei den Salzburger Festspielen zu tun haben.«

Er drehte sich von der Tafel wieder zu seinen Leuten, blieb aber im Raum stehen.

»Was wissen wir von der toten Frau bisher?«

Otmar Braunberger war bereits seit sechs Uhr im Haus, zwei Stunden vor dem offiziellen Dienstbeginn. Er fasste das Ergebnis seiner Recherchen zusammen.

»Emina Saric, 22 Jahre alt, geboren in Bielefeld. Bosnischer Herkunft. Mutter Sabina Saric, vor zwei Jahren gestorben. Vater unbekannt. Emina hat nach der Schule einen Kurs für Marketing und Öffentlichkeitsarbeit belegt und sich vor zehn Monaten um eine Stelle in der PR-Abteilung der neu gegründeten Deutschland-Geschäftsstelle von MAS, Moda Alberina Sabarella, beworben, die sie auch aufgrund ihrer Sprachkenntnisse bekommen hat. Letzteres weiß ich von Hannelore Dummler, auf die ich im Internet gestoßen bin. Sie hat den Kurs geleitet und war mit der jungen Bosnierin auch noch danach eine Zeit lang in Kontakt. Frau Dummler beschrieb in ihrem breiten, sehr sympathischen westfälischen Dialekt Emina als intelligentes, begabtes, liebenswertes Mädchen, an das aber aufgrund ihrer Verschlossenheit schwer ranzukommen war. Das mag auch daran gelegen haben, dass die junge Frau kurz vor Kursbeginn ihre Mutter verloren hatte. Emina hat dennoch die Ausbildung als Klassenbeste abgeschlossen.«

»Danke, Otmar. Wie immer perfekte Arbeit in kurzer Zeit.«

Auch die anderen im Raum nickten anerkennend. Merana erhob sich wieder, ging erneut an die Tafel.

»Es gibt eine inhaltliche und eine räumlich-zeitliche Verbindung. Beide waren im Umfeld der Salzburger Festspiele tätig. Anabella Todorova als gefeierte Sängerin, Emina Saric als Mitarbeiterin einer Festspiel-Sponsorfirma. Beide waren zur selben Zeit am selben Ort. Am Samstagabend bei der Premiere der Zauberflöte im Großen Festspielhaus. Die Todorova als Darstellerin der Königin der Nacht, die junge Bosnierin als Betreuerin eines Mädchens, das durch den Gewinn eines Wettbewerbs zur Zauberflöte durfte.«

Er nahm einen Stift und zog auf der Tafel eine dicke Linie vom Namen der jungen Frau zum Namen der Sängerin.

»Wir müssen herausfinden, ob die beiden einander getroffen oder wenigstens gesehen haben. Gibt es Zeugen dafür? Gibt es noch weitere Verbindungen von Emina Saric zu anderen Künstlern der Zauberflöten-Produktion?«

Er zog einige Striche vom Namen der Toten weg und versah sie jeweils mit einem Fragezeichen.

»Waren noch andere Meet-and-Greet-Aktionen geplant? Hatten solche vielleicht schon stattgefunden? Mit den Darstellern von Tamino, Pamina, Sarastro, Papageno und so weiter. Was hatte die junge Frau mit ihrem zu betreuenden Schützling in Salzburg alles unternommen? Das gilt es so schnell wie möglich zu eruieren.

Eine zweite Gruppe soll sich um das berufliche und private Umfeld kümmern.

Was sagen die Kollegen der Modefirma über Emina Saric? Was lässt sich über ihre Vergangenheit ermitteln?«

Er legte den Stift beiseite. »Noch Fragen?« Es kamen keine. Er spürte die Anspannung im Raum. Jeder war gewillt, so schnell wie möglich seinen Beitrag dazu zu leisten, all diese Fragen zu beantworten und das Rätsel zu lösen. Das war ihre Aufgabe, deswegen waren sie Polizisten geworden. Sie wollten, dass die junge Frau, deren zerschundenes Gesicht und gebrochener Blick auf den Bildern der Ermittlungstafel ihres Besprechungszimmers zu sehen waren, endlich Ruhe fand. Genauso wie sie dies für die tote Sängerin wünschten.

»Dann an die Arbeit!«

Als Merana wieder in seinem Büro saß, dachte er an die vorhin skizzierten Fragezeichen. Anabella Todorova hatte durch die gemeinsame Zauberflötenproduktion in jedem Fall mit den anderen Sängern zu tun gehabt, Emina Saric nur vielleicht. Er musste mehr über die anderen Künstler wissen. Er wählte die Handynummer von Jutta Ploch.

»Guten Morgen, Martin. Nett, dass du anrufst. Du willst mir sicher alles über das tote Mädchen im Wald erzählen, welche Verbindung es zur gefeierten Operndiva gibt, und wer hinter beiden Verbrechen steckt. Nur zu, ich bin ganz Ohr.«

Das mochte er an Jutta Ploch. Nicht lange herumfackeln, immer gleich hineinspringen, mitten ins Geschehen.

»Hier ist nicht die Abteilung ›Wunder werden wahr‹, hier ist die Betreuungsstelle für schwer arbeitende Polizisten, die mühsam Puzzleteil für Puzzleteil zusammentragen müssen, um vielleicht irgendwann ein halbwegs klares Bild zu erkennen.«

»Auch gut, Herr Kommissar. Ich bin vorerst auch mit Puzzleteilen zufrieden, wenn sie ergiebig sind.«

»Ich möchte eher dich einladen, mir zu helfen einige solcher Teile fest zu machen.«

Am anderen Ende der Leitung war es kurz still. »Wenn es bei unserem Deal der gegenseitigen Handwaschung bleibt, dann kann ich es mir ja überlegen. Also schieß los.«

»Ich brauche dringend Informationen über die Protagonisten der Zauberflötenproduktion. Ich meine nicht Zahlen und Fakten über Debüterfolge und Schallplattenaufnahmen. Auch keine Lobeshymnen über gefeierte Auftritte weltweit.

Das kann ich mit einem Mausklick aus dem Internet eruieren.«

»Du meinst Details aus dem persönlichen Leben, die man lieber unter den Tisch fallen lässt, und die auch in einem polizeilichen Führungszeugnis nicht auftauchen?«

»Du hast wie immer die Stecknadel mit dem Silberhammer auf den Kopf getroffen, meine Liebe.«

»Gut, Herr Chefermittler. Gib mir drei Stunden, ich zapfe meine Quellen an.«

Die Mauerkrone der Festung schimmerte im fahlen Vormittagslicht, doch Fabienne Navarra hatte heute keinen Blick dafür. Sie hielt ihren Körper an das Geländer der Dachterrasse gelehnt. Die Augen starrten nach vorne, aber sie nahmen nichts wahr. Wäre heute ein Prinz vom Uferweg der smaragdgrünen Salzach gekommen und hätte sich unten vor den Eingang gestellt, bereit, an ihrem kastanienbraunen Haar hochzuklettern, um sie für immer in sein Schloss mitzunehmen, sie hätte ihn nicht bemerkt. Tränen tropften ihr aus dem Gesicht, zerbarsten an der Querverstrebung des Geländers. Auf dem Wasser der Salzach trieb ein Boot. Unter den Bäumen der Uferpromenade hatten sich Schaulustige eingefunden. Die Feuerwehr veranstaltete eine Rettungsübung. Eine alte Frau riss einen kleinen Hund an der Leine zurück. Um ein Haar wäre er von einem Taxi überfahren worden. Ein Herr im schwarzen Anzug überholte auf dem Gehsteig zwei Touristen. Er war in Eile.

Der Empfang am Zauberflötenhäuschen im Bastionsgarten hinter dem Mozarteum begann in wenigen Minuten. Auf dem Klavier in der kleinen Wohnung unterhalb der Dachterrasse lag auch eine Einladung zu dieser Veranstaltung für Fabienne Navarra. Doch die junge Geigerin hatte das völlig vergessen. Sie war die ganze Nacht wach gelegen. Sie konnte sich über den Erfolg ihres gestrigen Konzertes nicht mehr freuen. Das Gespräch mit dem Polizisten hatte ihr zugesetzt. Und die Erinnerung an den Abend der Zauberflötenpremiere. Die Tränen aus ihren Augen flossen reichlicher. Ein leises Wimmern quälte sich aus ihrem Mund. Sie hielt die Lippen fest aufeinandergepresst. Das Weinen ließ ihren Körper leicht vibrieren. Sie hatte jegliches Interesse daran verloren, was rings um sie passierte. Sie würde noch bis Sonntag bleiben. Das hatte sie Laura versprochen, ihrer Sängerkollegin aus der Stiftung, die am Sonntagabend in der Allegretto-Konzertreihe auftrat. Dann würde sie endlich abreisen. Weg von diesem Ort.

*facebook / florababy 11:30*

bin am flughafen. eben anruf von falka: emina ist tot!!!! weiß noch nix genaues. saublödes gefühl im magen: hoffentlich stürzt unser flugzeug nicht ab!

hallo, sisters, betet für mich!

flora

Das kleine Holzhaus erinnerte an eine verwunschene Hütte im Märchenwald.

Die tief hängenden Äste der umstehenden Bäume streiften das Dach und reichten fast bis zu den Fenstern, die links und rechts an der Vorderfront wie viereckige Augen in den

Garten schauten. Die schmale Doppelflügeltür des sogenannten Zauberflötenhäuschens war geöffnet und gab den Blick frei auf einen kleinen Tisch und zwei Stühle. Eine winzige Terrasse bildete das Ende der von Büschen fast völlig überwucherten Treppe, über die man aus dem Garten zum Häuschen gelangte. Auf dieser kleinen Steinfläche stand Maximilian Glocker im Vogelfängerkostüm, neben ihm Carlotta Veitsch als Pamina. Sie sangen ein Duett.

*Bei Männern, welche Liebe fühlen,*
*Fehlt auch ein gutes Herze nicht.*

Dieses Lied war aus dem ersten Akt der Zauberflöte. Papageno hatte eben die Tochter der sternflammenden Königin im Palast von Sarastro getroffen. Er hatte anhand eines mitgebrachten Bildes überprüft, ob denn die junge Dame auch tatsächlich die Prinzessin war. Dann stimmten Pamina und der Vogelmensch diesen reizenden Gesang an. Die beiden Sänger vor dem Zauberflötenhäuschen wurden von einem jungen Mann im Mozartkostüm auf dem Cembalo begleitet. Im Garten hatten sich etwa 100 Personen versammelt. Sie hielten Sektgläser in der Hand und lauschten der entzückenden Darbietung.

*Wir wollen uns der Liebe freun,*
*Wir leben durch die Lieb' allein.*

Alois Kendelbacher hatte seine Ledertracht heute im Kasten hängen lassen. Er trug eine dunkle Hose und darüber ein weit geschnittenes leinenes Hemd, eine »rupfate Pfoad« wie der Volksmund sagt. Er freute sich, dass ihn Max Glocker zu diesem kleinen Fest mitgebracht hatte. Er war zwar schon einmal im Großen Saal des Mozarteums bei einem Chorkonzert gewesen. Aber er hatte keine Ahnung gehabt, dass man direkt aus dem großen Pausenraum des Mozarteums durch eine Glasflügeltüre dieses versteckte Kleinod erreichen konnte, den Bastionsgarten mit dem kleinen hölzernen Zauberflötenhäuschen unter den Bäumen. Max hatte ihm erzählt, dass dieser Holzpavillon ursprünglich aus Wien stammte, aus einem Garten neben dem ehemaligen Freihaustheater. In diesem Schauspielhaus hatte die Uraufführung der Zauberflöte stattgefunden. Um das kleine Häuschen rankten sich einige Legenden. Der gute Wolfgang Amadeus Mozart solle dort Teile der Zauberflöte komponiert oder zumindest mit den Schauspielern und Sängern geprobt haben. Egal, ob das stimmte oder nicht, der Ischler-Lois konnte sich gut vorstellen, dass es so gewesen war. Und er konnte sich auch keinen besseren Ort denken, als die kleine Terrasse vor dem malerischen Häuschen unter den sich tief verneigenden Bäumen, um mitzuerleben, wie ein Waldmensch und eine Königstochter von der magischen Kraft der Liebe sangen.

*Die Lieb' versüßet jede Plage,*
*Ihr opfert jede Kreatur.*
*Sie würzet unsre Lebenstage,*
*Sie wirkt im Kreise der Natur.*

Alois Kendelbacher schaute auf die vielen Besucher, die aufmerksam der Darbietung lauschten. Die Internationale Stiftung Mozarteum hatte zu diesem Empfang geladen.

Sie organisierte nicht nur den Konzertbetrieb im Mozarteum, ihr gehörte auch das Zauberflötenhäuschen. Kendelbacher erblickte einige Leute, die er zumindest vom Sehen her kannte. Da war der Intendant der Salzburger Festspiele, daneben Ferdindand Hebenbronn, den er am Samstag als Sarastro bewundert hatte. Er würde hernach auch noch einen kleinen Auftritt haben, genauso wie Mogens Sigurdson, der Festspiel-Tamino. Neben dem Sarastrodarsteller erkannte er einen Mann, den er in einer der TV-Nachrichtensendungen gesehen hatte. Wenn er sich recht erinnerte, war das der Salzburger Polizeipräsident.

*Nichts Edlers sei als Weib und Mann.*

Die beiden Sänger waren fast ans Ende ihre Duetts gelangt. Sie blickten einander entzückt in die Augen. Dann drehten sie ihre Köpfe zu den Besuchern und richteten die letzte Liedzeile ans Publikum.

*Mann und Weib und Weib und Mann*
*Reichen an die Gottheit an.*

Der junge Mann am Cembalo setzte die Hände elegant zum Schlussakkord auf die Tasten. Dann stand er auf und verbeugte sich gemeinsam mit den Sängern. Die Leute im Garten klatschten begeistert. Bravorufe erschallten. Carlotta Veitsch ließ sich von ihrem Sängerkollegen und vom jungen Mann im Mozartkostüm die Hand küssen. Schließlich hakte sie sich bei ihren beiden Kavalieren ein und schritt graziös die Treppe herunter. Ein Mann bestieg daraufhin die kleine Empore vor dem Zauberflötenhäuschen und hielt eine kurze Rede. Das war der Präsident der Internationalen Stiftung Mozarteum. Gleich darauf hatte Ferdinand Hebenbronn seinen Auftritt. Er sang allerdings kein Lied aus der Zauberflöte sondern erfreute die Gäste mit Leporellos Register-Arie aus dem *Don Giovanni.* Dann war der schwedische Tenor an der Reihe. Allein seine groß gewachsene Erscheinung mit blondem Haar und blauen Augen ließ die Blicke vieler Frauen im weiten Rund des Gartens glänzend werden. Und als seine klare Stimme auch noch zur *Bildnis-Arie* aus der Zauberflöte ansetzte, merkte man mancher Dame die hochkommende innere Wallung an. Der Applaus nach dem Ende der Arie war frenetisch, im kreischenden Jubel waren fast nur Frauenstimmen auszunehmen. Die Männer hielten sich nobel zurück. Kurz darauf wurde das Buffet eröffnet. Alois Kendelbacher holte sich zwei Scheiben Roastbeef und das übliche Lachsröllchen. Maximilian Glocker war mit Autogrammeschreiben beschäftigt. Kendelbacher sah den Polizeipräsidenten, der intensiv auf den armen Hebenbronn einredete, ihn dabei auch immer wieder zum Prosten animierte. Der Sänger legte eine mäßige Begeisterung an den Tag und quittierte die Worttiraden seines Gegenübers mit einem säuerlichen Lächeln. Alois Kendelbacher machte sich erneut auf den Weg, um Nachschub für seinen leeren Teller zu holen. Doch plötzlich blieb er überrascht stehen. An der Eingangstür zum Mozarteum-Pausenraum, wo sich das Buffet befand, entdeckte er eine Person, mit der er hier nicht gerechnet hatte. Rotgunde Stiegler, die Gimpl-Gundi. Kendelbacher schaute sich rasch nach allen Seiten um. Doch er konnte keine Transparente schwingenden Tierschützer entdecken. Offenbar war heute keine Demonstration angesagt. Er ging weiter und blieb vor der Frau stehen. »Frau Stiegler, grüß Gott. Sind Sie schon lange hier? Ich wusste gar nicht, dass Sie auch eingeladen sind.« Sie schaute ihn an und wirkte ihrerseits offensichtlich nicht überrascht. »Ich brauche keine Einladung. Ich komme überall hinein, wo ich will.«

Davon war er überzeugt. Ihr Tonfall war ein wenig keck, aber nicht unfreundlich. »Darf ich Ihnen etwas vom Buffet mitbringen? Das Roastbeef kann ich empfehlen.«

Sie schüttelte fahrig den Kopf. »Danke. Ich esse keine toten Tiere.« Dann blies sie sich eine ihrer roten Haarsträhnen aus dem Gesicht. Die Farbe ihrer Bluse passt gut zu ihren grauen Augen, stellte er fest. »Darf ich Ihnen dann eventuell einen Vorschlag machen? Wir verlassen jetzt beide diesen malerischen Ort. Es würde mir große Freude machen, Sie irgendwo auf einen Kaffee einzuladen? Oder einen Tee?« Zu seiner größten Verblüffung stimmte sie zu. Er hätte ihr gerne noch länger ins Gesicht geschaut, das ihn mitsamt ihrer roten Haarsträhnen faszinierte. Doch er musste sich um die Entsorgung seines leeren Tellers kümmern. Er reichte ihn einem der vorbeikommenden Kellner. Dann deutete er rasch zum Ausgang, bevor sie es sich wieder anders überlegte. Während sie über die breite Treppe hinunter stiegen, summte es in seinem Innern.

*Mann und Weib und Weib und Mann*
*Reichen an die Gottheit an.*

Die rothaarige Frau an seiner Seite, deren sanft wogende Hüften den knielangen hellen Rock tanzen ließen, hielt gut mit ihm Schritt.

Jutta Ploch brauchte keine drei Stunden. Sie rief nach zwei Stunden und 44 Minuten an, wie Merana nach einem Blick auf die Uhr feststellte.

»Also, hör zu, Martin. Beginnen wir mit Pamina. Carlotta Veitsch. Kommt aus Köln. Wohlhabende Familie, beide Eltern Ärzte. Verwöhnte Tochter aus gutem Haus.

Ist als Jugendliche dennoch ziemlich ausgerastet, als sich ihre Eltern scheiden ließen. Da soll auch irgend etwas vorgefallen sein. Was, weiß ich nicht.«

Aber Merana wusste es. Einiges hatten Otmar und er auch schon recherchiert. Die junge Carlotta hatte zwei Mal eine Flasche Parfum in einem Geschäft mitgehen lassen. Das hatte zu einer Anzeige wegen Ladendiebstahls geführt.

»Ansonsten kann ich dir über die Veitsch nichts Anrüchiges berichten. Sie hat im Vorjahr in Zürich einen Regisseur geohrfeigt. Soweit ich mich an die lausige Inszenierung der *Così fan tutte* erinnern kann, war das zurecht. Dann Sarastro. Ferdinand Hebenbronn. Ganz anderes Kaliber. Aber der tanzt ja auch schon einige Jahre länger über die Bühnen der Welt als die junge Carlotta. Ein Verführer, wie er im Buche steht. Nicht immer offenbar zum ungetrübten Gefallen der Damen. Es soll einmal in London eine Anzeige wegen sexueller Nötigung gegeben haben.

Doch seit dem ähnlichen Vorwurf gegen den Wikileaks-Gründer Julian Assange wissen wir, dass solche Anklagen auch dubioser Natur sein können. Jedenfalls kam bei Hebenbronn nichts dabei raus, sagt mein Informant, der einen Kollegen des Sängers aus der Londoner Zeit kennt. Ein weiteres Gerücht gebe ich unkommentiert an dich weiter: In den letzten Jahren sollen die Gespielinnen des guten Ferdinand immer jünger geworden sein. Und dann ist da noch ein Gerücht im Umlauf: Hebenbronn soll sich nach einer neuen Betätigung umsehen, wie man hört in den USA. Wenn du mich fragst, ist da etwas dran. Ich tippe auf die Leitung der Oper in San Francisco.«

Die USA-Pläne konnte Merana bestätigen. Ähnliches hatte er ja auch schon vom Intendanten der Salzburger Festspiele gehört.

»Kommen wir zu Mogens Sigurdson, Wunschkandidat aller Schwiegermütter und Traumschifffans. Der hat eine derart saubere Weste, dass es schon wieder verdächtig ist. Aber ich kann dir nichts weitergeben, was du nicht auch im Internet findest. Vielleicht ist eines nicht ganz uninteressant. Seine 17-jährige Schwester Laura ist ebenfalls in Salzburg, als junge Solistin der Todorova-Stiftung.«

Somit stand der Tenor doch in einer Verbindung zur getöteten Sängerin und deren Einrichtung. Merana machte sich schnell eine entsprechende Notiz.

»Bleibt noch der Argentinier Miguel Carlos, der den Monostatos singt. Niente, Herr Kommissar. Nicht einmal Weibergeschichten. Und das ist bei einem Latino-Tenor sehr auffällig. So das wäre es. Höre ich da etwa Jubel und großen Szenenapplaus für die famose Jutta?«

Merana lachte. »Nein. Ich habe mich nur ehrfurchtsvoll verbeugt. Aber du hast einiges bei mir gut. Bleib bitte dran und melde dich, wenn dir etwas Neues unterkommt.«

Der Kommissar blickte auf seine Liste. Sie hatten sich heute zu Mittag die Befragung der Zauberflötenstars aufgeteilt. Er hatte Pamina und Sarastro übernommen, Carlotta Veitsch und Ferdinand Hebenbronn. Die einzigen zwei, die in ihrem Vorleben etwas ausgefressen hatten, wie sich jetzt herausstellte.

# MITTWOCH, 29. JULI, 16.30 UHR

Waldemar Bernhold hatte einen Augenblick daran gedacht, zu verweigern. Warum ließ ihn die Polizei nicht in Ruhe? Dann hatte er in Erwägung gezogen, vielleicht seinen Anwalt beizuziehen. Aber da hätte er gleich ein Schuldgeständnis unterschreiben können. Nein, er würde sich der weiteren Vernehmung alleine stellen und entsprechend vorsichtig sein. Also hatte er zugesagt. Die Cafeteria des Hotels als Treffpunkt war sein Vorschlag gewesen. Das wirkte öffentlicher als hinter der verschlossenen Tür seines Zimmer. Das hatte mehr den Charakter eines ungezwungenen Treffens mit einem Bekannten. Er war erstaunt, dass sie ihn dieses Mal nicht zu zweit aufsuchten. Gut so. Mit einem würde er auch besser fertig werden. Dem Kerl mit dem komischen kleinen Lederbüchlein fühlte er sich auch eher gewachsen als dem anderen. Der Großgewachsene hatte bei ihrem letzten Beisammensein zwar wenig gesagt, aber ihn immer genau fixiert. Er hatte sich dabei unbehaglich gefühlt.

»Guten Tag!« Was hatte der Mann noch einmal für einen Dienstgrad? Abteilungsinspektor? Das war sicher weniger als ein Kommissar. Er kannte sich mit der Rangordnung bei der Polizei nicht aus. Sollte er dem Typ einen Kaffee anbieten?

Würde sich vielleicht nicht schlecht machen.

»Möchten Sie etwas trinken? Einen Espresso vielleicht?«

Der korpulente Mann, der ein Sakko trug, das ihm offenbar eine Nummer zu klein war, verneinte.

»Wir wollen lieber gleich zur Sache kommen, Herr Bernhold.« Das war ihm auch lieber. Dann hatte er es hinter sich.

»Haben Sie den Angaben unseres letzten Gespräches etwas hinzuzufügen?«

Was sollte diese Frage? »Nein, ich wüsste auch nicht was.«

Der Blick des beleibten Polizisten fixierte ihn. »Na, zum Beispiel, dass sie mit Frau Todorova doch über Ihr 30-Millionen-Geschäft geredet haben?« Bernhold spürte, wie seine Hände zu schwitzen anfingen. Worauf wollte der Kerl hinaus?

»Nein, ich wiederhole gerne noch einmal, dass ich nur etwa zwei bis drei Minuten bei Anabella Todorova war, um ihr alles Gute für den Rest der Vorstellung zu wünschen, und dann wieder ging.« Auch heute malte der komische Typ dauernd irgendwelche Zeichen in sein Buch und vermittelte den Eindruck, als höre er gar nicht zu.

»Wenn ich Ihnen erstens sage, dass Sie länger im Garderobenbereich hinter der Bühne waren als zwei bis drei Minuten …« Bernhold horchte auf. Das konnte der Kerl nicht wissen. Der bluffte doch. »Haben Sie Zeugen dafür?«

»Nein, noch nicht. Aber die werden wir finden.« Netter Versuch, Herr Abteilungsinspektor. Aber das ging daneben.

»Und zweitens hege ich starke Zweifel, dass Anabella Todorova mit Ihnen nicht über den Kauf der Instrumente sprach, falls die Sängerin sie überhaupt empfangen hat …«

»Warum sollte sie das nicht tun?«

»Weil Sie die gute Frau um 20 Millionen Euro betrogen haben. Und sie längst dabei war, Ihnen auf die Schliche zu kommen.«

Das Lächeln im breiten Gesicht des Polizisten wirkte so harmlos, als verkaufe er hier Luftballons. Aber der Geigenhändler spürte, wie ihm plötzlich übel wurde.

»Das ist eine Verleumdung!« Er startete einen Angriff, beugte sich nach vor, um seinen Worten mehr Gewicht zu geben. »Wenn Sie das noch einmal behaupten, verklage ich Sie wegen Rufschädigung!« Der Mann grinste ihn immer noch an.

Doch tief hinten in den Augen seines Gegenübers entdeckte Bernhold plötzlich eine Wachsamkeit, als säße er einem sprungbereiten Wolf gegenüber.

»Dies zu tun, steht Ihnen frei, Herr Bernhold. Um den Betrug werden sich andere kümmern. Uns interessieren nur die Umstände, die zum Tod von Frau Todorova führten. Sie wissen, wo Sie mich erreichen können, falls Sie Ihrer Aussage doch etwas hinzufügen wollen. Einen schönen Tag noch.«

Hinter dieser ganzen Angelegenheit mit den Vorwürfen steckte sicher dieser Neuenberg. Der war ja immer um die Todorova herumscharwenzelt wie ein verliebter Pfau. Leider verstand er zu viel von alten Geigen. Für einen Augenblick war er drauf und dran, den Polizisten aufzuhalten. Vielleicht sollte er doch zugeben, dass sie ihn nicht hatte sehen wollen. Dass er dennoch kurz in ihrer Garderobe war. Aber das würde ihn noch tiefer in den Schlamassel reinziehen. Wenn es ganz dick daher käme, könnte er ihnen immer noch von dem Mädchen erzählen.

Die Kopfschmerzen waren den ganzen Tag über stärker geworden. Er hätte sich wenigstens heute Vormittag diesen idiotischen Empfang am Zauberflötenhäuschen ersparen können. Es hatte ohnehin nichts gebracht. Außerdem war er unkonzentriert gewesen, hatte sich bei der Leporello-Arie einmal versungen. Das war zum Glück nur den wenigsten aufgefallen. Diesem eingebildeten Fatzke aus Schweden natürlich schon. Er hätte ihm am liebsten eine in die Fresse geknallt, als er während des Fehlers mitbekam, wie dieser Möchtegerntenor hämisch grinste. Dann hatte auch noch dieser aufdringliche Polizeichef ihn ununterbrochen vollgequatscht. Wenn er daran dachte, dass dieser Mann morgen auch bei der nachgeholten Premierenfeier sein würde, wie er ankündigt hatte, wurde ihm jetzt schon übel. Vielleicht sollte er sich dort gar nicht blicken lassen. Aber das wäre auch auffällig. Und jetzt tauchte gleich der nächste Polizist auf. Er war gespannt, mit welchen Fragen der ihm kommen würde. Er deutete dem Kellner. »Einen doppelten Espresso, bitte«.

»Kommt sofort, Herr Kammersänger.«

Er hatte sich ins Innere des Café Bazar gesetzt. Die Terrasse war voll. Vielleicht war es ohnehin besser so, es sah nach Regen aus. Gegen Mittag hatten sich vom Westen her graue Wolken über die Stadt geschoben.

»Guten Tag, Herr Hebenbronn. Mein Name ist Martin Merana. Schön, dass Sie es einrichten konnten, mir kurz Auskunft zu geben.«

Der Mann machte keinen unsympathischen Eindruck. Groß, sportliche Figur, dunkle Haare. Seine Augen waren wachsam. Und es lag ein Hauch von Melancholie in ihnen.

»Möchten Sie auch einen Espresso, Herr Kommissar?«

»Gerne.«

Er gab dem Kellner ein Zeichen. »Was kann ich für Sie tun?«

»Sie können mir als Erstes erzählen, was Sie von Anabella Todorovas Tod mitbekommen haben?«

»Da werde ich Ihnen leider wenig helfen können. Ich bin nach meinem ersten Auftritt im zweiten Akt hinter der Bühne geblieben, weil ich ja bald nach der Rache-Arie wieder dran war. Ich habe Anabella auch nicht gesehen, da sie ja von der Unterbühne auf der Säule nach oben kam.«

»Haben Sie Frau Todorova während der Pause getroffen? Ist Ihnen sonst irgend etwas Ungewöhnliches aufgefallen?«

»Leider nein, Herr Kommissar. Ich war während der Pause die meiste Zeit in meiner Garderobe. Ich hatte ein Meet-and-Greet mit einer jungen Dame. Die hatte einen Wettbewerb dieser Modefirma gewonnen, die zu den Festspielsponsoren gehört.«

»Haben Sie diese junge Frau schon einmal gesehen, Herr Hebenbronn?«

Der Kellner stellte die Getränke auf den Tisch, direkt neben das Foto, das der Polizist hingelegt hatte. Er starrte lange auf das Gesicht. Das Bild musste aus einem Reisepass kopiert sein. Ihm wurde unbehaglich. Er hatte das Gefühl, die Augen auf dem Foto blickten genau ihn an.

»Ich glaube mich zu erinnern, Herr Kommissar. War die Frau nicht bei eben dieser Mode-Gruppe, die zu mir in die Garderobe kam?«

»Ja. Sie war die Betreuerin des Mädchens.«

»Genau, ich kann mich wieder erinnern. Allerdings hat sie sich sehr im Hintergrund gehalten, während die anderen Damen mich ziemlich in Beschlag nahmen. Die Fotografin machte ununterbrochen Aufnahmen. Zuerst von mir und der jungen Dame, dann von mir und der Marketing-Chefin. Dann nahm sie uns alle drei auf. Wenn ich ehrlich bin, war das ganze ziemlich enervierend. Aber was tut man nicht alles für die Sponsoren der Salzburger Festspiele?«

»Wissen Sie, ob die Gewinnerin noch weitere ähnliche Termine hatte, mit den anderen Künstlern aus der Zauberflöte?«

»Das entzieht sich leider meiner Kenntnis. Ich weiß nur, dass mit Anabella ein Treffen vereinbart war. Das sollte nach der Vorstellung passieren. Dazu ist es dann ja leider nicht mehr gekommen.«

Der Polizist ihm gegenüber dachte kurz nach. Offenbar maß er diesem Umstand irgendeine Bedeutung bei. Er wirkte offen und freundlich und gleichzeitig hoch konzentriert. Der war schlauer als sein Chef, da war sich Hebenbronn sicher.

»Wenn Ihnen noch etwas einfällt, rufen Sie bitte mich oder meine Dienststelle an. Das wäre sehr freundlich.« Er legte eine Visitenkarte auf den Tisch. Hebenbronn war froh, dass er das Foto des Mädchens wieder einsteckte. Dann verabschiedete er sich und ging. Der Sänger schaute ihm lange nach.

*facebook / florababy 17:00*

bin wieder in salzburg. von emina weiß ich immer noch nix genaues. man hat sie im wald gefunden. schrecklich. die arme! hoffentlich hat sich kein kerl über sie her gemacht! die polizei hat auch schon angerufen. will die blöden bullen jetzt nicht sehen! bin krank. habe migräne, pocken, beulenpest! nehme schlafmittel! ab in die falle!!

flora

»Was erheitert Sie so, Herr Kommissar?« Carlotta Veitsch streckte ihm die Hand hin.

Sie empfing ihn in ihrer Garderobe im Mozarteum. Sie würde in zwei Stunden hier im Großen Saal an einem Konzertabend mitwirken und zusammen mit anderen Interpreten einige Mozartarien singen.

»Ich habe gerade daran gedacht, wie Papageno in der Zauberflöte quasi das Fahndungsfoto überpüft, als er Pamina findet.«

Jetzt lachte sie auch. Es klang hell, jugendlich.

»Sie meinen das *Die Augen schwarz – richtig! Die Lippen rot – richtig!*«

Dabei senkte sie ihre Stimme und versuchte den Tonfall von Maximilian Glocker in der Rolle Papagenos nachzumachen.

»Genau. Nur heißt es im Original meines Wissens: *Die Haare blond …*«

Sie schaute ihn erstaunt an. »Alle Achtung, Herr Kommissar, ein profunder Kenner der Zauberflöte bis hin zu Details im Libretto.«

Sie griff nach ihren Haaren und hielt ihm ihre Locken entgegen. »Bei uns muss es allerdings heißen: *Die Haare braun*. Sonst passt Pamina nicht zum Fahndungsfoto, wie Sie es so trefflich nennen.« Wieder ließ sie ihr glockenhelles Lachen hören.

Sie war mit 27 Jahren längst eine voll erblühte Frau, doch er erkannte in ihr auch das unbekümmerte Mädchen von einst. Dennoch musste die Scheidung der Eltern eine ziemliche Krise ausgelöst haben. Sonst hätte sie wohl nicht versucht, durch zwei läppische Ladendiebstähle die Aufmerksamkeit auf sich zu ziehen. Hilferufe nehmen manchmal die sonderbarsten Formen an.

Sie bot ihm einen Platz an. Er befragte sie nach ihrem Verhältnis zu Anabella Todorova, nach etwaigen Vorkommnissen bei den gemeinsamen Proben. Doch sie konnte nichts beitragen, was ihm weiter half. Dann bat er sie, sich noch einmal genau zu erinnern, wann genau sie die zwei lauten Frauenstimmen in der Garderobe von Anabella Todorova mitbekommen hatte.

»Gegen Anfang der Pause oder eher gegen Ende?«

Sie dachte angestrengt nach. »Wissen Sie, Herr Kommissar, sich daran genau zu erinnern, fällt schwer. Wir hatten Premiere. Und nicht irgend eine, sondern die Zauberflöten-Premiere bei den Salzburger Festspielen. Da ist man mit ganz anderen Dingen beschäftigt. Da versucht man auch, alles Störende wegzublenden und sich nur auf seine Rolle und die Auftritte zu konzentrieren.«

»Denken Sie bitte dennoch in Ruhe darüber nach. Schließen Sie einfach die Augen. Versetzen Sie sich an den vergangenen Samstagabend.«

Sie schloss tatsächlich ihre Augen. Nach einer Weile sagte sie: » Ich glaube, es war eher gegen Ende der Pause. Vielleicht auch schon nach der Pause. Ich blieb ja länger in der Garderobe. Ich bin am Beginn des zweiten Aktes nicht im Einsatz. Da steht nur Sarastro mit seinen Priestern auf der Bühne. Und später kommen Tamino und Papageno dazu.«

Merana wusste Bescheid über die Auftritte in der Zauberflöte. Der zweite Akt könnte also schon begonnen haben, als sie die streitenden Stimmen hörte. »Haben Sie diese junge Frau schon einmal gesehen?« Er reichte ihr Eminas Foto.

Sie blickte es lange an. Dann schüttelte sie den Kopf. »Nein. Sie schaut so traurig. Was ist mit dem Mädchen?«

»Sie wurde vergangene Nacht tot im Wald gefunden.«

Ihre Augen weiteten sich voll Mitleid. »Schrecklich, armes Kind. Ein Unfall?«

»Nein, wir gehen von einem Verbrechen aus.«

Sie blickte ihn erschrocken an. »Hat das etwas mit Anabellas Tod zu tun?«

»Vielleicht. Sie war auch bei der Zauberflötenpremiere am Samstag. Sie war während der Pause mit einer jungen Dame hinter der Bühne bei Herrn Hebenbronn. Eine Sponsor-Initiative.«

»Ach ja, von dieser Marketing-Aktion habe ich gehört.« Sie gab ihm das Bild zurück.

»Wie alt war sie?«

»22.«

»Schrecklich. Zu jung, um gewaltsam im Wald zu sterben.«

Er verließ das Mozarteum. Es begann zu dämmern. Die schwarze Wolkendecke am Himmel ließ es früher finster werden, als es sonst an einem Sommertag im Juli üblich ist. Er dachte über die beiden Gespräche nach. Die sensible Aufmerksamkeit der jungen Sängerin hatte ihn beeindruckt. Schade, dass sie am Samstag aufgrund der tragischen Umstände nicht mehr ihre Arie im zweiten Akt singen konnte. Er hätte sie gerne gehört. Er musste schmunzeln, als ihm einfiel, dass diese zierliche Person einen Regisseur geohrfeigt haben sollte. Sie sich dabei vorzustellen, fiel ihm nicht schwer. Immerhin hatte er selbst erlebt, mit welcher Energie sie die Königstochter Pamina auf die Bühne gebracht hatte. Mit Ferdinand Hebenbronn hätte er wohl mehr über dessen Beziehung zu Anabella Todorova reden können. Schließlich kannte der Sänger sie ja seit der gemeinsamen Studienzeit. Möglicherweise hatte ihr Tod ja auch mit einem früheren Ereignis zu tun. Vielleicht lag der Schlüssel zu dem Ganzen in der Vergangenheit der Sängerin. Er würde bei der nächsten Team-Besprechung diesen Gedanken noch einmal betonen. Sein Handy vibrierte. Es war Carola.

»Hallo, Martin. Ich habe eine Kollegin von Emina Saric zur Vernehmung herbestellt. Sie kommt direkt aus München. In einer Stunde ist sie da.«

»Danke, Carola. Ich bin auf dem Weg.«

Die Augen der jungen Frau waren gerötet. Immer wieder griff sie zu einem Papiertaschentuch, um sich die Tränen abzuwischen. Sie versuchte dennoch, sich zu fassen, um die Fragen des Kommissars und der Chefinspektorin zu beantworten.

Ihr Name war Kerstin Schwarzer. Sie war genau so lange wie Emina bei der Modefirma MAS. Die beiden hatten einander in der PR-Abteilung kennen gelernt. Auch sie hatte einen Schützling bei den Salzburger Festspielen zu betreuen, Chiara Rivella, eine junge Italienerin.

»Eigentlich hätte ja ursprünglich ich mich um die deutsche Gewinnerin kümmern sollen und Emina um das Mädchen aus Italien, weil sie besser Italienisch spricht als ich. Aber Emina hat mich gebeten, ob wir nicht tauschen könnten.«

Die beiden Ermittler horchten auf. »Hat sie einen Grund dafür genannt?«

Die Marketing-Mitarbeiterin dachte nach. »Nicht so richtig, wenn ich mich recht entsinne. Ich glaube, sie sagte, Aida wäre nicht so ihr Ding. Die Zauberflöte gefalle ihr besser. Mir war es im Grunde Jacke wie Hose. Ich kann mit Opern generell nicht so viel anfangen. Und der Firma war es egal. Hauptsache, wir machten unseren Job gut.«

»Hat Emina ihren Job gut gemacht?« Merana, der bisher nur zugehört hatte, holte sich einen Stuhl und setzte sich zu Carola und der jungen Frau an den Tisch.

Sie hatten ihr aus der Kantine einen Latte macchiato bringen lassen, doch sie hatte ihn bis jetzt nicht angerührt.

»Ja, Emina war sehr korrekt. Sie vergaß keine Termine, dachte immer zwei Schritte voraus. Und wenn sie einmal etwas sagte, konnte sie sich gut ausdrücken. Besser als ich.« Sie schaute etwas verloren in den Raum.

»Hat sie viel geredet?«

»Nein.« Kerstin Schwarzer griff nach dem nächsten Taschentuch. »Sie war sehr verschlossen. Sie hat auch kaum gelacht. Ganz anders als ich.« Die letzten Worte brachte sie kaum mehr heraus. Ein Weinkrampf schüttelte sie. »Ich kann mir nicht vorstellen, dass sie da tot ganz alleine im Wald gelegen hat, während ich in München bei meinen Eltern war.« Das Weinen wurde heftiger. »Die Firma hat uns drei Tage frei gegeben. Ich hätte dableiben sollen. Dann wäre das vielleicht nicht passiert!« Ihre Stimme brach. Das heftige Beben ihrer Schultern erfasste den ganzen Körper. Carola nahm sie behutsam in den Arm und drückte sie an sich. Die junge Frau vergrub das Gesicht in der Halsbeuge der Chefinspektorin. Nach einer Weile beruhigte sie sich wieder.

»Hatte Emina keine Familie, zu der sie fahren konnte?«, fragte Merana mit ruhiger Stimme. Sie schnäuzte sich laut ins Taschentuch.

»Ich glaube nicht. Sie hat nicht viel über Privates geredet. Ihre Mutter ist vor zwei Jahren gestorben. Das hat sie mir einmal erzählt. Es muss sie sehr mitgenommen haben. Die Mutter war schwer krank, ist elendiglich krepiert.«

»Krebs?«

»Nein, ich glaube da war was mit Tabletten. Sie war süchtig. Hat sich mit irgendeinem Hass herumgequält. Da hat Emina einmal eine Andeutung gemacht.«

»Hat sie über ihre Großeltern geredet? Über ihren Vater? Gab es Freunde?« Wieder schüttelte die junge Frau den Kopf. »Davon weiß ich nichts.«

Die nächste Frage stellte Merana eindringlich.

»Kerstin, hat Ihnen Emina vom Samstagabend erzählt? Zum Beispiel von der PR-Aktion hinter der Bühne?«

Sie verneinte. »Vielleicht weiß Flora mehr. Die war ja dabei.« Die würde er sich morgen vorknöpfen. Für heute hatte die junge Deutsche sich entschuldigen lassen. Sie fühle sich krank. Der Schock war zu viel.

»Wann haben Sie Emina zuletzt gesehen?«

»Am Sonntagnachmittag. Während der Pause von der Aida-Probe. Danach bin ich ja gleich nach München gefahren.«

»Und hat Emina dabei Ihnen gegenüber irgend eine Bemerkung fallen lassen? Etwas angedeutet, das mit der Zauberflötenpremiere oder mit dem Tod von Anabella Todorova zu tun hatte?«

»Nein.« Ihre Augen füllten sich wieder mit Tränen. Sie griff mechanisch nach dem Kaffeeglas und nahm einen Schluck. Der Latte macchiato war längst kalt. Dennoch trank sie ihn aus. Sie warteten, bis die junge Frau sich wieder gefasst hatte. Dann brachte Carola sie hinaus. Merana blieb auf dem Stuhl sitzen. Sein Blick wanderte zum Fenster. Draußen war es stockdunkel. Regentropfen fielen gegen die Scheiben und bildeten kleine Bäche, die nach unten rannen. Warum hast du dich niemandem anvertraut? fragte Merana. Was hast du gesehen? Wieder schmerzte es ihn, dass er sie nicht bei ihrer ersten und einzigen Begegnung zum Reden gebracht hatte. Gegen 21 Uhr lenkte er sein Auto vom Parkplatz der Bundespolizeidirektion zur Alpenstraße und machte sich auf den Weg nach Hause. Unterwegs rief er Andrea an.

»Heute geht es leider nicht. Ich habe Nachtdienst.« Ihre Stimme kam ihm anders vor als sonst. Weniger vertraut. Entfernter. Vielleicht waren auch Kollegen in der Nähe.

»Vielleicht morgen.«

»Dann wünsche ich Ihnen einen angenehmen Dienst, Andrea. Hoffentlich passiert nicht allzu viel.«

»Das hoffe ich auch. Gute Nacht.«

Er ließ den Klang ihrer Stimme in sich nachhallen. War etwas geschehen? Vielleicht sah er auch nur Gespenster, wo keine waren. Es hatte sich zu viel ereignet in den vergangenen Tagen.

# DONNERSTAG, 30. JULI, 7.30 UHR

Die Pressechefin erwischte ihn am Handy, als er gerade in sein Auto stieg.

»Guten Morgen, Herr Kommissar.«

»Frau Doktor Braga. Was kann ich für Sie tun?«

»Wie geht es Ihrer Großmutter?«

»Immer noch gut. Ich habe gestern Abend mit ihr telefoniert, da fühlte sie sich prächtig.«

»Würde sich Ihre Großmutter über eine Einladung zur Zauberflöte freuen? Wir hoffen doch alle, dass heute Abend keine Zwischenfälle passieren. Dann hätten wir endlich eine vollständige Premiere.«

Er wusste nicht recht, was er darauf sagen sollte. Natürlich würde sich die Großmutter freuen.

»Ja, haben Sie denn noch Karten?«

Er glaubte an ihrer Stimme zu erkennen, dass sie lächelte. »Für ganz spezielle Gäste haben wir immer Karten. Dann freue ich mich, Sie und Ihre Frau Großmutter heute Abend in der Intendantenloge zu begrüßen.«

Er bedankte sich herzlich. Konnte er sich das leisten, mitten in einer Morduntersuchung? Sich in eine Opernaufführung setzen? Egal. Der Großmutter würde es gut tun. Und ihm auch. Er rief sie gleich an.

»Das ist eine ganz große Freude, Martin. Ich danke dir recht schön. Du musst mich auch nicht abholen. Die Vanessa fährt heute am frühen Nachmittag nach Salzburg. Die kann mich mitnehmen.«

Vanessa war die Enkelin von Anni Lassinger, einer Nachbarin der Großmutter.

»Ruf mich bitte an, wenn ihr in Salzburg seid.«

Flora Stullermann konnte kaum aus ihren Augen schauen, als sie nach heftigem Klopfen die Tür ihres Hotelzimmers einen Spalt öffnete.

»Was wollen Sie hier? Es ist mitten in der Nacht!«

»Mit Ihnen reden.«

Sie riss den Mund zu einem breiten Gähnen auf. »Kommen Sie bitte später wieder, ich bin affenmüde.«

»Nein, wir reden jetzt.« Merana drückte sachte, aber mit Bestimmtheit die Türe auf. Sie trug ein kurzes blaues T-Shirt, das ihr bis zum Nabel reichte, und ein Höschen. »Ziehen Sie sich etwas über. Ich komme jetzt rein.« Er fasste sie an den Schultern und schob sie ins Zimmer. An der halb geöffneten Badezimmertür blieb er stehen, langte nach dem Bademantel und warf ihn dem Mädchen zu. Das Zimmer vermittelte den Eindruck, als wäre eine Horde von Piraten darüber hergefallen. Mitten im Raum bemerkte er einen weit geöffneten Koffer. Er sah überall Kleidungsstücke herumliegen. Eilig hingeworfene Schuhe verteilten sich über das gesamte Zimmer. Aus der halb geöffneten Schublade einer kleinen Kommode hingen BHs und zwei Gürtel. Er dirigierte das Mädchen zwischen Jeans und Stöckelschuhen hindurch zum Bett. Dort drückte er Flora sanft auf die Matratze. Er schob die Vorhänge zur Seite und riss die Balkontüre auf. Sonnenlicht flutete in den Raum. Frische Luft strömte herein. Sie hielt sich eine Hand vor die Augen.

»Mir ist kalt.«

»Dann ziehen Sie endlich Ihren Bademantel an.«

Sie gehorchte widerwillig. Er fegte drei mit Kleidern gefüllte Plastiksäcke, auf denen das Logo von Moda Sabarella prangte, vom Stuhl und setzt sich.

»Was erlauben Sie sich eigentlich?« Allmählich erwachten ihre Lebensgeister. »Stürmen da in mein Zimmer, schmeißen mit meinen Sachen herum, reißen meine Balkontüre auf! Dürfen Sie das überhaupt?«

»Ich darf noch viel mehr!«

»Mir ist nicht gut. Ich habe schlecht geschlafen. Ich stehe unter Schock. Was da mit Emina passiert ist, liegt mir im Magen. Lassen sie mich in Ruhe. Hauen Sie ab!« Sie schniefte heftig. Dann wühlte sie in den ausgebeulten Taschen ihres Bademantels. Er reichte ihr ein Papiertaschentuch. Sie putzte sich geräuschvoll die Nase. Vielleicht hätte er sie doch etwas sanfter anfassen sollen. Im Grunde konnte sie ja nichts dafür. Sie hatte sich beim letzten Mal einfach aufgeführt, wie es ihrem Naturell entsprach. Aber als er vorhin die Hotelhalle betreten hatte, war ihm wieder schmerzlich eingefallen, wie sich Flora Stullermann bei ihrer Begegnung am Sonntag zum unpassendsten Zeitpunkt in Szene gesetzt hatte, um Emina ins Wort zu fallen. Da hatte ihn der Groll gepackt. Im Grunde macht er das Mädchen für etwas verantwortlich, das er nicht geschafft hatte. Die junge Bosnierin zum Reden zu bringen.

»Ich halte Sie nicht lange auf. Dann können Sie sich wieder hinlegen.«

»Was wollen Sie denn von mir? Ich war nicht einmal da, als Emina das zugestoßen ist.« Sie ließ den Kopf hängen, griff mechanisch nach den BHs und den Gürteln, stopfte sie zurück in die Lade und drückte diese zu. Die Lade ließ sich nicht ganz schließen. Ein Gürtel klemmte. Sie versuchte es noch einmal, hämmerte wie wild mit der Hand gegen die Kunststoffverkleidung. Merana erhob sich, drückte das tobende Mädchen sanft zurück aufs Bett. Dann öffnete er die Lade ein Stück und ordnete die Wäsche. Somit ließ sie sich wieder schließen. Die Gewinnerin des Zauberflöten-Wettbewerbs machte den Eindruck eines Häuflein Elends.

Sie kauerte mit angezogenen Beinen auf dem Bett. Plötzlich tat ihm das Mädchen leid.

»Flora, versuchen Sie sich bitte zu erinnern. Ist Ihnen im Zusammenhang mit Emina oder der Zauberflötenpremiere etwas Ungewöhnliches aufgefallen?«

Sie löste ihre Hände von den Knien, presste trotzig die Fäuste vor ihre Augen. »Ich weiß nichts. Gehen Sie.«

»Flora, ich habe keine Zeit für Ihre Spielchen. Eine Sängerin stirbt auf der Bühne. Kurz darauf wird Ihre Freundin Emina ermordet. Ich will, dass Sie sich endlich bemühen, meine Fragen zu beantworten!«

»Sie war nicht meine Freundin!«

»Was?«

»So eine stinkfade Nudel würde niemals meine Freundin sein.« Plötzlich fiel ihr ein, dass sie von einem Menschen sprach, der tot war. Sie setzte sich auf. »Das hätte ich jetzt nicht sagen sollen.« Sie zog wieder die Knie an. »Aber ich bin mit ihr nicht gut zurechtgekommen. Ich hätte lieber Kerstin als Betreuerin gehabt.«

Merana ging darauf nicht ein. »Bitte erinnern Sie sich noch einmal an die Zauberflötenpremiere. Sie waren in der Pause hinter der Bühne, zusammen mit den Damen von der Modefirma. Ist Ihnen zu dem, was Sie uns das letzte Mal erzählten, noch etwas eingefallen?« Sie bemühte sich, er sah es ihr an. Doch nach einiger Zeit schüttelte sie den Kopf.

»Haben Sie bei diesem Besuch auch Anabella Todorova gesehen?«

Ihr Gesicht hellte sich auf. »Ja, wir sind ihr auf dem Weg zur Garderobe von Herrn Hebenbronn begegnet. Sie kam uns entgegen. Ich habe ihr noch zugerufen, dass ich mich auf das Treffen nach der Vorstellung freue.«

»Wo war Emina?«

»Sie ging als Letzte von uns vier.«

»Könnte sie sich umgedreht haben und Frau Todorova gefolgt sein?«

»Nein, sie ist mit uns gemeinsam in der Sarastro-Garderobe angekommen.«

»Wie war es auf dem Rückweg? War da Emina auch immer bei Ihnen?«

Sie dachte angestrengt nach. »Wir sind gemeinsam aus dem Garderobenbereich weggegangen. Da war ja nicht viel los auf den Gängen. Doch je näher wir zur Hinterbühne und zum Publikumssaal kamen, desto dichter wurde es. Es kann sein, dass sie ein wenig später als wir im Pausenfoyer ankam. Aber wenn, dann höchstens zwei bis drei Minuten.«

Sie war erschöpft, sie brauchte eine kurze Pause. Er ging ins Badezimmer und brachte ihr ein Glas Wasser. »Was war am Sonntag, Flora? Sie trafen sich mit Emina zur Aida-Probe. Dann haben meine Kollegin und ich mit Ihnen geredet. Was war nachher?«

»Wir sind zurück ins Hotel. Ich habe meine Sachen gepackt, ich musste ja zum Flughafen. Das Hoteltaxi hat mich hingebracht.«

»Hat Emina Sie zum Flughafen begleitet?«

»Nein. Sie ist hier geblieben.«

»Ist Ihnen irgendetwas Ungewöhnliches aufgefallen. Hat Sie etwas gesagt?«

Sie dachte wieder nach.

»Ja, etwas war komisch. Als ich gegen 17 Uhr zu ihr ins Zimmer kam, um mich zu verabschieden, lag sie auf ihrem Bett. Sie hatte den Laptop eingeschaltet und spielte sich immer wieder ein und dieselbe Musikstelle vor.«

»Welche?«

»Eine Frauenstimme sang *Die Wahrheit. Die Wahrheit.* Immer das gleiche. *Die Wahrheit. Die Wahrheit.* Ich glaube, das war aus der Zauberflöte.«

»Sie hatte einen Laptop mit?« Er rief sich den Bericht der Spurensicherung in Erinnerung, den er gestern Abend noch gelesen hatte. Brunners Leute hatten Eminas Hotelzimmer untersucht. Von einem Laptop war nichts im Bericht gestanden.

»Wo könnte der Laptop sein?«

»Keine Ahnung, vielleicht in ihrem Auto.«

»Sie war mit dem Auto hier?« Er war erneut verblüfft. »Hat sie nicht das Flugzeug genommen?«

»Nein, sie ist mit ihrem VW Golf von Bielefeld nach München gekommen, hat mich vom Flughafen abgeholt, und dann sind wir zusammen hierher nach Salzburg gefahren.«

Autoschlüssel waren im Zimmer der jungen Bosnierin auch nicht gefunden worden. Keine Erwähnung im Bericht. In der Handtasche, die sie bei der Leiche gefunden hatten, waren auch keine.

»Haben Sie Emina gefragt, warum sie sich dauernd diese Stelle anhörte?«

»Nein. Sie hat mich kaum beachtet.«

»Fällt Ihnen sonst noch etwas ein?«

Sie nahm die Arme von den Knien und stellte die Beine auf den Boden. »Nein.«

Er bedankte sich und ging zur Türe.

»Hey!«

Sie rief ihn zurück.

»Sie haben doch sicher so Leute von der Spurensicherung, wie im Fernsehen.«

»Ja.«

»Könnten Sie nicht ein paar herschicken, die mir helfen, mein Zimmer aufzuräumen?«

Das Kleinmädchengrinsen in ihrem Gesicht stand ihr besser als der arrogante Blick, hinter dem sie sich bei ihrer ersten Begegnung verschanzt hatte.

»Ich werde sehen, was sich machen lässt.«

Sie warf ihm eine Kusshand zu.

»Welchen Wettbewerb haben Sie eigentlich gewonnen?«

»Den Zauberflöten-Wettbewerb von Moda Sabarella. Man musste ein Fantasie-Kostüm für Pamina entwerfen.«

»Sind Sie so eine geschickte Mode-Designerin?«

»Weiß ich nicht. Es war mein erster Entwurf. Ich war einmal mit meinen Eltern auf den Azoren. Dort haben mich die Glockenblumen begeistert. Daran habe ich mich erinnert. Ich habe einfach die Blüte der *azorina vidalii*, der Azoren-Glockenblume, als Vorlage für Paminas Kleid genommen. Und das hat offenbar überzeugt.«

»Respekt, junge Dame.«

Sie strahlte ihn an. »Ja, manchmal hat Florababy eben auch ihre hellen Momente.«

An der Rezeption fragte er den Portier, ob er wisse, wo der Wagen von Emina Saric sein könnte. »Wahrscheinlich in der Tiefgarage. Moment, ich komme mit Ihnen.« In der Garage stand tatsächlich ein VW Golf. Er hatte allerdings kein Bielefelder Kennzeichen. Und er gehörte auch nicht Emina Saric. Sondern der Enkeltochter der Hotelchefin. Keine Spur vom Auto der Ermordeten.

## DONNERSTAG, 30. JULI, 11.00 UHR

Gleich nach seiner Ankunft im Präsidium gab Merana Anweisung, das Kennzeichen des Autos der Ermordeten zu eruieren und nach dem VW Golf fahnden zu lassen.

Dann rief er Gudrun Taubner an und informierte die Staatsanwältin über die letzten Ermittlungsergebnisse. ›Aktengleichstand herstellen‹ heißt das im Juristendeutsch der Strafprozessordnung. Um Punkt elf Uhr eröffnete er die Team-Sitzung.

»Was ist mit dem Handy der Toten, das wir in der Handtasche gefunden haben?«

Thomas Brunner schaute auf den Bildschirm seines kleinen Notebooks.

»Es war ausgeschaltet. Und das schon seit Sonntag früh. Sonst hätten wir anhand der Peilung ein Bewegungsprofil erstellen können. Das Bewegungsprofil der vorangegangenen Tage findet ihr in den Unterlagen.«

»Das heißt, sie hat am Sonntag niemanden angerufen?«

»Nein, zumindest nicht von diesem Handy aus.«

»Waren hereingekommene Anrufe gespeichert?«

Der Chef der Spurensicherung schüttelte den Kopf. »Nein, der letzte gespeicherte Anruf ist vom Donnerstag. Da hat ihr Flora Stullerbaum auf die Mailbox gesprochen, dass sie um elf Uhr in München landen werde.«

»Wie schaut es mit dem Adressenverzeichnis auf dem Handy aus?«

»Wenige Namen. Nicht einmal 30. Die meisten gehören zu Leuten aus ihrer Firma. Einige Namen konnten wir noch nicht zuordnen. Wir sind dran.«

Eine junge Frau mit wenig Kontakten, ein einsames Reh. Merana sah wieder ihre dunklen Augen vor sich. Und das Haar, das zu einem strengen Knoten gerafft war, damit nur ja nichts Weiches die Blicke der anderen anzöge.

»Geht weiterhin der Frage nach, wie sie das Hotel am Sonntag verlassen hat. Nachdem wir jetzt wissen, dass sie ein Auto hatte, können wir davon ausgehen, dass sie es benutzte. Man kommt direkt mit dem Lift vom Hotel in die Tiefgarage. Leider gibt es dort keine Kameras. Das habe ich schon überprüft.«

Er blickte in die Runde.

»Was gibt es sonst an neuen Erkenntnissen, über die noch nicht alle verfügen?«

Otmar Braunberger berichtete über seine Begegnung mit Waldemar Bernhold. Die anderen ergänzten die Ergebnisse mit den spärlichen Informationen, die sie über die Künstler der Zauberflöte gesammelt hatten.

»Auch wenn es wahrscheinlich vergebliche Mühe ist, möchte ich dennoch, dass ihr weiterhin jedem auch noch so kleinen Fingerzeig nachgeht. Faktum ist: die 17-jährige Schwester des schwedischen Tenors gehört zu den Schützlingen der toten Sängerin und ihrer Stiftung. Überprüft bitte, ob da sonst noch eine Verbindung bestand. Und checkt bitte auch, ob jemand Fabienne Navarra während der Pause hinter der Bühne gesehen hatte.

»Sie sagte doch, sie war nur beim Einsingen dabei. Gibt es einen Grund, dass du an den Angaben des Mädchens zweifelst?« Die Frage kam von Carola.

»Wie wir nach über 20 Jahren Polizeiarbeit wissen, glauben wir grundsätzlich einmal von vorneherein gar nichts. Selbst, wenn die Aussage vom Bundespräsidenten kommt. Darum überprüfen wir alles und jedes bis ins kleinste Detail.«

»Deshalb fürchten uns auch alle und schlottern, wenn wir wie die Kavallerie einreiten! Denn wir sind die Truppe der Super-Heroes, die alles rauskriegen!« Abteilungsinspektor Otmar Braunberger hatte die Großartigkeit seiner Schlussfolgerung noch durch die Drohgebärde eines hoch erhobenen Zeigefingers unterstrichen.

»So ist es!«, bestätigte Merana und raffte seine Unterlagen zusammen. Es tat gut, sich mit einem Anflug von gespieltem Gruppenstolz vor Augen zu führen, was für ein toller Haufen von Super-Bullen sie doch waren. Das überdeckte kurzzeitig das Gefühl, es noch nicht allzu viel weiter gebracht zu haben.

Kurz nach 13 Uhr rief ihn die Großmutter an. Sie fahre jetzt mit Vanessa aus dem Pinzgau weg. Die Enkelin ihrer Nachbarin hätte noch einige Besorgungen zu erledigen. Sie würden dann gegen 16 Uhr zu Meranas Wohnung in Aigen kommen.

»Ist gut, Oma. Läute bitte bei meiner Vermieterin, die sperrt dir auf. Ruhe dich etwas aus, bis ich komme.«

Um 14 Uhr erreichte ihn ein Anruf von Carola. Sie hätten einen Zeugen gefunden, der sich daran erinnerte, am Sonntagabend Emina Saric in der Tiefgarage gesehen zu haben. Der Hotelgast habe beobachtet, wie die junge Bosnierin kurz nach 20 Uhr in einem Auto mit Bielefelder Kennzeichen weggefahren sei. Eine halbe Stunde später ließ der Polizeipräsident ausrichten, er verlasse heute früher das Büro, sei aber bis kurz vor 19 Uhr am Handy erreichbar. Dann würde er in der Zauberflötenvorstellung sitzen. Merana musste schmunzeln. Der Herr Hofrat hatte sich doch nicht von vorneherein Karten für die Premiere *und* für den zweiten Abend besorgt. Wie war es ihm nur wieder gelungen, für eine seit Monaten mehr als ausverkaufte Vorstellung in so kurzer Zeit Karten zu bekommen? Über Elena Braga, so wie er? Der Kommissar tippte eher auf das Büro der Landeshauptfrau. Für 15 Uhr 30 hatte er noch einmal eine Besprechung mit allen Ermittlern einberufen, ehe er sich dann auch in den Abendanzug werfen würde, um mit der Großmutter eine hoffentlich störungsfreie Zauberflöte zu genießen.

Als er den Sitzungsraum betrat, hatten alle anderen schon Platz genommen.

Er stellte sich vor die große Tafel an der Wand.

»Lasst uns das Wesentliche noch einmal auflisten und einfügen, was an Neuem dazugekommen ist. Beginnen wir ganz vorne. Samstagabend, 21.20 Uhr. Anabella Todorova fährt unter Donner und Blitz, auf einer Säule stehend, von der Unterbühne hoch zur Hauptbühne. Mitten in ihrer Arie zeigt sie Anzeichen von Schwäche. Sie schwankt und stürzt auf den Bühnenboden. Sie fällt dabei so unglücklich, dass sie tot ist. Schädelbruch. Typische Gehirnverletzung.«

»2.200 Zeugen sind geschockt«, entfuhr es der Chefinspektorin unwillkürlich. Diesen Tod auf der Bühne mitzuerleben, konnte auch ein Profi wie sie nur schwer verarbeiten. Auch Merana versuchte die Szene vor seinen Augen zu verdrängen. Er schob in seinem Inneren das Bild mit dem verkrümmten Körper der Sängerin beiseite, um sich auf seine Ausführungen zu konzentrieren. »Bei der darauf folgenden Autopsie stellt sich heraus, die Tote hatte Phenobarbital im Blut. Wir wissen bis heute nicht, wie der Opernstar dazu gekommen ist. Schon zwei Stunden vorher ereignete sich am selben Schauplatz noch etwas Ungewöhnliches. Um 19 Uhr 17 stürmen drei Tierschützer, zwei

Männer und eine Frau, von außen in den Saal, um für ihre Anliegen zu protestieren. Sie werden von den Saaldienern und der Polizei hinausgebracht und erkennungsdienstlich überprüft. Wir haben bis jetzt keinen Hinweis, dass diese beiden Ereignisse in Verbindung zueinander stehen. Aber wir wollen es weiterhin nicht gänzlich ausschließen.«

Er schaute kurz in die Runde. Alle blickten konzentriert zur Tafel, wo Merana die Eckpunkte seiner Zusammenfassung notierte.

»Dienstagabend, 23.00 Uhr. Spaziergänger finden im abschüssigen Gelände des Gaisberges unterhalb der Straße die Leiche von Emina Saric. Wie unsere Ermittlungen gezeigt haben, ist der Fundort nicht der Tatort. Die Todeszeit lässt sich folgendermaßen eingrenzen. Um 20 Uhr wird die junge Frau von einem Zeugen gesehen, wie sie mit ihrem Wagen die Hotelgarage verlässt. Laut Erkenntnis unseres Gerichtsarztes Doktor Zeller müsste sie also in der Zeit zwischen acht Uhr abends und den frühen Morgenstunden des Montags getötet worden sein. Emina Saric starb an den Folgen eines Sturzes, bei dem sie auf einer harten Fläche aufschlug. Gehirnverletzung. Ähnliche Todesursache wie bei der Sängerin. Die Verletzungen am Schädel der jungen Frau lassen den Schluss zu, dass dabei Fremdeinwirkung nicht auszuschließen ist. In der Handtasche neben der Leiche finden wir einen Ausweis, das Handy, die elektronische Hotelcard, aber keine Autoschlüssel. So weit die Fakten. Und jetzt wollen wir uns gemeinsam die möglichen Verbindungen ansehen.«

Er trat zurück, um zusammen mit den anderen die notierten Hinweise und die Bilder der beiden toten Frauen auf sich wirken zu lassen.

»Nach unserem derzeitigen Ermittlungsstand kannten

die beiden Frauen einander nicht. Wir haben auch keine Hinweise, dass sie miteinander gesprochen haben. Es gibt einen kurzen Zeitabschnitt, in dem sie sich räumlich nahe waren: während der Pause der Zauberflöten-Premiere. Emina Saric besuchte mit Flora Stullerbaum und dem Team von Moda Sabarella Ferdinand Hebenbronn in dessen Garderobe. Auf dem Weg dorthin begegnete die Gruppe auch Anabella Todorova, aber es kam zu keinem Gespräch.«

»Was war auf dem Rückweg?«

Die Frage stellte der junge Beamte, der sich bisher in den Ermittlungen besonders engagiert hatte.

»Nach dem Verlassen von Hebenbronns Zimmer kam es, laut Aussage von Zeugin Stullerbaum, zu keiner Begegnung mit der Sängerin.« Er trat wieder an die Tafel. »Befassen wir uns jetzt mit möglichen Motiven. Beginnen wir mit dem Tod von Anabella Todorova. Die einfachste Erklärung wäre Selbsttötung. Doch dazu haben wir nicht die Spur eines Hinweises gefunden, weder in den Aussagen von Kollegen noch in den persönlichen Unterlagen der Sängerin. Außerdem gibt es wesentlich einfachere Situationen, sich das Leben zu nehmen, als bei einem Bühnenauftritt mit einer schwierigen Arie. Wer hätte also Ursache, Anabella Todorova zu töten? Einen wirklich triftigen Grund haben wir bisher nur bei einer Person im Umfeld der Künstlerin gefunden. Das ist der Geigenhändler Waldemar Bernhold. Er könnte ein Motiv haben. Bernhold hat die Todorova-Stiftung und somit die Tote durch das Geschäft mit gefälschten Geigen um 20 Millionen Euro betrogen. Und er hatte auch die Gelegenheit zur Tat. Er befand sich während der Pause hinter der Bühne im Garderobenbereich und war laut eigener Aussage auch im Zimmer der Sängerin. Er könnte ihr das Phenobarbital heimlich in ein Getränk geschüttet haben. Wenn der Geschäftsmann den Verdacht hegte, die Stiftung sei ihm auf der Spur seiner Machenschaften, dann hätte er vielleicht einen Grund, Anabella Todorova aus dem Weg zu räumen.«

»Wenn seine Machenschaften danach trotzdem aufgeflogen wären, wie ja inzwischen tatsächlich passiert, dann wäre er der Hauptverdächtige Nummer eins.«

Der brummige Einwurf kam von Otmar Braunberger. Der Kommissar nickte. »Sehr richtig. Wie immer legt der Herr Abteilungsinspektor den Finger treffsicher auf den wunden Punkt. Dieser Umstand ist auch die große Schwachstelle im Argumentationsgebäude mit der Aufschrift ›Geigenhändler Bernhold‹.«

»Und dennoch wissen wir aus vielen Beispielen, dass Täter nicht immer logisch handeln«, ergänzte Carola Salmann.

»Da gebe ich der Chefinspektorin natürlich recht.« Otmar Braunberger deutete eine elegante Verbeugung an. »Agierten die Verbrecher streng nach logischen Prinzipien, würden wir ihnen nur selten auf die Schliche kommen.«

»Vielleicht war es jemand, der den Geigenhändler belasten wollte? Haben wir schon daran gedacht, dass es eine Person geben könnte, die mit beiden Schwierigkeiten hatte, mit der Todorova und dem Bernhold? Diese Person bringt die Sängerin um und weiß zugleich, dass der Verdacht auf den Geigenhändler fallen wird.«

Merana freute sich über den Einwurf des jungen Beamten. Es zeigte, dass seine Saat allmählich aufging. Er hielt seine Mitarbeiter ständig an, ihrer Fantasie keine Schranken aufzuerlegen. Sie sollten sich immer offen halten für viele Varianten.

›Nur raus damit‹ war sein ständiges Credo.

»Nein, Herr Kollege. Daran haben wir in dieser Deutlichkeit noch nicht gedacht. Ich danke für den erhellenden Hinweis. Ab sofort werden wir auch das in unseren Überlegungen berücksichtigen.«

Carola lächelte, als sie sah, wie der junge Beamte vor Stolz rot wurde. Das Handy von Thomas Brunner vibrierte. »Moment«, entschuldigte er sich. »Eine dringende Nachricht.« Er verließ den Raum.

Merana fuhrt fort. »Kommen wir zur zweiten Toten, Emina Saric, Mitarbeiterin der Festspielsponsorfirma Moda Sabarella. Im Gegensatz zum ersten Opfer sehen wir bisher bei dieser jungen Frau weit und breit überhaupt niemanden mit einem plausiblen Motiv.«

»Es sei denn …«, meldete sich der junge Beamte und sprach aus, was allen anderen im Raum auch klar war, »… wir gehen davon aus, dass sie mit der ersten Tat etwas zu tun hatte. Auf eine Art und Weise, von der wir noch keine Ahnung haben.«

»Unser junger Kollege hat recht. Emina Saric könnte etwas gewusst haben. Sie könnte etwas beobachtet haben, das für den Täter gefährlich war.«

»Aber was?«, flüsterte der junge Mann.

Genau das war die Frage, die sich Merana seit Tagen stellte. Was hast du gewusst, Rehlein? Und warum hast du es mir am Sonntag nicht erzählt?

Thomas Brunner kam zurück. »Wir haben ihn. Eine Polizeistreife hat den Wagen von Emina Saric gefunden, den VW Golf mit dem Bielefelder Kennzeichen.«

Leichte Aufgeregtheit machte sich im Raum breit.

»Wo?«

»Auf einem Park-and-ride-Parkplatz in Wels.«

»In Wels?« Alle im Raum hoben erstaunt die Köpfe. Wels

lag in Oberösterreich, etwa 100 Autobahnkilometer von Salzburg entfernt. Wie war der Wagen dahin gekommen?

»Was ist mit dem Laptop?«, warf Merana ein. »Wurde der gefunden?«

Der Chef der Spurensicherung verneinte. »Im Wagen befinden sich nur die üblichen Utensilien wie Pannendreieck und Verbandkasten. Kein Laptop. Auch sonst nichts. Die Kollegen in Oberösterreich überprüfen den Parkplatz. Dann wird das Auto zu uns nach Salzburg überstellt. Wir untersuchen es dann sofort auf mögliche Spuren.«

»Gibt es Kameras auf dem Parkplatz?«

Thomas Brunner schüttelte den Kopf. »Es gibt auch keine Einfahrtsschranken. Der Parkplatz ist rund um die Uhr offen. Da stehen Autos öfter tagelang, ohne dass sich jemand etwas dabei denkt.«

Der Kommissar begab sich wieder zur Tafel, an der auch eine große Landkarte angebracht war. Er deutete mit dem Finger auf die Punkte.

»Wir haben eine tote Sängerin im Großen Festspielhaus, die Leiche der jungen Mitarbeiterin einer Modefirma auf dem Gaisberg, das Auto der Toten auf einem Parkplatz in Wels und keine Spur vom Laptop. Wie passt das alles zusammen?«

Er drehte sich um und sah in ratlose Gesichter.

»Warum wurde der VW Golf ausgerechnet auf einem Park-and-ride-Parkplatz in Wels abgestellt?«

Es herrschte Stille im Raum.

»Vielleicht, um uns zu verwirren«, entfuhr es dem jungen Beamten. Das löste die Spannung. Einige lachten. Auch Merana leistete sich ein Schmunzeln. »Wer immer das Auto dort aus welchem Grund abstellte, dieses Ziel hat er zumindest erreicht. Mehr als 20 Kriminalbeamte der Salzburger

Polizei sind mehr als verwirrt.« Er blickte auf die Uhr. Kurz nach 17 Uhr. Höchste Zeit für ihn, aufzubrechen. Die Großmutter war sicher schon längst angekommen.

# DONNERSTAG, 30. JULI, 19.00 UHR

Die Musiker der Wiener Philharmoniker hatten bereits Platz genommen. Das Licht im Saal war noch an, der große Vorhang geschlossen. Als die Präsidentin der Salzburger Festspiele, von der Seite kommend, an der Rampe entlang bis in die Mitte schritt, fiel Merana wieder einmal auf, welch riesige Ausmaße die Bühne des Großen Festspielhauses aufwies. Mit einer Breite von 100 Metern gehörte diese Spielstätte zu den größten Opernhäusern der Welt. Die Präsidentin verkündete, dass die Salzburger Festspiele und die Künstler dieser Produktion den heutigen Abend dem Gedenken an Anabella Todorova widmeten. Sie bedankte sich bei Milena Kurzmann, dass diese kurzfristig die Rolle der Königin der Nacht übernommen hatte, und ging wieder nach draußen. Das Saallicht erlosch, der Dirigent betrat den Orchestergraben. Beim ersten Klang der Ouvertüre hob sich der Vorhang. Die Konturen der großen Mondsichel wurden sichtbar. Die Großmutter beugte sich nach vorn und legte die Arme auf die Brüstung der Loge. Sie saß neben Jean Pierre Vital. Merana hatte hinter dem Intendanten Platz genommen und konnte die Großmutter von der Seite her beobachten. Ihre Augen glänzten wie die eines Kindes, das sich auf die Märchenstunde freute. Der Anblick dieser alten Frau, die durch den Zauber der Musik und das Spiel auf der Bühne mit einem Mal wieder jung wurde, berührte ihn dermaßen, dass sich seine Augen mit Tränen füllten. Es wurde ihm wieder bewusst, wie sehr er seine Großmutter liebte. Ein kurzes Lachen plätscherte durch den Zuschauerraum, als der vielbeinige Drachenwurm erschien. Dieses Mal machte die Schlange ihre Sache besser. Die Bewegungen waren flüssiger, es gab kein unvorhergesehenes Ausscheren des Hinterteils wie bei der Premiere. Nicht nur Merana beobachtete die große Mitteltür im Parkett, als die putzigen Rieseneulen den Vogelfänger Papageno auf dessen Wagen in die Mitte der Bühne zogen. Doch es blieb alles ruhig. Keine Gimpl-Gundi erschien. Dann bewegte sich die tote Schlange durch das Zucken eines der Kinder in ihrem Stoffbauch doch kurzzeitig. Papageno hatte den hingestreckten Riesenwurm inspiziert und kühn behauptet, er habe das Untier mit eigener Hand getötet. Das Schloss, das ihm eine der drei Damen vor den Mund hängte, um ihn für seine Lügen zu bestrafen, wäre ihm beinahe auf den Boden gefallen. Maximilian Glocker musste mit den Zähnen ein zweites Mal nachfassen, ehe er die Requisite festhalten konnte. Sonst passierten keine Pannen. Die drei Knaben erschienen nicht im Fesselballon, wie beim Spiel der Straßenkünstler unter den Dombögen. Ein riesiger Adler trug sie über die Bühnenlandschaft. Vielleicht hatte sich die Regisseurin hier von einer Szene aus der Verfilmung von ›Der Herr der Ringe‹ inspirieren lassen. Merana erinnerte sich, wie im Film der Zauberer Gandalf und die geretteten Hobbits von den großen Vögeln erfasst worden waren. Ein Lächeln ließ die Augen der Großmutter noch heller glänzen, als Tamino auf seiner Flöte die Tiere des Waldes zum Tanzen brachte. Es war auch vergnüglich anzuschauen, welche Menagerie dieser Zauberwald aufbot. Löwen tummelten sich neben Hirschen. Zwei Feldhasen turtelten mit einer Schlange. Ein frecher Dachs drehte sich mit einer Giraffe, die ihn um ein vielfaches überragte.

*Wie stark ist nicht dein Zauberton,*
*weil, holde Flöte, durch dein Spielen*
*selbst wilde Tiere Freude fühlen.*

Die Stimme von Mogens Sigurdson strahlte heute noch heller als bei der Premiere. Da hatte er doch Anzeichen von leichter Nervosität gezeigt, wie Merana sich erinnern konnte. *Schnelle Füße, rascher Mut* halfen Papageno und Pamina auch dieses Mal nichts. Monostatos rief die Bediensteten herbei, um die beiden einzufangen, die aus Sarastros Palast zu fliehen versuchten. Doch als Papageno sein Glockenspiel ertönen ließ, mussten die Mohrensklaven die Stricke fallen lassen. Sie begannen wie gebannt im Kreis zu trippeln.

*Das klinget so herrlich, das klinget so schön!*
*Tralla lalala trallalalala!*

Schlussendlich half Papageno und der Prinzessin auch dieses *Zauberding* nichts. Pauken und Trompeten kündigten die Ankunft Sarastros an.

*Mein Kind, was werden wir nun sprechen?*, rief der aufgeschreckte Papageno und suchte zitternd nach einem Mausloch.

*Die Wahrheit! Die Wahrheit!*, sang Pamina, und Merana spürte einen Stich im Herzen. Das Bild der toten Emina schob sich in seinem Inneren über die Szene auf der Bühne. Der Dirigent hatte das Tempo extrem zurückgenommen. So kamen die Worte der mutigen Prinzessin noch deutlicher zur Wirkung.

*Die Wahrheit! Die Wahrheit! Sei sie auch Verbrechen!*

Wieder erschallten die Trompeten, unterstützt von den Streichern. Sarastro erschien mit großem Gefolge in der Szenerie.

*Es lebe Sarastro! Sarastro soll leben!*
*Er ist es, dem wir uns mit Freude ergeben!*
*Stets mög' er des Lebens als Weiser sich freun,*
*er ist unser Abgott, dem alle sich weihn.*

Der weise Herrscher zeigte Einsicht. Der hinterlistige Monostatos erhielt seine Strafe. Das Gefolge pries erneut die Tugend und den Gerechtigkeitssinn von Sarastro. Der fallende Vorhang beendete den ersten Akt.

Der Intendant fragt Meranas Großmutter, ob er sie und den Kommissar auf ein Glas Sekt einladen dürfe. »Wenn es auch ein halbes Glas sein kann, dann gerne.«

Eine Mitarbeiterin brachte das Gewünschte. Jean Pierre Vital stieß mit Merana und der Großmutter an. Dann unterhielt er sich mit beiden darüber, welche Eindrücke sie bisher gewonnen hätten. Die Großmutter dachte kurz nach. Dann sah sie mit ernster Miene den Festspielleiter an.

»Gäbe es nicht das starke und mutige Herz von Pamina, dann sähe ich ringsum nur Männer, die unter dem Schirm einer selbst ernannten Tugend ein eher selbstgefälliges Spiel treiben.« Jean Pierre Vital hatte der alten Frau mit wachsendem Erstaunen zugehört. Jetzt deutete er eine Verbeugung an. »Vielleicht sollten Sie in den Tempel der Weisheit einziehen, Frau Merana.« Merana drückte der Großmutter einen Kuss aufs Haar. Der Intendant entschuldigte sich. Er wolle kurz die Künstler hinter der Bühne aufsuchen.

»Willst du dir ein wenig die Beine vertreten, Oma?« Die

Großmutter hielt das für eine gute Idee. Er reichte ihr den Arm und begleitete sie nach draußen.

»Martin! Frau Merana! Das ist ja eine Überraschung!« Am Eingang zur Fördererlounge trafen sie auf den Polizeipräsidenten in Galauniform. Der Herr Hofrat küsste der Großmutter die Hand und klopfte dem Kommissar kameradschaftlich auf die Schulter. »Deine intensiven Kontakte zur Führungsetage der Salzburger Festspiele machen sich offenbar bezahlt. Wie hat es Ihnen bisher gefallen, Frau Merana?« Die Großmutter beschränkte sich auf ein »Ganz gut. Die Musik ist wunderbar.« Die betont joviale Art des Polizeichefs hatte ihr noch nie sonderlich behagt. »Na, vielleicht sehen wir einander dann bei der Premierenfeier. Du hast ja Ferdinand Hebenbronn inzwischen durch die Ermittlungen kennen gelernt, Martin. Heute böte sich die Gelegenheit, mit ihm in ungezwungener Atmosphäre ein Glas Champagner zu trinken. Er ist ein ganz patenter Kerl. Ich habe ihn gestern bei einem Empfang der Internationalen Stiftung Mozarteum kennen gelernt.«

»Tut mir leid, Günther. Wir haben schon andere Pläne.«

Die Pausenglocke mahnte die Besucher, sich wieder auf die Plätze zu begeben.

»Schade. Na, vielleicht ein anderes Mal.«

Der Intendant kam ganz knapp vor Heben des Vorhanges zurück in die Loge. Die Schar der Eingeweihten wirkte auf Merana in ihren Bewegungen nicht mehr ganz so gestelzt wie beim vorigen Mal. Der Dialog der Priester über *das Weib, das sich groß dünkt,* machte ihm wieder bewusst, welch frauenfeindliche Passagen in Emanuel Schikaneders Text aus dem 18. Jahrhundert steckten. Sprüche wie *Bewah-*

*ret Euch vor Weibertücken* oder *Ein Weib tut wenig, plaudert viel* würden heute nicht mehr durchgehen. Nach etwa 20 Minuten war das Bühnengeschehen bei jener Szene angelangt, auf die über 2.000 Besucher mit Herzklopfen warteten. Die Lichtspiele der Blitze warfen ihren Widerschein auf die angespannten Gesichter. Die Säule tauchte aus ihrer Versenkung im Bühnenboden auf und brachte die Königin der Nacht nach oben. Wieder spürte Merana trotz besseren Wissens, wie er leicht erschrak. Wie schon im ersten Akt hatte er den Eindruck, als stünde Anabella Todorova leibhaftig vor ihnen. Doch dieses Bild wurde allein durch dasselbe Sternenkleid und die ähnliche Maske geprägt. Eine zornige und verletzte Königin schleuderte ihrer Tochter den Dolch vor die Füße und befahl ihr, Sarastro, den Todfeind, zu töten.

*Der Hölle Rache kocht in meinem Herzen. Tod und Verzweiflung …*

Das hohe G strahlte ähnlich makellos wie beim Gesang von Anabella Todorova am vergangenen Samstagabend. Milena Kurzmann schlug sich beachtlich. In den tiefen Lagen vielleicht nicht ganz so kraftvoll wie die Russin, aber in den Höhen durchaus ebenbürtig. Dann perlte ihre Stimme durch die erste große Koloratur. Das war die Passage, bei der am Premierenabend die Todorova von der Säule gestürzt war. Doch nichts dergleichen geschah. Kein Wanken, kein Taumeln. Der Körper von Milena Kurzmann bog sich nur im Rhythmus der Musik, um den aberwitzig hohen Koloraturgirlanden die nötige Kraft zu verleihen. Dann war die Arie zu Ende. Ein tausendfacher Jubel explodierte im Saal des Großen Festspielhauses. Einige der Zuschauer waren aufgesprungen. Der Applaus dauerte minutenlang. Sogar die Orchestermusiker klatschten oder bekundeten durch das Schlagen der Bögen gegen die Notenständer ihre Begeisterung. Merana hatte den Eindruck, die ausgelassene Stimmung war auch der Tatsache zuzuschreiben, dass dieses Mal Gott sei Dank nichts passiert war. Die Sängerin musste sich mehrmals verbeugen, ehe sie auf ihrer Säule wieder nach unten verschwand. Auf der Bühne stand nur mehr Pamina, eine junge Frau mit einem Dolch in der Hand. Sie kämpfte schwer mit der Entscheidung. Sollte sie dem Auftrag der Mutter folgen? Andererseits würde die Königin sie verstoßen.

*Götter! Was soll ich tun?*

Wie ein Schatten huschte der Mohr an ihre Seite.

*Warum zitterst du? Vor meiner schwarzen Farbe oder vor dem ausgedachten Mord?*

Miguel Carlos fühlte sich glänzend in die Rolle des zwielichtigen Monostatos ein, dem die Gier nach dem Körper der jungen Schönheit förmlich die Augen aus dem Kopf trieb. Er bedrängte sie, presste sich von hinten dicht an den Leib der Prinzessin.

Wenn sie ihm Liebe entgegenbrächte, würde er sie nicht verraten, flüsterte er ihr mit zuckender Zunge ins Ohr. Wie ein Blitz hallte ihr *Nein!* durch den Saal. *Niemals!* Da würde sie lieber sterben.

*So fahre denn hin!*

Der Mohr holte mit dem Dolch aus, das Mädchen war auf die Knie gesunken. Im nächsten Augenblick prallte Monostatos zurück. Sarastro war auf der Bühne erschienen. Er schlug dem Sklavenaufseher mit herrischer Geste den Dolch aus der Hand und befahl ihm, für immer zu verschwinden. Dann kümmerte er sich um die verzagte Pamina.

*Herr, strafe meine Mutter nicht*

Er bot ihr die Hand, um aufzustehen. Für Meranas Gefühl drängte sich Hebenbronn als Sarastro etwas zu dicht an Pamina heran. Bei einem Mann, dem es vor allem um Tugend und Weisheit ging, wirkte diese Nähe verdächtig. Aber vielleicht war das von der Regisseurin auch so geplant, um anzudeuten, dass Sarastros Charakter nicht ganz so licht war, wie die Umstehenden immer behaupteten.

Wie auch immer. Hebenbronn stimmte jene Arie an, die unterstreichen sollte, wie man im Weisheitstempel mit jenen verfuhr, die sich etwas zuschulden kommen ließen.

*In diesen heil'gen Hallen*
*kennt man die Rache nicht.*
*Und ist ein Mensch gefallen,*
*führt Liebe hin zur Pflicht.*

Eines musste man Hebenbronn lassen: auch wenn ihm seine Stimme nicht mehr allzu lange gehorchte, und das Ende seiner Sängerkarriere nahte, diese Arie hatte er mit großer Bravour gemeistert. Die Reaktion des Publikums war Bestätigung dafür.

Auch den Rest der Vorstellung hielt die Qualität des bisher Gezeigten an. Besonders berührt war Merana, wie Carlotta Veitsch die Verzweiflung der Prinzessin darstellte, als diese sich von Tamino, dem ein Schweigegelübde auferlegt worden war, zurückgestoßen fühlte.

*Ach, ich fühl's, es ist verschwunden,*
*ewig hin der Liebe Glück!*
*Nimmer kommt ihr Wonnestunden*
*meinem Herzen mehr zurück!*

Ihr Schmerz war überzeugend. Das bewegte auch die Großmutter zutiefst, wie er an ihrem Gesicht erkannte. Mozarts Musik war nicht immer von der spielerischen Leichtigkeit getragen, wie viele oft meinten. Die konnte auch wie eine Pranke treffen. Und das tat weh. Nicht nur im berühmten Requiem. Auch hier, in dieser Arie. Wer erbarmte sich der jungen Frau, die durch das Gefühl, missachtet zu werden, aus dem Leben scheiden wollte?

*Sieh, Tamino, diese Tränen*
*fließen, Trauter, dir allein.*
*Fühlst du nicht der Liebe Sehnen,*
*so wird Ruh' im Tode sein!*

Es war still im Saal, als Carlotta Veitsch nach dem letzten Orchesterton mit tief gesenktem Kopf allein und verloren auf der riesigen Bühne stand. Ein verzweifeltes Mädchen. Die Ergriffenheit des Publikums war spürbar. Erst als die Sängerin den Kopf hob, setzte Applaus ein. Natürlich wussten alle im Saal, dass die Prinzessin später von ihrer Qual erlöst werden würde. Aber die Ergriffenheit blieb. Tamino und Papageno taumelten durch ihre Prüfungen. Tamino mit Würde, Papageno mit lautem Poltern und galgenhumorigen Sprüchen. Das brachte das Publikum immer wieder zum Lachen. Das Spiel strebte auf das spannende Finale zu. Die drei Knaben, die schon dem Prinzen und dessen Begleiter bei deren Irrwegen immer wieder beigestanden hatten, fanden gerade noch rechtzeitig die unglückliche Pamina. Diese hatte schon den Dolch angesetzt.

*Lieber durch dies Eisen sterben,*
*als durch Liebesgram verderben.*
*Mutter, durch dich leide ich,*
*und dein Fluch verfolget mich.*

Doch die drei kleinen Burschen nahmen ihr die Klinge aus der Hand und versicherten ihr, dass alles anders sei, als sie es zu sehen glaubte. Nach überstandenem Abenteuer bekam schließlich auch Papageno sein *Herzensweibchen* in Gestalt einer leicht molligen, aber im zerrupften Federkleid durchaus entzückenden, Papagena.

Zuvor hatte sich der Naturbursche zum Gaudium des Publikums an die Damen im Saal gewandt, ob sich nicht eine seiner annehmen wollte.

*Ein Mädchen oder Weibchen*
*wünscht Papageno sich!*
*Oh so ein sanftes Täubchen*
*wär' Seligkeit für mich!*

Auch das viel beklatschte Liebesduett der beiden Vogelmenschen wurde ein Hit.

*Pa-Pa-Pa-Pa-Pa-Pa-Papagena!*
*Pa-Pa-Pa-Pa-Pa-Pa-Papageno!*

Und als die beiden sich im Verlauf ihres Geturtels auch noch gegenseitig Federn ausrissen und sie ins Publikum schweben ließen, waren die Leute völlig hingerissen.

*Erst einen kleinen Papageno!*
*Dann eine kleine Papagena!*

Über den frenetischen Jubel der Besucher freute sich auch die tschechische Sopranistin Branka Dalibor in ihrem Papagena-Kostüm sichtlich. Gleich darauf drang die Königin der Nacht in den Palast ein und versank unter Donnergrollen samt ihrem Gefolge in den Tiefen der Unterbühne. Das junge Paar, Tamino und Pamina, zog in den Tempel ein. Und der gewaltige Schlusschor vermittelte den Eindruck von: Ende gut, alles gut.

*Die Strahlen der Sonne vertreiben die Nacht!*

Eine leuchtende Scheibe erhob sich hinter der Schar der Feiernden auf der riesigen Bühne des Großen Festspielhauses. Das Ensemble wurde vom begeisterten Publikum gezählte zwölf Mal vor den Vorhang geholt. Dann war dieser Zauberflötenabend zu Ende.

# DONNERSTAG, 30. JULI, 22.15 UHR

Der Kommissar hatte die Großmutter schon am Nachmittag gefragt, ob sie sich vorstellen könnte, nach der Aufführung noch etwas zu essen. Normalerweise nahm Kristina Merana so spät am Abend nichts mehr zu sich. Aber die Aussicht auf Schlutzkrapfen hatte sie dazu bewogen, zuzustimmen. Die Großmutter war mit ihm schon öfter im ›Weiserhof‹ gewesen, zuletzt bei ihrem 80. Geburtstag. Der ›Weiserhof‹ liegt in keinem Nobelviertel. Die Gegend in der Nähe des Hauptbahnhofes vermittelt eher grauen Vorstadtcharakter. Aber das unscheinbare Wirtshaus mit seinen drei prächtigen Kastanien im Garten ist ein beliebter Treffpunkt.

Merana schätzte vor allem die einfache, aber bodenständige Küche des Gasthauses.

Hier bekam man Gerichte nach alten Rezepten, wie sie arbeitssuchende Knechte, Mägde, Straßenbauer, Holzfäller vor Jahrhunderten nach Salzburg gebracht hatten.

So bot die Speisekarte kurios klingende Speisen an, wie ›Stinkerknödel‹, ›Hoargneistnidei‹, ›Saumoasn‹ oder ›Kuttelgulasch‹. Und der Wirt servierte seinen Gästen auch Südtiroler Schlutzkrapfen. Das waren Teigtaschen aus Roggenmehl, die man mit Schafskäse und Blattspinat füllte und mit zerlassener Butter servierte. Die Großmutter bereitete diese Spezialität auch selber zu. Aber die Schlutzkrapfen aus der Küche des Weiserhofes hatten es ihr besonders angetan. Und sie war auch dieses Mal hellauf begeistert. Nachdem die Teller abgeräumt waren, setzte sich der Wirt an ihren Tisch. »Na, Frau Merana, wie wäre es mit einer kleinen

Nachspeise?« Die Großmutter legte mit einer vielsagenden Geste die Hände auf ihren bereits gut gefüllten Bauch, stimmte aber nach kurzem Zögern dennoch zu. »Na, dann lassen Sie sich von mir überraschen.« Mit einem Schmunzeln verschwand der Wirt wieder in der Küche, um bald darauf mit zwei Desserttellern zu erscheinen.

Darauf waren Topfenknödel mit hausgemachtem Hollerröster. Dieses Schmankerl führt den trefflichen Namen ›Gebackener Ochsenschoas‹. Die Großmutter ließ keinen Krümel übrig und kratzte auch noch den letzten Rest des Hollerbreis vom Teller. Nur zu einem abschließenden Schnapserl war sie nicht mehr zu bewegen. »Den können wir meinetwegen bei dir zuhause trinken, Martin, bevor ich schlafen gehe. Und dazu mache ich mir noch einen passenden Tee.« Als sie das Gasthaus verließen, waren sie überrascht von der kalten Brise, die sie empfing.

Der angekündigte Wetterumschwung stand offenbar bevor. Während der Heimfahrt fielen die ersten schweren Tropfen.

Kristina Merana hatte in ihrem Gepäck immer eine kleine Tasche mit Kräutern dabei. Daraus würde sie heute eine Mischung aus Hopfen, Melisse und Johanniskraut wählen, um sich einen Tee für erholsamen Schlaf zu brauen. »Möchtest du auch eine Tasse mittrinken?«, fragte die Großmutter, als sie in der Wohnung ankamen und sie in der Küche verschwand, um Wasser aufzustellen. Kräutertee, um besser einzuschlafen, konnte er jetzt gut gebrauchen. Er stimmte zu. Nach einer Viertelstunde hatten beide je eine große Tasse vor sich stehen. Ein Geruch von Wald und Garten machte sich im Zimmer breit. »Ich danke dir vielmals für diesen wunderschönen Abend, Martin. Ich bin noch ganz befangen von den vielen unvergesslichen Eindrücken der Oper, die mich tief bewegt haben.«

Sie griff nach dem kleinen Schnapsglas und prostete ihm zu. Ihre Wangen waren rosig. Ihr silberhelles Haar war nach hinten gekämmt und mit zwei breiten Kämmen und etlichen Nadeln festgehalten. Er erinnerte sich gut, wie er die Großmutter auf der Intensivstation des Krankenhauses in Zell am See gesehen hatte. Eine Maske mit Sauerstoffschlauch über Mund und Nase. Die kleine zierliche Frau war in dem riesigen Bett neben den Apparaturen fast verschwunden. Das Ereignis war erst einige Monate her. Sie hatte einen Herzinfarkt erlitten. Damals war er von tiefer Angst gepeinigt worden, er könnte sie verlieren. Er hatte sogar in einer kleinen Kirche eine Kerze angezündet, ganz entgegen seiner sonstigen Art. Jetzt saß die Großmutter hier im Wohnzimmer und trank mit ihm Birnenschnaps. Es kam ihm wie ein Wunder vor, obwohl er nicht an Wunder glaubte. Eine Weile sprach keiner von ihnen ein Wort. Es tat einfach gut, hier miteinander zu sitzen, sich der Gegenwart des anderen bewusst zu sein, und ab und zu einen Schluck vom Kräutertee zu nehmen. Meranas Gedanken glitten ab. Die Großmutter beobachtete ihn.

»Was beschäftigt dich, Martin? Ist es die junge Frau, die wir heute im Caféhaus kurz vor Beginn der Oper getroffen haben?«

Es war Andrea gewesen. Er hatte mit der Großmutter im kleinen Café gegenüber dem Festspielhaus ein Mineralwasser getrunken, als Andrea hereinkam. Die Begegnung geschah zufällig. Er stellte der Großmutter die junge Kollegin vor. Die beiden Frauen hatten sich daraufhin völlig ungezwungen unterhalten.

»Wie kommst du darauf, Oma?«

Sie schaute ihn an. »Ich habe euch beiden angesehen, dass ihr viel füreinander empfindet.«

Wenn er die alte Frau nicht so gut gekannt hätte, wäre er wohl überrascht gewesen.

Die Großmutter hatte ein gutes Gespür für Menschen. Manchmal sah sie auch Dinge, die andere nicht wahrnahmen. Er erinnerte sich an ihren Gesichtsausdruck, mit dem sie Franziska betrachtet hatte, noch ehe die Ärzte seine Frau mit der schrecklichen Gewissheit konfrontiert hatten, Krebs zu haben. Er war bis heute davon überzeugt, dass die Großmutter es damals schon gefühlt hatte. Doch er hatte nie mit ihr darüber geredet.

»Andrea ist sehr jung, Oma. 23 Jahre alt.«

»Deine Mutter war auch viel jünger als dein Vater.«

»Ja, und es hat auch nicht funktioniert, wie du weißt.« Unwillkürlich war seine Stimme etwas lauter geworden. Er nahm einen Schluck vom Tee.

»Sorge ist kein guter Ratgeber, Martin. Es gibt für Menschen, die einander mögen, viele Wege.« Sie beugte sich ein wenig vor.

»Du hast mir einmal zum Geburtstag ein kleines Buch geschenkt, die Geschichte vom Kleinen Prinzen. Weißt du noch, was der Fuchs dem kleinen Mann zum Abschied sagt?«

Merana wusste, was sie meinte. Er kannte die Stelle. *Es ist ganz einfach: man sieht nur mit dem Herzen gut. Das Wesentliche ist für die Augen unsichtbar.*

Er war ein Ermittler, ein Polizist. Für ihn musste das Wesentliche mit Augen und Ohren erfassbar sein: Indizien, Spuren, Aussagen, Beweise. Das war sein Beruf.

»Du hast diese Gabe, mit dem Herzen zu sehen, Oma. Das weiß ich.«

»Du kannst das auch.«

Er schüttelte den Kopf und griff wieder zur Tasse. Der Geruch von Melisse und Johanniskraut stieg ihm in die Nase.

»Weißt du noch, Oma, wie du mir erzählt hast, in den Hecken des Weißdorns zeigen sich manchmal die Feen. Ich bin stundenlang davor gesessen. Es hat nichts genützt.«

Die alte Frau schaute ihn ernst an, mit Liebe in den Augen.

»Ich bin sicher, Martin, du hast sie auch gesehen. Du hast es nur vergessen.«

Er betrachtete ihr Gesicht. Ihr Lächeln wärmte ihn. Die Zuneigung dieser alten Frau spannte sich wie eine Decke um ihn. Das hatte sie schon immer getan. Ja, sie konnte wirklich mit dem Herzen sehen. Und sie konnte manches mehr. Er überlegte kurz, dann fasste er einen Entschluss. Er schob die Tasse zurück und stand auf. Er holte seine schmale Aktentasche aus dem Vorzimmer und setzte sich wieder an den Tisch.

»Wenn es dir nicht zu anstrengend ist, Oma, möchte ich, dass du dir ein paar Bilder anschaust.«

Er griff in die Tasche und legte nach und nach der Großmutter die Fotos hin. Zuerst das Bild von Anabella Todorova, dann jenes von Emina. Er gab ihr Zeit. Die Großmutter hatte die Hände auf den Tisch gelegt und ließ die Gesichter der beiden Frauen auf sich wirken. »Das ist die Sängerin und das bedauernswerte Mädchen, deren Bilder ich in der Zeitung gesehen habe, Martin.«

»Ja, und es ist meine Aufgabe, herausfinden, wie sie zu Tode gekommen sind. Du musst dir gar nicht viel dabei denken. Ich möchte nur, dass du dir die Gesichter in aller Ruhe anschaust.«

Er griff erneut in die Tasche. Dann holte er die übrigen Fotos heraus und gruppierte sie im Kreis um die beiden anderen: die Bilder von Waldemar Bernhold, Ferdinand Hebenbronn, Maximilian Glocker, Carlotta Veitsch, Mogens Sigurdson. Er legte sogar die Fotos von Robert Neuenberg, Fabienne Navarra und Flora Stullermann dazu. Dann schloss er die Tasche und schob sie zur Seite. Die alte Frau saß ganz still da. Ihre Augen blickten ruhig. Merana hatte den Eindruck, die Großmutter schaute gar nicht richtig hin. Sie horchte mehr in sich hinein. Was würde wohl der Polizeipräsident jetzt sagen, wenn er ihn hier sitzen sähe? Er würde ganz sicher an der geistigen Gesundheit seines Kommissariatsleiters zweifeln und sich ernsthaft überlegen, für ihn schleunigst eine andere Verwendung zu finden. Was konnte man von einem Chefermittler der Kriminalpolizei schon erwarten, der glaubte, auf einen möglichen Hinweis zu stoßen, nur weil eine alte Frau auf ein paar Fotos starrte.

Zwei Szenen aus seiner Kindheit fielen ihm plötzlich ein. Sie waren so deutlich vor ihm, als würden sie jetzt passieren. Die erste ereignete sich in den Osterferien, etwa ein Jahr nach dem Tod seiner Mutter. Merana spielte im Garten, als die Großmutter aus dem Haus kam. ›Komm mit, Martin, schnell. Die Hannah braucht uns.‹ Hannah war die fünfjährige Tochter der Nachbarsleute. Sie rannten so schnell es ging zum Nachbarhof. ›Wo ist die Hannah?‹, rief die Großmutter, als sie die Nachbarin sah, die eben aus der Scheune kam. ›Ich weiß es nicht, ich suche sie schon die ganze Zeit.‹ Die Großmutter deutete zum Haus. ›Komm, Theres, wir müssen in den Keller.‹ Die beiden Frauen rannten voraus und er selber hinterher. Sie stürmten die Treppe hinunter. Im Keller war viel Gerümpel. Die Großmutter stürzte auf einen großen alten Kühlschrank zu, riss die Türe auf, und die kleine Hannah kippte heraus. Sie war zwar bewusstlos, aber noch am Leben. Nach ein paar Minuten an der frischen Luft kam sie wieder zu sich. Der Nachbarin rannen die Tränen übers Gesicht. ›Kristina, das vergesse ich dir nie.‹ Und dann sagte die Großmutter etwas Seltsames. ›Du musst nicht mir danken, Theres.‹ Auf dem Heimweg fragte er die Großmutter, warum sie gewusst hatte, wo die kleine Hannah war. ›Hast du sie schreien gehört, Oma?‹ Sie war stehen geblieben, hatte ihn eine Zeit lang angeschaut. ›Ja, Martin. So wird es wohl sein.‹ Er selber hatte nichts gehört. Wie auch? Der Nachbarhof lag Hunderte Meter entfernt. Der Kühlschrank im Keller war dicht verschlossen.

Und an noch eine Situation erinnerte er sich, während die Großmutter auf der anderen Seite des Tisches einfach nur dasaß, mit den Bildern vor sich. Es musste im Sommer gewesen sein, kurz vor Schulschluss. Fräulein Hildegard, die Klassenlehrerin, hatte die Großmutter eingeladen, den Kindern etwas über die Heilkraft der Kräuter zu erzählen. Merana war mächtig stolz gewesen, dass ausgerechnet seine Oma neben der Lehrerin am Katheder saß und über Johanniskraut und Huflattich sprach. Plötzlich hielt die Großmutter mitten im Reden inne und starrte vor sich hin. Die anderen Kinder brauchten etwas länger, ehe sie mitbekamen, dass etwas nicht stimmte. Er selber hatte versucht, dem Blick seiner Oma zu folgen. Die Großmutter schaute auf die letzte Bank. Dort saß ganz alleine die Staller Marianne. Sie war nicht sehr beliebt in der Klasse, ein kränkliches Mädchen, das sich schwer konzentrieren konnte. Marianne war nie aufmerksam, wenn die Lehrerin sie etwas fragte. Ihre Leistungen waren ungenügend, die Noten schlecht. Gleich darauf setzte die Großmutter ihren Bericht über Kamille, Spitzwegerich und die anderen heilsamen Kräuter fort, als wäre nichts gewesen. Nach der Stunde wandte sie sich an die Lehrerin, ob diese sich vorstellen könne, das Mädchen aus der letzten Reihe weiter nach vor zu setzen. ›Und es wäre gut, wenn sie nicht alleine sitzt. Geben Sie ihr doch die kleine Braunhaarige mit der Masche am Pferdeschwanz dazu.‹ ›Ah, Sie meinen die Romana. Na, ich rede einmal mit ihr.‹ Die Lehrerin hielt große Stücke auf die Großmutter. Schon am nächsten Tag passierte der Wechsel. Und von da an änderte sich das Verhalten der kleinen Staller Marianne. Sie war plötzlich viel konzentrierter und arbeitete im Unterricht mit. Und sie war nicht mehr so oft krank. Auch da war er neugierig gewesen, warum die Oma das Umsetzen angeregt hatte. ›Es war einfach gut, dass sie von da hinten weg kommt. Und besonders wichtig erscheint mir, dass ein so starkes und ausgeglichenes Mädchen wie die Romana an ihrer Seite sitzt, da, wo vorher immer ein leerer Platz war.‹ ›Warum?‹, hatte er gefragt. Die Großmutter hatte ihn lange und nachdenklich angeschaut. ›Ich glaube, das willst du gar nicht wissen, Martin.‹ Doch, das wollte er unbedingt wissen. Er bedrängte sie lange. ›Warum sollte der Platz neben der Marianne nicht mehr leer bleiben, Oma?‹ Sie gab ihm eine Antwort. ›Damit sich dort ihre tote Zwillingsschwester nicht mehr hinsetzen kann.‹ Die Staller Marianne war ein Zwilling. Ihre Schwester war bei der Geburt gestorben. Tagelang hatte er von der toten Zwillingsschwester geträumt. Es wäre ihm lieber gewesen, er hätte nicht gefragt.

Die Großmutter auf der anderen Tischseite bewegte sich, ihre Hände zitterten leicht. »Das alles ist sehr verwirrend, Martin. Ich glaube nicht, dass ich dir weiterhelfen kann.« Sie stand langsam auf. Ihr rosiger Gesichtsausdruck von vorhin war verschwunden. Die Wangen wirkten aschfahl. Er schalt sich selbst einen Narren. Das war einfach zu viel für die alte Frau. Doch wenn sie schon so weit gekommen waren, dann wollte er einen letzten Versuch starten.

»Streng dich bitte nicht an, Oma. Sag mir einfach, was du empfindest.«

Sie legte die Hände auf die Tischplatte und schaute wieder auf die Bilder.

»Ich habe das Gefühl, hier fehlt etwas.«

»Was?«

Sie hob den Kopf.

»Eine Mutter.«

Er verstand nicht, was sie meinte.

»Was heißt das?«

Sie zuckte müde mit den schmalen Schultern. »Mir kommt es vor, es fehlt eine Mutter.«

Sie hob die Hände und kam langsam um den Tisch auf ihn zu.

»Ich bin sehr erschöpft, Martin.« Sie küsste ihn auf die Wange. »Danke noch einmal für den wunderbaren Abend. Ich wünsche dir eine gute Nacht.« Mit schleppenden Schritten machte sie sich auf den Weg ins Gästezimmer.

*Es fehlt eine Mutter.*

Was hatte sie damit gemeint? Er wusste, sie würde es nicht erklären können. Sie hatte einfach gesagt, was sie empfunden hatte. *Es fehlt eine Mutter.*

Ihm fehlte auch eine Mutter. Seit über 30 Jahren. Er war neun gewesen, als seine Mutter starb. Sie war beim Bergsteigen abgestürzt. Er fühlte sich bis heute deswegen schuldig. Sie hatte ihn kurz davor für ein Vergehen büßen lassen, das er nicht begangen hatte. Er hatte sich gewünscht, dass auch sie für dieses falsche Verhalten bestraft würde. Der helle Sarg, den das Loch im Boden des Friedhofes verschluckt hatte, tauchte heute noch in seinen Träumen auf. Er sammelte die Fotos ein und steckte sie zurück in die Tasche. Dann brachte er die leeren Tassen in die Küche. Auf dem Rückweg schaltete er die Musikanlage ein und löschte das Licht im Zimmer. Er griff zum Kopfhörer, damit die Großmutter im Gästezimmer nicht gestört wurde. Er würde sich nicht die gesamte Zauberflöte anhören. Die Eindrücke der Aufführung waren noch stark genug. Aber er wollte ein paar ausgewählte Stellen noch einmal auf sich wirken lassen. Er begann mit der Bildnis-Arie. Das war die Stelle, bei der Tamino sich augenblicklich in Pamina verliebte, obwohl er ihr Antlitz nur auf einem kleinen Gemälde erblickte. Merana erinnerte sich, wie ihm bei dieser Szene heute Abend im Festspielhaus auch Bilder von Frauen aufgestiegen waren. Das Gesicht von Birgit war nicht dabei gewesen. Dann switchte er in den zweiten Akt und suchte die Chorstelle in der 19. Szene. Wie aus einer anderen Dimension drangen die Stimmen an sein Ohr und füllten sein Innerstes.

*O Isis und Osiris, welche Wonne!*
*Die düstre Nacht verscheucht der Glanz der Sonne.*

Wie sanfte Wogen strömte der dunkle Gesang durch seinen Körper und machte sein Herz ruhig. Nach dem Chor der Priester ließ er Tamino mit dem Zauberton der Flöte die Tiere aus dem Wald locken. In seiner Kindheit hatte er sich dabei immer wilde Tiger und fauchende Panther vorgestellt, die vom Klang der Flöte gebändigt wurden.

Doch der aufgeweckte Dachs und die schrullige Giraffe von heute Abend hatten ihm auch gut gefallen. Als er kurz darauf Pamina mit voller Kraft und hohem Ton *Die Wahrheit* singen hörte, war seine Ruhe vorbei. Wie eine schmale Klinge fuhr ihm das Wort durch die Brust. Er sah Emina vor sich, so wie Flora sie beschrieben hatte. Sie lag auf dem Bett und hatte sich auf dem Laptop genau diese Stelle vorgespielt. *Die Wahrheit. Die Wahrheit.* Gleichzeitig schob sich das Bild der Großmutter darüber, die ihn heute Abend an den Kleinen Prinzen erinnert hatte. *Man sieht nur mit dem Herzen gut.* Er atmete tief durch. Ja, es war Zeit für die Wahrheit. Er drückte auf die Pausetaste und nahm den Kopfhörer ab. Er saß in der Dunkelheit und lauschte in sich hinein. Dann stand er auf und tastete sich zur Ausgangstür. Er warf einen kurzen Blick ins Gästezimmer. Die Großmutter schlief ruhig. Hoffentlich hatte er sie nicht überfordert. Er griff nach den Autoschlüsseln und verließ die Wohnung.

Er drückte auf den Klingelknopf neben der Tür. Die Leuchtschrift seiner Armbanduhr zeigte kurz nach zwei Uhr. Sie öffnete ihm sofort, als hätte sie seinen Besuch erwartet. Das Haar, das sie im Dienst meist zu einem Pferdeschwanz gebunden hatte, war jetzt offen. Sie trug ausgebleichte Jeans und eine helle Bluse mit Stickereien. Sie ließ ihn eintreten. Dann umarmte sie ihn. Das kam spontan, aber er war gar nicht überrascht. Er hatte dasselbe Bedürfnis verspürt. Er legte die Arme um ihre Schultern und drückte sie sanft an sich. Er lauschte auf ihren Atem, versuchte, ihren Herzschlag zu hören. Aber da war nur das Pochen, das aus seiner eigenen Brust bis in die Ohren dröhnte. Ein paar Minuten standen sie so da, hielten einander fest und erspürten die Nähe des anderen. Dann löste sie sich, nahm ihn an der Hand und führte ihn ins Zimmer. Sie hatte die Einrichtung umgestellt. Bei seinem letzten Besuch waren der Tisch und die beiden Korbsessel auf der anderen Seite der Ausziehcouch gestanden. Die hellblauen Vorhänge an den Fenstern waren nicht zugezogen, genau wie beim letzten Mal.

»Ich habe gewusst, dass Sie kommen werden. Als ich Sie heute mit Ihrer Großmutter im Caféhaus traf, hatte ich das bestimmte Gefühl, dass wir uns bald wiedersehen.«

Sie setzte sich auf das Bett und zog ihn an ihre Seite. Er spürte, wie ihm das wilde Pochen seines Herzens fast den Hals zudrückte.

»Ich weiß, dass es schon sehr spät ist, Andrea …« Sie legte ihm sanft ihren Zeigefinger auf den Mund, verschloss seine Lippen.

»Lass uns nicht Zeit mit Floskeln verlieren, Martin.« Sie war unvermutet zum Du übergegangen. Sie nahm den Finger wieder herunter und griff erneut nach seiner Hand. Er sah den Glanz in ihren Augen und spürte, wie er ruhiger wurde. Eine Zeit lang sprachen sie nichts, sahen einander nur an.

»Ich habe in den letzten beiden Tagen viel über uns nachgedacht, Martin.« Ihr Strahlen wurde um eine Spur heller. »Schon das erste Mal, als du mich zum Jedermann mitgenommen hast und wir nebeneinander auf der Tribüne saßen, habe ich mir gewünscht, dass wir beide eine wilde Affäre beginnen. Dass wir in einen Taumel fallen und in ungestümen Liebesnächten ineinander verschlungen über feuchtwarme Sommerwiesen kugeln.«

Er spürte, wie das Blut in seinen Lenden in Wallung kam. »Ich habe mich immer gefreut, dich zu sehen. Ich war stolz, als ich am Alten Markt inmitten meines Chores stand und dich in der Menge der Zuhörer entdeckte. Als wir im Schlosshof von Hellbrunn auf der Getränkekiste saßen, und langsam die Sonne aufging, habe ich das riesige Loch schwarzer Einsamkeit in deinem Inneren gefühlt. Ich habe mir gewünscht, es wenigstens ein bisschen auszufüllen. Auch da wäre es ein Leichtes gewesen, hierher in meine Wohnung zu fahren und mit dir zu schlafen. Wir hätten immer die Gelegenheit gehabt, dieses Verhältnis anzufangen, uns gegenseitig ins Bett zu ziehen, um es endlich miteinander zu treiben. Ich habe dir diesen Wunsch oft angesehen und du mir wohl auch. Doch ich frage mich, warum wir es nicht getan haben?«

Sie sah ihm ins Gesicht. Ihr Leuchten hatte um keine Spur nachgelassen. Ihre Augen glühten wie zwei Sterne. Er schluckte den Kloß in seinem Hals hinunter.

»Weil der Taumel irgendwann vorüber gewesen wäre. Dann wären wir einander gegenüber gestanden und hätten vielleicht nicht recht gewusst, was wir miteinander anfangen sollten. Bevor wir uns Dinge gesagt hätten, an die wir nicht glauben können, hätten wir lieber geschwiegen, um uns nicht gegenseitig zu verletzen. Und dann hätten wir einander langsam verloren.«

Sie nickte. »Aber ich will dich nicht verlieren, Martin Merana.«

Er hatte sich in den letzten Monaten manchmal vorgestellt, sie in diesem Zimmer aufzusuchen, zu ihr in dieses Bett zu steigen und ihre nackte Haut zu spüren.

Auch jetzt war dieses süße Verlangen da.

»Du bist ein Mensch mit tiefer Seele, Martin. Und ich mag deine Ehrlichkeit. Deine Offenheit tut mir gut. Ich freue mich, dass du in mein Leben gekommen bist.« Wieder sprachen sie lange nichts, sahen einander nur an. Erst jetzt fiel ihm auf, dass das Licht im Raum flackerte. Sie hatte Kerzen aufgestellt. Er löste seine Finger aus den ihren und strich mit dem Handrücken behutsam über ihre Wange. Sie machte dasselbe mit ihrer Hand. Im Zimmer war es still. Dennoch hatte Merana das Gefühl, es schwebe leises Singen durch den Raum. Nach einer Weile ließ er ihre Hand los. Dann standen sie beide auf. Sie begleitete ihn zur Tür. Sie legte sanft die Arme um seinen Hals und küsste ihn auf den Mund. Nicht lange, nur für die Dauer zweier Herzschläge. Er spürte kurz das Verlangen, seine Lippen zu öffnen, um ihre Zunge zu suchen. Aber er wusste, dass dies nicht das Richtige war. Sie löste sich von ihm. Die Wärme in ihrem Blick tat seinem Herzen gut. Das hatte sie immer schon getan, seit er sie kannte.

Als er über die Treppe nach unten stieg, blieb er kurz stehen. Sie würden einander nie mehr so nahe sein, wie vorhin. Diese Erkenntnis tat weh. Aber wenn sie beide Glück hatten, würden sie einander dennoch nicht gänzlich verlieren. Sie war jung. Sie musste ein anderes Leben führen, vielleicht auch Kinder haben, heiraten. Bei dieser Vorstellung fühlte er den nächsten Stich. Ja, es tat weh. Sauweh. Hätte er das gewollt? Familie? Kinder? Er stützte sich am Treppengeländer ab. Nein. Das war nicht mehr sein Leben. *Die Wahrheit. Die Wahrheit.* Er spürte, wie er ruhiger wurde. *Es gibt für Menschen, die einander mögen, viele Wege*. Er setzte sich wieder in Bewegung. Seine Armbanduhr zeigte halb drei. Er war nicht einmal eine halbe Stunde in der Wohnung gewesen, und dennoch hatte er das Gefühl, es seien Tage vergangen.

Als er die Haustüre aufstieß und auf den Gehsteig hinaustrat, stand Birgit vor ihm. Das Licht des Treppenhauses und der nahen Straßenlaternen schälten ihr Gesicht aus der

Dunkelheit. Wut stand darin, Enttäuschung und Trauer. Die Enden ihres Seidenschals flatterten im Wind. Es war kalt. Ihr Blick ging nach oben zur Wohnung im vierten Stock, dann starrte sie ihn wieder an.

»Hallo, Birgit«, sagte er. Seine Stimme klang belegt. »Du spionierst mir nach?«

Ihre Stimme zitterte. »Ich begebe mich nicht auf dieses Niveau.« Die Worte schossen wie Nadelspitzen aus ihrem Mund. »Ich bin zu dir gefahren, weil ich dich überraschen wollte. So wie wir das früher öfter gemacht haben. Du bist mir mit dem Wagen entgegengekommen. Du hast mich nicht einmal gesehen.«

Wieder schoss ihr Kopf nach oben. Ihre Augen fixierten die Fenster im vierten Stock.

»Halte mich nicht für blöd. Ich weiß genau, wer da wohnt! Hat sie dich rausgeschmissen oder hat dir der Schwanz versagt?«

Er verstand, dass sie ihm wehtun wollte.

»Die Dinge sind oft nicht so, wie sie scheinen, Birgit.«

»Verschone mich mit deinem Geschwätz, Martin Merana.« Sie trat einen Schritt auf ihn zu. Dann holte sie mit der Hand aus. Er konnte ihre aufgestaute Wut förmlich greifen. Er bereitete sich auf das Klatschen ihrer Handfläche in seinem Gesicht vor. Doch sie schlug nicht zu. Sie funkelte ihn nur an. Dann drehte sie sich abrupt um und ging davon.

»Lass es dir wenigstens erklären, Birgit«, rief er ihr nach.

»Ich will von dir nichts mehr erklärt bekommen!« Sie riss die Tür ihres Autos auf, warf sich auf den Sitz und startete. Der Motor heulte auf, als sie zurückstieß und wendete.

Dann schoss ihr roter Fiat an ihm vorüber. Er blieb stehen und blickte ihr nach. Die Rücklichter verschwanden, als sie an der nächsten Kreuzung abbog. *Die Wahrheit! Die Wahrheit!*, hallte es in ihm. Er stand lange da. Der Wind trieb zwei große Blätter vor seine Füße. Allmählich spürte er die Last der Müdigkeit, die sich an seine Schultern hängte. Und die Leere in seinem Kopf. Er griff in die Tasche, holte den Schlüssel hervor und ging langsam zu seinem Wagen.

# FREITAG, 31. JULI, 7.30 UHR

Die zusammengesunkene Gestalt der Großmutter wirkte noch zerbrechlicher als sonst. Sie hatte nicht einmal die Hälfte ihres Butterbrotes gegessen. Nur vom Kräutertee hatte sie sich eine zweite Tasse geholt. Das gesamte Frühstück über war kaum ein Wort gefallen. Nur einmal hatte Merana sich erkundigt, wie sie geschlafen hätte. ›Traumlos‹, war ihre Antwort gewesen. Es passierte selten, dass die Großmutter nicht träumte.

Sie schob ihre Teetasse beiseite und schaute ihn an.

»Wann musst du im Büro sein?« Er blickte kurz auf die Küchenuhr.

»Etwa in einer halben Stunde.«

»Wunderbar. Dann geht sich ja noch eine Partie aus.« Sie griff in die Tasche ihrer Strickjacke und legte ein Paket Karten auf den Tisch. Zum ersten Mal blitzte ein Funken in ihren müden Augen auf. Wenn die Großmutter Karten spielte, dann vergaß sie alles andere rings um sich. Karten spielen machte ihr Vergnügen. Und es war eine Freude zu beobachten, wie sich diese Frau plötzlich in ein anderes Wesen verwandelte. Da erinnerte nichts mehr an die besonnene Person mit der speziellen Gabe für Außergewöhnliches. Da hockte plötzlich ein weiblicher Gnom vor einem, der sich diebisch freuen konnte, wenn ihm ein besonderer Spielzug gelang. »Du gibst, ich schreibe.« Sie fischte einen kleinen Papierblock aus ihrer Tasche und malte mit verschnörkelten Buchstaben ihre beiden Namen auf die Spieltabelle. Er nahm sich vor, höllisch aufzupassen. Denn ab und zu schwindelte die Großmutter auch. Beim Kartenspielen kannte sie kein Pardon. Und sie freute sich diebisch, wenn ihr niemand draufkam, wie sie die eine oder andere Partie noch zu ihren Gunsten herumgerissen hatte. Er griff nach dem Paket und begann, die Karten zu mischen. Sie hatten früher oft miteinander gespielt. ›Watten‹, ein Spiel, bei dem es auf die Anzahl der Stiche ankam, mochte die Großmutter besonders. Aber heute wollte sie ›Schnapsen‹. Dabei ging es um Punkte innerhalb der Stiche. Um eine Einzelpartie zu gewinnen, musste man mindestens 66 Punkte erreichen. »Ich fühle, heute ist ein guter Tag für mich«, lächelte sie verschmitzt und rieb sich die Hände. Merana freute sich, dass die gesunde Färbung ihres Gesichtes zurückkam. Bei der ersten Einzelpartie hatte er Pech. Mit den miesen Karten schaffte er gerade einmal zwei läppische Stiche. Die zweite Partie hätte er gewinnen müssen, aber er war unkonzentriert. Er hatte vergessen, dass noch nicht alle Trümpfe aufgebraucht waren. Als er sein letztes As ausspielte, knallte sie mit einem kurzen Juchzer den Trumpf-Unter auf den Tisch. Das Glück blieb der Großmutter auch in der nächsten Runde hold. Dann kam die vierte Partie. Herz war Trumpf. Die Großmutter machte den ersten Stich. Ihre Augen funkelten. Sie rieb sich mit der Hand übers Kinn und sah ihn schelmisch an.

»Hast du ihn oder hast du ihn nicht, Martin?« Sie begann ihren Kopf hin und her zu wiegen. Das ganze Weiblein wackelte vor Aufregung.

»Ach was, ich riskiere es. Ich drehe zu.« Damit durften keine neuen Karten mehr vom Stoß genommen werden. Merana war sich siegessicher. Immerhin hatte er das Trumpf-As im Blatt. Und dazu ein zweites As. Wieder fragte sie: »Hast du ihn oder hast du ihn nicht? Wir werden es gleich sehn.« Sie spielte das Schell-As aus. Verflucht. Er hatte eben den Schell-Zehner abgehoben. Wäre das nicht geschehen, könnte er jetzt mit dem Herz-As stechen, und sie würde nicht mehr genug Punkte zusammenbringen. Dann hätte er gewonnen. So musste er den Schell-Zehner zugeben.

»Jawohl, meine Herren! Das mag die alte Kristina!« In ihren kleinen wässrigen Augen erwachte ein Feuerwerk. »Und 40!«, rief sie und knallte den Trumpf-König und den Trumpf-Ober auf den Tisch. Mit dieser Ansage und den beiden Stichen kam sie auf exakt 66 Punkte. Das Spiel war aus. Merana konnte sich seine beiden verbliebenen Asse auf die Stirn picken. Zudem hatte er keinen einzigen Stich.

»Dass ich meinem Enkelsohn im Schnapsen einen Schneider angehängt habe, davon lebe ich wieder 20 Jahre!«, jubelte sie. Und sie meinte das auch so. Die klitzekleine Tatsache, dass sie schon weit über 80 war, spielte dabei keine Rolle. Sie griff zum Stift und malte zwei fette Knollen unter den Namen ›Martin‹ auf dem Spielblock. Das Symbol für den ›Schneider‹. So sagt man beim Schnapsen, wenn der Gegner mit null Punkten verloren hat.

»Ich hoffe, du kommst mich bald besuchen. Dann kriegst du eine Revanche. Und jetzt kannst du ins Büro fahren. Ich lege mich noch ein wenig hin. Vanessa holt mich hier gegen Mittag ab.«

Sie leuchtete übers ganze Gesicht wie ein frisch erstrahlter Weihnachtsbaum.

Er küsste sie auf die Stirn. Dann beeilte er sich, rechtzeitig in die Dienststelle zu kommen.

Es hatte geregnet in der Nacht. Einmal kurz vor Mitternacht und dann in den frühen Morgenstunden. Die Wolkendecke über der Stadt zeigte jedoch zunehmend lichte Flecken. Feine Schleier stiegen von der Salzach auf. Die Dächer und Kuppeln auf der anderen Seite des Flusses dampften. Erste zaghafte Sonnenstrahlen fanden ihren Weg durch das Wolkendickicht und trafen auf die Mauerkronen der Festung. Wie kleine Funken schwebten die Lichtreflexe über der Stadt. Die Dachterrasse ihres Hauses war immer noch nass, kleine Pfützen hatten sich gebildet. Fabienne Navarra stand am Geländer. Sie fröstelte. Der Stoff ihres hauchdünnen Nachthemdes schützte sie nicht vor der Morgenkälte. Wieder hatte sie kaum geschlafen. Ihre Hände lagen auf dem Metall der Brüstung. Hinter der Kuppel der Kirche, deren Namen sie immer noch nicht wusste, lag der Festspielbezirk. Dort hatte sie vor drei Tagen einen großen Erfolg mit Mozarts Violinkonzert gefeiert. Es kam ihr vor, als wären inzwischen Jahre vergangen. Das kleine Caféhaus in München in der Nähe des Englischen Gartens fiel ihr ein. Da war dieser Amerikaner gewesen, der ihr eine glänzende Karriere als Star einer internationalen TV-Produktion in Aussicht stellte. Das alles hatte keine Bedeutung mehr. Es war ein ganz anderes Bild, das sie nicht mehr aus ihrem Kopf brachte: Anabella Todorova, ihre Förderin, auf der Bühne des Festspielhauses. Sie stand auf einer Säule im Scheinwerferlicht und sang die Rache-Arie. Sie taumelte, versuchte, Halt zu finden, griff ins Leere und stürzte mit dem Kopf nach hinten zu Boden. Immer wenn Fabienne in den vergangenen Nächten versucht hatte, die Augen zu schließen, sah sie den reglos hingestreckten Körper ihrer russischen Gönnerin. Die junge Musikerin bekam kaum mit, dass ihre Knöchel schmerzten. Die Finger pressten sich wie Klammern um die Rundung des Metalls. Sie hatte seit drei Tagen ihre Geige nicht mehr in die Hand genommen. Sie wollte nie wieder einen Ton spielen. Helles Lachen drang zu ihr herauf. Am Salzachufer spielten ein paar Kinder Fangen.

Sie löste die Hände von der Stange. Langsam schlüpfte sie aus ihren zierlichen Silberpantoffeln. Wie in Zeitlupe stellte sie die Füße auf den nasskalten Boden. Zuerst den rechten, dann den linken. Sie fasste wieder die Abschlussverstrebung, zog sich mit einem Ruck hoch und schwang das rechte Bein über das Geländer.

»Fabienne!« Der Schrei ließ sie innehalten. »Fabienne, was du machst?« Fünf, sechs schnelle Schritte auf den nassen Fliesen, dann war Laura Sigurdson neben ihr und fasste sie am Arm. »Du wollen runterspringen da?« Ein leichter Akzent lag in ihrer hellen Sopranstimme. Der jungen Geigerin gelang ein schwaches Lächeln. »Nein, ich wollte mich nur auf das Geländer setzen.« Es klang nicht sehr überzeugend. Die Gesangsstudentin hielt sie fest, bis sie wieder sicher auf dem Boden der Terrasse stand. »Wenn du runterfällst da, du bist tot wie Maus.« Sie blickte nach unten. »Du nicht kannst erwarten, dass da unten steht Prinz aus Märchen Rapunzel und dich fängt auf.« Tränen kullerten über Fabiennes Wangen. »He, Fabienne, was du hast? Kummer von die Liebe?« Die Geigerin schüttelte den Kopf. Ihre Zähne klapperten. Sie fror entsetzlich. Die blonde Schwedin legte ihr den Arm um die Schulter. »Ich weiß was. Ich hole meine Sachen von die Erdegeschoss und ziehe nach heroben zu dir. Du magst das?« Anstelle einer Antwort rang sich ein tiefes Schluchzen aus Fabienne Navarras Brust. Sie begann hemmungslos zu weinen. »Wir jetzt trinken eine heiße Tasse von Tee.« Die Sängerin schlang den Arm um die Hüfte ihrer Freundin und führte sie behutsam über die steile Treppe nach unten.

Das Brummen in seinem Schädel war stärker geworden, als hätte sich eine Hornisse hinter seinem Os frontale verschanzt. Die Namen der Schädelknochen kannte er noch aus der Zeit, als er geschwankt hatte, ob er Medizin studieren sollte oder doch Gesang. Seit einer Viertelstunde hockte er auf dem harten Besucherstuhl und hörte dem aufdringlichen Polizeipräsidenten zu.

»Mein lieber Ferdinand … Ich darf doch beim Du bleiben? Auch wenn wir gestern schon einen ziemlich in der Krone hatten, als wir auf Bruderschaft anstießen.« Hebenbronn brummte irgendetwas schwer Verständliches. Der Polizeichef fasste die Antwort offenbar als Zustimmung auf, denn er verwendete weiterhin das Du. Dem Sänger war kotzübel. Wenigstens war der doppelte Espresso stark genug, den irgendeine Vorzimmerdame vor ihn hingestellt hatte. »Mein lieber Ferdinand, ich warte nur mehr auf mein bestes Pferd im Stall, um es einmal salopp zu formulieren, auf den Chef der Mordkommission, Martin Merana. Du kennst ihn ja schon von den aktuellen Ermittlungen. Wenn er eintrifft, starten wir unseren Rundgang. Besonders beeindrucken wird dich die Hightech-Ausrüstung unserer KPU, der Abteilung für Kriminalpolizeiliche Untersuchungen. Wir sind nicht nur auf europäischem Top-Standard. Von uns kann auch das FBI noch lernen.« Das war ihm egal. Seinetwegen auch die chinesische Mafia. Wenn der Präsident nur nicht so brüllen würde. Er hatte gestern schon Schlimmes befürchtet, als der Polizeipräsident mit zwei gefüllten Champagnergläsern direkt auf ihn zugesteuert war. Einem Mann wie Günther Kerner war schwer zu entkommen. Und irgendwann nach dem sechsten Glas Champagner und dem achten Gläschen Wodka hatte er zugestimmt, sich vom Herrn Hofrat gleich am nächsten Tag zeigen zu lassen, wie ein modernes Polizeihauptquartier funktionierte. Er hätte nicht herkommen sollen. Andererseits konnte es gerade in seiner Lage von Vorteil sein, wenn er sich mit der Polizei gut stellte. Er nahm den letzten Schluck des Espresso und fragte nach, ob die derzeitige finanzielle Situation der Polizei es erlaubte, dass er noch einen zweiten Kaffee haben könnte. Der Hofrat brach in ein Lachen aus, als hätte sein Gegenüber eben den Witz des Jahres erzählt. Gleichzeitig mit der Vorzimmerdame, die den neuen Espresso servierte, war auch der Kommissar im Büro des Präsidenten erschienen. Hebenbronn bemerkte, wie er anfing zu schwitzen. Von diesem Mann ging Gefahr aus. Das hatte er schon bei ihrer ersten Begegnung gespürt. Der Polizeipräsident war ein aufgeblasener Gockel, aber der Ermittlungsleiter war hellwach. Das spürte er auch jetzt. Ihn konnte er nicht täuschen. Diese zuvorkommend umgängliche Art war gut gespielt. Aber dahinter steckte ein Beobachter, der stets alle Radarantennen aktiviert hielt. Hebenbronn hatte vorgehabt, so ganz beiläufig die eine oder andere Frage zum Fall einfließen zu lassen. Jetzt war er sich nicht mehr sicher, ob das klug war. Ein Niesreiz würgte ihn plötzlich. Auch das noch. Hoffentlich bahnte sich da keine Erkältung an. Es war kalt gewesen gestern Abend. Er hätte nicht so lange im Freien sitzen sollen. Er zog ein Papiertaschentuch aus seiner Jackentasche und schnäuzte zweimal kräftig hinein. Er entsorgte das Taschentuch im hofrätlichen Papierkorb. Er fühlte sich besser. Vielleicht hatte der kurze Anfall auch gar nichts zu bedeuten. Er sah dem Kommissar am Gesicht an, dass dieser alles andere als erbaut war, von seinem Chef zu einer Besucherführung herbeizitiert worden zu sein. Hebenbronn konnte das nur recht sein. Dann würde es nicht so lange dauern. Er stürzte seinen Kaffee herunter. Sie konnten seinetwegen aufbrechen.

# FREITAG, 31. JULI, 12.00 UHR

Merana war stinksauer auf seinen Chef. Was dachte der sich, ihn einfach zur Sightseeingtour durchs Präsidium abzukommandieren? Er hatte Wichtigeres zu tun. Aber der Präsident hatte ihm unmissverständlich klar gemacht, er lege allergrößten Wert darauf, dass der höchste Beamte der Kriminalpolizei seinen Ehrengast durchs Haus führe und kein anderer. Also hatte Merana sich gefügt, wenn auch mit Zähneknirschen. Seinen Einwand, Ferdinand Hebenbronn wäre auch Beteiligter in den laufenden Erhebungen und da mache sich eine allzu große Nähe zwischen Zeugen und Ermittler nicht gut, hatte der Hofrat einfach vom Tisch gewischt. Hebenbronn sei kein Tatverdächtiger, also sehe er darin kein Problem, und damit basta! Zum Glück war der Chef nach einer Viertelstunde zu einem wichtigen Telefonat aus dem Innenministerium gerufen worden. Das gab dem Kommissar die Gelegenheit, die Führung extrem zu straffen. Er hatte dabei den Eindruck, auch dem Sänger war die Verkürzung recht gewesen. Dennoch machte der Kommissar seinem Vorgesetzten insgeheim den Vorwurf, er habe wieder einmal die wertvolle Zeit eines vom Steuerzahler finanzierten hochrangigen Polizisten sinnlos vergeudet, nur weil sich der Herr Hofrat bei einem Promi einschleimen wollte.

Er setzte sich an seinen PC und überprüfte die zuletzt eingegangenen Mails. Zuallererst fand er eine Nachricht von Otmar Braunberger vor. Dem Abteilungsinspektor war es gelungen, mithilfe der deutschen Kollegen nach langem Suchen doch noch eine Verwandte von Emina Saric ausfindig zu machen, eine Tante, die in Berlin wohnte. Braunberger wollte versuchen, Kontakt zu dieser Frau aufzunehmen. Carola Salmann teilte ihm mit, sie treffe sich am Abend mit den Rechtsvertretern der Todorova-Stiftung, um mehr über die geplante Nachfolge zu erfahren. Eine Überprüfung der schwedischen Sängerin Laura Sigurdson habe bis jetzt nichts Stichhaltiges für den Fall ergeben. Thomas Brunner hatte ihm wie immer eine Nachricht im Telegrammstil geschrieben:

*Nachtschicht ergiebig. VW Golf gecheckt. Spuren überschaubar. Jetzt beginnt Tour de Patience!*

Merana schmunzelte. Er wusste, wie die Geduldstour aussah. Sie brauchten zunächst DNA-Material der Personen aus Eminas privatem Umfeld, um vergleichen zu können. So ließen sich bestimmte Spuren zuordnen. Diese Leute müssten nicht einmal selbst im Auto gesessen sein. Es genügte, wenn sie Eminas Mantel angefasst hatten, und über den Stoff Hautpartikel ins Innere des Wagens gekommen waren. Brunners Spezialisten würden sich also Speichelproben von den Kolleginnen der Bosnierin besorgen müssen, auch eine Probe von Flora, die ja definitiv im Wagen gesessen war. Erst dann konnten sie anfangen, die übrigen Spuren zu überprüfen. Manchmal dauerte es Monate, bis sie alle ausgewertet hatten.

*facebook / florababy 14:30*

he, leute. habe 13 stunden durchgepennt. bin fix und foxi. totaler systemabsturz. weiß gar nicht mehr, wie zauberflöte gestern war. hab die meiste zeit geheult. das völlig verrückte dabei: habe emina vermisst!!! dabei ging sie mir die meiste zeit auf den zeiger! ganz schön plemplem, die gute flora. was meint ihr? premierenfeier war öd. hab mir einen tequila nach dem anderen reingekippt, damit ich die heulerei loswerde! der regieassistent war süß!! hat mich getröstet! so ein softy mit krass viel sprit in der lampe. nur schmusen wollte er nicht. also ein wenig schon, aber ohne zunge. ich glaube, er hat mich heimgebracht. aber nur bis zur zimmertüre. schadeeee!! er heißt johannes. seine mum ist die durchgeknallte tierschützerin. mann, da bin ich ja echt gut dran mit meiner mummy. die kreischt nur rum, wenn sie eine folge von desperate housewives versäumt. aber die würde sich nie ein megafon schnappen und das kassler staatstheater stürmen! he, sisters, ich bin echt froh euch wieder zu sehen. morgen komme ich. und dann wird eine party geschmissen, dass dem stier die eier wackeln!!

also, bimo, flora

nochwas: hab mir gestern eine stöckelhupe abgetreten!!! an den neuen stilettos aus mailand! echt kacke!!

nochnochwas:

der bulle ist doch nicht so übel. kommt aus der arschlochlade raus.

muss noch eine neue lade suchen …

Merana hatte den ganzen Vormittag überlegt, ob er Birgit anrufen sollte. Ihr Auftritt von gestern Nacht war ihm schon in den Magen gefahren. Einerseits kam er sich wie ein Idiot vor, weil er sich immer um eine klare Aussprache gedrückt hatte. Andererseits war ihm lange nicht bewusst gewesen, was er bei diesem Gespräch erklären hätte sollen. Und zugleich fühlte er auch gehörigen Groll im Bauch, dass Birgit ihm hinterher spioniert hatte. Er hoffte dennoch, sie würden bald eine Gelegenheit finden, in Ruhe über den Vorfall zu reden. An ihm sollte es nicht liegen. Eine neue Nachricht von Otmar Braunberger traf ein. Eminas Tante lag in Berlin im Martin-Luther-Krankenhaus. Blinddarmoperation. Wenn alles gut ging, könnte er morgen mit ihr reden. Der Abteilungsinspektor würde die Taubner anrufen. Vielleicht konnten ihm die deutschen Kollegen zu einer Vernehmung über Skype verhelfen. Meranas Handy vibrierte. Er freute sich, als er auf das Display sah.

»Hallo, Andrea, wie geht es dir?«

»Stell dir vor, Martin, genau dasselbe wollte ich auch gerade fragen.«

Ihr Lachen klang völlig ungezwungen. Dann wurde ihre Stimme eine Spur ernster. »Ich glaube, mir geht es ganz gut. Aber so ganz genau kann ich es nicht sagen.«

»Mir geht es ähnlich.«

»Wir hatten gestern gar nicht Zeit, über deine Großmutter zu reden. Hat ihr die Oper gefallen? Ist sie noch in Salzburg?«

»Nein. Nachdem sie es geschafft hat, mich heute früh beim Kartenspielen in alle Bestandteile zu zerlegen, gab es keinen Grund mehr, noch länger hierzubleiben. Sie dürfte inzwischen zuhause angekommen sein.«

Er hörte sie wieder glucksen.

»Dein Lachen tut mir gut, Andrea. Ich stelle mir dabei deine Augen vor.«

»Wie geht es dir mit den Ermittlungen? Kommst du voran?«

»Ich kann mich heute schwer konzentrieren. Zu allem Überfluss musste ich auch noch den überqualifizierten Hausführer für einen Promigast unseres Chefs spielen. Der Ärger darüber liegt mir immer noch im Magen.«

»Ich schicke dir eine Mail zum Aufheitern.«

»Das ist lieb von dir. Ich kann es gebrauchen.«

Sie verabredeten, bei nächster Gelegenheit in der Stadt miteinander einen Kaffee zu trinken. Dann beendeten sie das Telefonat. Er wollte sich gerade wieder dem PC widmen, als ihn ein Gespräch über die Vermittlung auf der Festnetzleitung erreichte. Der Anrufer war Robert Neuenberg.

»Hallo, Herr Kommissar. Stecken Sie dahinter oder läuft das über andere Abteilungen?« Merana hatte keine Ahnung, wovon der Musiker sprach.

»Waldemar Bernhold sieht sich gerade mit einer Demontage seines geschäftlichen wie persönlichen Wirkungskreises konfrontiert. Oder wie mein Großvater, der dem Vulgären des manchmal doch sehr schlichten Volkes immer mit einer gewissen Zuneigung begegnete, es ausdrücken würde: Sie reißen ihm gerade den Arsch auf! Derzeit mitzuerleben im Nachrichtenjournal.«

»Danke. Ich rufe Sie bei Gelegenheit zurück, Herr Neuenberg.«

Er legte auf und schaltete am TV-Gerät den Nachrichtensender ein. Eine Reporterin stand vor der Einfahrt zu einem großen Grundstück. Hinter dem Tor war ein hohes, schlossähnliches Gebäude zu erkennen. Die Reporterin erklärte, dass vor zwei Stunden Beamte der Wirtschaftspolizei das Anwesen des international bekannten Geigenhändlers Waldemar Bernhold im Auftrag der Staatsanwaltschaft durchsucht hätten, um mögliches Beweismaterial sicherzustellen. Man sah Bilder von Polizisten, die Kisten mit Aktenordnern und einige Computer aus dem Haus trugen. Dann zeigte die Kamera wieder die Reporterin. Waldemar Bernhold stehe im dringenden Verdacht, mit gefälschten historischen Instrumenten gehandelt zu haben, erläuterte die Frau. Ein Teil der Streichinstrumente, die der Geigenhändler kürzlich an die Todorova-Stiftung verkauft hatte, entspräche laut Expertengutachten nicht den angegebenen Zertifikaten. Die Rede sei von einer Schadenssumme zwischen 15 und 20 Millionen Euro. Ihr Kommentar wurde unterschnitten von weiteren Bildern. Merana sah, wie Kriminalbeamte Waldemar Bernhold abführten. Die Todorova-Stiftung, erklärte die Reporterin weiter, sei nach der weltberühmten Sängerin Anabella Todorova benannt. Ob der kürzliche tragische Tod der Künstlerin, dessen Umstände noch nicht aufgeklärt seien, mit dem möglichen Betrug des Geigenhändlers in Zusammenhang stehe, sei noch offen. Es werde aber intensiv ermittelt. Der Bericht endete mit einem kurzen Probenausschnitt der aktuellen Zauberflötenproduktion. Anabella Todorova als Königin der Nacht war dabei groß im Bild. Dann erschien der Nachrichtensprecher im Studio und bedankte sich für den aktuellen Bericht.

›Wer ist nun dieser dubiose Geschäftsmann, dessen internationale Verflechtungen rund um den Globus reichen?‹, fragte der News-Moderator und kündigte ein Portrait von Waldemar Bernhold an. Der Beitrag dauerte vier Minuten. Er brachte für Merana keine neuen Erkenntnisse. Noch einmal verwies der Moderator auf die geschäftliche Verflechtung des im Verdacht des Betruges stehenden Geigenhändlers Bernhold mit der Sängerin Anabella Todorova, hinter deren Tod vermutlich ein Verbrechen steckte. Merana schaltete das Gerät aus. Egal, was bei ihren Ermittlungen rauskommen würde, die Kraft der eben gesehenen Szenen sprach für sich. Die Bilder von Waldemar Bernhold würden die meisten Zuschauer durch die Form der TV-Darstellung immer im Zusammenhang mit den Bildern der getöteten Sängerin in Erinnerung behalten. In den Köpfen der Leute würde dadurch unweigerlich der Eindruck entstehen, es gebe in jedem Fall eine Verbindung zwischen den beiden Vorfällen. Noch dazu, wo im Bericht und in der Moderation auf diesen möglichen Zusammenhang mehrmals deutlich hingewiesen worden war. Solche spekulativen Verbindungen herzustellen, gehörte zum Job der Medienleute, das war Merana schon klar. Und vielleicht stimmte der Zusammenhang ja auch. Vielleicht war es tatsächlich Bernhold, der am Tod von Anabella Todorova Schuld hatte. Aber vielleicht war es auch nicht so. Er öffnete eine Datei an seinem Computer und holte sich eines der Bilder der zu Tode gestürzten Sängerin auf den Schirm. Spuren von Rot und Blau zeigten sich im geschminkten Gesicht der Russin. Ihre Augen waren starr. Dann suchte er nach einem der Fotos, das sie im Wald von der Leiche Eminas aufgenommen hatten, und zog es neben das Bild der Sängerin. Wieder stellte er sich die Frage, die ihn seit Tagen beschäftigte. Wie hingen diese beiden schrecklichen Vorfälle zusammen? Welche Verbindung war es, die von der einen Frau zur anderen führte? Vorausgesetzt, es existierte überhaupt eine solche. Selbst wenn er in seinem Gedankengebäude immer alle Möglichkeiten offen hielt, hatte er kaum Zweifel, dass ein Zusammenhang zwischen den beiden Verbrechen bestand. Er wollte nicht an einen Zufallstäter glauben, der die bedauernswerte Emina getötet und danach die Leiche im Wald ›entsorgt‹ hatte. Wie hilfreich wäre es jetzt, sich von einem superschlauen Sarastro in den Tempel der Weisheit bringen zu lassen. Dort würde ihm ganz sicher ein Licht aufgehen. Doch er saß im Präsidium der

Bundespolizeidirektion Salzburg und nicht in der Szenerie der Zauberflöte. Er versenkte sich für ein paar Minuten in die Fotos der beiden toten Frauen. Dann stand er auf, um seine Stellvertreterin in deren Büro aufzusuchen. Die Chefinspektorin saß an ihrem Schreibtisch und blickte auf, als er ins Zimmer trat.

»Carola, habt ihr schon Zeugen gefunden, die möglicherweise Fabienne Navarra doch während der Pause in der Nähe von Anabella Todorovas Garderobe gesehen haben?«

Sie verneinte. »Leider nicht. Aber ich habe unseren jungen Kollegen angewiesen, sich ausschließlich darum zu kümmern. Du weißt, dass es den meisten Leuten schwer fällt, aus der Erinnerung anzugeben, wann sie wen an welchem Ort tatsächlich bemerkt haben. Noch dazu bei dem Trubel, der am Premierenabend herrschte.« Ihm war klar, dass es nach sechs Tagen zunehmend schwieriger würde, neue Zeugen zu finden.

»Ich habe mir eben das News-Journal angeschaut. Die Staatsanwaltschaft in Wien ermittelt gegen Bernhold. Die Katze ist aus dem Sack. Der Vorwurf des schweren Betruges ist öffentlich.«

»Ich weiß, ich hab es im Internet gelesen. Die Wiener hätten uns auch früher informieren können. Glaubst du inzwischen doch, dass er es war? Und dass die kleine Bosnierin es mitbekommen hat und dafür büßen musste?«

»Ich weiß zur Zeit überhaupt nicht, was ich glauben soll. Wie immer wäre mir Erkenntnis lieber als Vermutung.«

»Wie würde unser geliebter Chef sagen? Der Anfang des Heils ist die Erkenntnis des Fehlers.«

Merana verbeugte sich vor seiner Stellvertreterin. »Ich ziehe tief den Hut des Respekts vor Ihrer humanistischen

Bildung, Frau Kollegin. Stammt der Spruch von einem Fußballspieler oder von einem Chirurgen?«

»Weder noch. Von irgendeinem griechischen Philosophen. Epikur, glaube ich.«

»Nehmt hin den Kuss der Bewunderung, Erhabene«, blödelte er und drückte ihr einen lauten Schmatz auf die Wange. Als er sich wieder aufrichtete, sah er die bunte Seite auf ihrem Bildschirm.

»Was machst du da? Versuchst du im Internet Tauschwillige zu finden, denen du deine Hammerhaie gegen einen Rotfeuerfisch andrehen könntest?«

»Nein, das ist meine Facebook-Freundschaftsseite von Flora. Ich übermittle ihr eben einen kurzen Gruß. Sie fliegt ja morgen zurück nach Kassel.«

»Hat sie dir auch schon Nachrichten geschickt?«

»Das nennt man ›posten‹, du Internet-Neandertaler. Aber um in deiner Steinzeit-Sprache zu bleiben: Ja, die eine oder andere Nachricht ging an mich persönlich, das meiste aber an die gesamte Community.«

Sie klickte mit der Maus auf eines der Fenster und zeigte ihm, was sie meinte. Er bemerkte das Datum. »Das war ja vor drei Tagen. Wie weit kann man das zurückverfolgen?«

»Sehr weit.«

»Hat Flora auch Mitteilungen über ihre Erlebnisse in Salzburg gepostet?«

»Ja, nahezu pausenlos.«

Eine Idee stieg ihm auf. »Könnte ich die auch lesen?«

Die Chefinspektorin lächelte. »Nein, kannst du nicht. Du hast ja Floras Freundschaftseinladung abgelehnt.« Und das zu recht, wie er fand. Er hatte weder Zeit noch Lust, im Netz herumzuposten. In diesem Fall tat es ihm allerdings leid.

»Doch Sie können sich ausnahmsweise mit meinem Account anmelden, Herr Kommissar. Schau her, ich zeige es dir.« Nach drei Minuten hatte er es verstanden.

Sie notierte ihm Facebook-Adresse und Passwort auf ein Blatt Papier. Zurück im Büro setzte er sich sofort an den Rechner und linkte sich auf der entsprechenden Seite ein. Er scrollte nach unten und begann mit den ersten Postings gleich nach Flora Stullerbaums Ankunft in Salzburg. Bei manchen Nachrichten konnte er sich ein Lachen nicht verkneifen, andere Mitteilungen fand er einfach nur blöd. Manches musste er mehrfach lesen, ehe er verstand, worum es ging. Er suchte sich im Internet eine Lexikon-Seite über Jugendsprache und Slangausdrücke. So lernte er, dass *anwanzen* ein eher unerfreulicher Versuch der Kontaktaufnahme seitens anderer war, *siehe auch anfucken*, *anlölen*, *ansabbeln*, *vollknödeln* und *bedönern*. Der Umstand, dass jemand einiges in der *Lampe* habe, sei durchaus respektvoll gemeint. Verstand hatte man nicht nur in der *Lampe* sondern auch in der *Denkschüssel*, *Rübe*, *Tomate*, *Trüffel*. Manchmal auch im *Kürbis*, *Fresswürfel* oder *Floppy*. Einen auf *mellow* machen, hieß nichts anderes, als *cool* oder *relaxt* zu bleiben. Und unter *Stöckelhupe* hatte man den Absatz am Schuh zu verstehen. Die Erkenntnis, dass er in Floras Beurteilungskanon unter die Kategorie *Arschloch* fiel, irritierte ihn kurz. Doch er konnte es nachvollziehen. Den Passagen, in denen Emina erwähnt wurde, widmete er besondere Aufmerksamkeit. Ihn beschlich dabei das Gefühl, etwas Wichtiges verberge sich zwischen den Zeilen. Aber er kam nicht drauf. Er las Floras Schilderungen über die Ereignisse in Salzburg noch einmal komplett durch, von Anfang bis Ende, und bemühte sich, kein Detail zu übersehen. Nach zwei Stunden schloss er die Seite und speicherte sie unter ›Favoriten‹, um möglichst schnell wieder darauf zugreifen zu können. Dann wechselte er wieder zum Posteingang seiner Mails. Andrea hatte ihm eine Nachricht geschickt. Sie enthielt im Anhang eine animierte Bilderfolge, ein kurzes bewegtes Cartoon. Ein kleiner Esel versuchte einen Korb voller Melonen auf einen Berg zu schleppen. Doch kaum hatte er ein Stück des Weges geschafft, tauchte eine Horde vorwitziger Affen auf und stibitzte ihm die Früchte aus dem Behälter. Doch der Esel gab nicht auf. Er lief wieder ganz nach unten, fasste eine neue Ladung von Melonen und versuchte es erneut. Dieses Mal nahm er einen anderen Pfad. Wieder tauchten die Affen auf. Doch sie lauerten auf dem ersten Weg. Es dauerte, bis die gierigen Kerle begriffen, dass der Melonenträger eine andere Strecke gewählt hatte. So schaffte der Esel dieses Mal schon ein weitaus größeres Stück nach oben als beim ersten Versuch, ehe ihm die grinsenden Diebe erneut den Korb ausräumten. In dieser Art und Weise setzte sich das Spiel fort. Unermüdlich und mit einer sprichwörtlichen Eselsgeduld lief das kleine Grautier jedes Mal wieder den Berg hinunter, schnappte sich eine weitere Ladung und versuchte die Affen über einen neuen Pfad auszutricksen. Dazwischen hockte er sich mehrmals erschöpft auf seine Hinterbeine und keuchte, dass einen das Erbarmen packte. Er ließ dabei die langen Ohren schlackern und zeigte dem Betrachter seinen treuherzigsten Blick. Er gab nicht auf. Und schließlich, das musste wohl der 20. Versuch sein, schaffte es der unermüdliche kleine Held. Allen Attacken der Affen ausweichend, erreichte er die Spitze des Berges. Dort warteten schon einige andere Tiere, eine Giraffe, zwei Löwen, eine Ameise, eine Kuh, ein Pony und eine Raupe. Sie jubelten, als der Esel das Ziel erreichte. Alle machten sich hungrig über die Melonen her. Auch dem Esel blieb am Schluss ein kleiner Rest.

*Corri, mio caro asinello coraggioso e testardo, e combatti!* hatte Andrea dazugeschrieben. *Lauf, mein lieber kleiner tapferer und hartnäckiger Esel, und kämpfe!* Nichts anderes hatte er vor. Vielleicht sollte er sich noch eine Prise Aufheiterung gönnen. Er forschte nach der Nachricht, die von den Kollegen der Streife vor einigen Tagen an alle Mitarbeiter geschickt worden war. Nach kurzer Suche fand er die Datei mit der Bemerkung *Jubiläum – 300. Crash!* Er wollte sich endlich die mitgelieferten Bilder anschauen. Drei Fotos fand er im Anhang. Das erste zeigte in Großaufnahme die Vorderseite eines Audi, dessen Räder ein Stück über dem Asphalt schwebten. Der aus dem Boden ragende Poller hatte sich knapp hinter der Frontverkleidung in den Wagen gebohrt. Ein bleichgesichtiger Mann mit Schirmmütze kniete neben dem Auto und betrachtete mit verzweifelter Miene den Schaden. Auf dem zweiten Bild war auch die Umgebung des Unfallortes zu erkennen. Einige der gaffenden Zuschauer hatten Handykameras gezückt. Ein Mann im Trachtenanzug machte einen der Umstehenden mit ausgestrecktem Arm auf die Beifahrerin aufmerksam, die eben aus dem Auto kletterte. Hinter den Leuten sah man leicht verschwommen die Umrisse der Mozartstatue. Das dritte Bild hatte eine hohe Auflösung und war von guter Qualität. Es vermittelte einen noch größeren Ausschnitt des Platzes. Im Vordergrund war der demolierte Wagen auszumachen, dahinter standen die Zuschauer. Plötzlich stutzte Merana. War das nicht Ferdinand Hebenbronn mitten unter den Gaffern? Der Kommissar markierte einen Bildausschnitt und vergrößerte ihn. Er war es tatsächlich. Der Sarastro-Darsteller musste auf dem Weg von seiner Aigner Wohnung in die Innenstadt zufällig hier vorbeigekommen sein. So wie alle anderen hatte er sich das Spektakel natürlich nicht entgehen lassen. Merana schloss den vergrößerten Ausschnitt und hatte wieder das gesamte Bild vor sich. Er hielt ein weiteres Mal überrascht inne. Auf dem Bild zeigte sich noch eine Person, die er kannte. Emina Saric. Und noch etwas verwunderte den Kommissar. Während alle Umstehenden auf den kaputten Audi schauten, richtete sich Eminas Blick in eine ganz andere Richtung. Sie starrte auf Ferdinand Hebenbronn. Hatten die beiden einander doch gekannt? Oder war es einfach der pure Zufall gewesen? Zwei Leute, die einander nicht persönlich kannten, fanden sich zufällig zur selben Zeit am selben Ort ein. Dabei entdeckte die Mitarbeiterin einer Festspielsponsorenfirma überraschenderweise in der Menge den Star der Opernbühne. Merana war klar, eine Momentaufnahme vor sich zu haben. Der Fotograf hatte genau in der Sekunde den Auslöser betätigt, als der jungen Frau der Festspielkünstler aufgefallen war. Er griff zur Computermaus und vergrößerte den Kopf der Bosnierin. Der Ausdruck in ihrem Gesicht wirkte nicht überrascht. Ihr Blick war anders. Er suchte nach dem richtigen Begriff. *Prüfend* kam ihm in den Sinn. Ja, das passte am besten. *Prüfend.* Er dachte nach. Dann suchte er aus dem Absender der Rundmail-Nachricht nach dem Namen des Kollegen und ließ sich von der Vermittlung verbinden.

»Herr Kommissar, was kann ich für Sie tun?«

»Zunächst einmal danke für die Mail mit dem kuriosen 300. Poller-Unfall. Ich habe eine Frage dazu. Woher stammen die Bilder?«

»Einige haben wir selbst gemacht. Manche wurden uns auch zugeschickt. Die Salzburger haben in den letzten

Monaten einen wahren Sport daraus entwickelt, die auffälligsten Pollerunfälle zu dokumentieren.«

»Haben Sie die anderen Bilder von diesem speziellen Unfall am Mozartplatz noch?«

»Ich denke schon. Wir heben das meiste auf. Manches Mal kommen ja Anfragen von Versicherungen, da benötigen wir das Material. In einem Fall hat uns dabei sogar eine der Privataufnahmen geholfen. Ich stelle die Bilder auf den zentralen Server und schicke Ihnen eine Nachricht.«

Der Kommissar bedankte sich und richtete sein Augenmerk wieder auf den Bildschirm. Hatte er beim zweiten Foto im Anhang der Rundmail nicht richtig hingesehen? Er öffnete noch einmal dieses Bild. Tatsächlich. Auch darauf war Ferdinand Hebenbronn zu erkennen, wenn auch schwer. Er wurde auf dieser Darstellung von einer Frau halb verdeckt, die offenbar auf das kaputte Auto zustrebte. Emina fand sich auf diesem Foto nicht, dafür war der Bildausschnitt zu eng. Die Nachricht des Kollegen traf ein. Merana wechselte zum entsprechenden Serverpfad und holte sich die Dateien auf seinen Rechner. Er fand insgesamt 20 weitere Bilder und ein Handyvideo. Auf acht der 20 Fotos und auf dem Handyvideo war auch Emina zu sehen. Auf jeder der Darstellungen bot sich ihm die identische Situation. Emina schaute auf keinem einzigen Bild zum demolierten Unfallauto, sie schaute immer auf Ferdinand Hebenbronn. Auf dem Handyvideo war sie dabei sogar eine halbe Minute lang zu beobachten. Sie hielt unverwandt den Kopf in seine Richtung gedreht. Merana war verwirrt. Wenn drei oder vier der Bilder die junge Frau mit Blickrichtung zu Hebenbronn gezeigt hätten, dann wäre daran nichts Ungewöhnliches festzumachen. Aber sie schaute auf keiner der Aufnahmen in eine andere Richtung. Natürlich konnte sie in Wirklichkeit auch wie alle anderen zum demolierten Auto geblickt haben. Aber es war doch auffällig, dass dies auf keinem einzigen der Bilder dokumentiert war. Sie musste zumindest eine erheblich lange Zeit in ein und dieselbe Rechtung geblickt haben, eben zu Ferdinand Hebenbronn. Er vergrößerte auf allen Fotos das Gesicht von Emina. Er fand jedes Mal denselben Gesichtsausdruck. *Prüfend.* Was hat dich am Anblick von Ferdinand Hebenbronn so im Bann gehalten, dass du ihn so lange angeschaut hast? War es etwas, worüber du am Sonntag mit mir reden wolltest, ehe die selbstgefällige Flora dich mit ihrer aufdringlichen Einmischung irritierte? Oder wolltest du mir am Sonntag etwas ganz anderes mitteilen? Er dachte nach. Zum Zeitpunkt des Unfalls auf dem Mozartplatz war noch nichts von den darauf folgenden Ereignissen passiert. Da erfreute sich Anabella Todorova noch bester Gesundheit. Erst vier Stunden später sollte sie auf der Bühne des Großen Festspielhauses zu Tode stürzen. Er dachte darüber nach, welche Gründe es für das sonderbare Verhalten der jungen Frau geben könnte. Es fielen ihm einige ein, aber keiner kam ihm plausibel vor. Er wusste einfach zu wenig über die Hintergründe dieses komplexen Falles. Schließlich fasste er einen Entschluss. Er wählte die von der Bildauflösung beste Darstellung von Eminas merkwürdigem Blick und klickte auf das Print-Symbol. In der Blattausgabe des Druckers wurde langsam das vergrößerte Gesicht der jungen Bosnierin sichtbar. Das gleiche machte er mit einem Bildausschnitt vom Kopf des Sängers. Dann packte er seine Unterlagen zusammen und ging hinüber in den Sitzungssaal. Er heftete Eminas Bild an den äußersten linken Rand der großen Ermittlungstafel, Hebenbronns Konterfei an den rechten. Dazwischen waren alle Bilder, Notizen, Fakten, Indizien und Hinweise, die sie bisher gesammelt hatten. Er versuchte, sich jedes Detail zu vergegenwärtigen: vom ersten Schwächeanfall der Königin der Nacht über sein Gespräch mit Neuenberg auf dem Kapuzinerberg bis hin zur Bemerkung der Großmutter, dem Fernsehbericht von Bernholds Verhaftung und den Fotos vom Pollerunfall. Er bemühte sich, offen zu sein für jede Kleinigkeit. Für jedes Gespräch bei den Erhebungen, für jeden Satz der Zauberflöte, für jeden Eindruck, den er gewonnen hatte. Vom Auftritt der Tierschützer bis zu Fabienne Navarras Violinkonzert, von der gespenstischen Szenerie beim Leichenfund auf dem Gaisberg bis zum Vortrag des Experten für Kunstgeschichte und Symbolik. Nichts wollte er auslassen. Er vergegenwärtigte sich auch die Beschreibungen aus Flora Stullermanns Facebook-Nachrichten. Er saß wie gebannt in dem großen Zimmer, dachte nach und starrte dabei auf die Tafel. Er kam nicht weiter. Die Teile fügten sich nicht zusammen. Er versuchte es auf eine andere Art. Er achtete mehr auf Stimmungen, denn auf logische Kombinationen. Er versuchte, so gut es ging, alles gleichzeitig zu erfassen, nicht in der Abfolge des Geschehens sondern in der Gesamtheit. Allmählich bekam er das Gefühl, die einzelnen Details gerieten in eine Art Schwingung. Bei manchen Teilen glaubte er so etwas wie einen ähnlichen Klang auszumachen, andere Hinweise passten wiederum gar nicht ins Gefüge. Die schloss er weg und versuchte, die übrigen Faktoren ins Zentrum zu rücken. Der Moment der Erkenntnis kam nicht wie ein Blitzschlag, wie er das sonst oft erlebt hatte. Es hatte nichts mit dem Betätigen eines Schalters zu tun, dessen Stromstoß im nächsten Moment die Lichtquelle aktivierte, die alles überstrahlte. Es war mehr wie die Luftblase auf dem Grund eines Sees, die langsam an die Oberfläche schwebte, um dort mit einem leisen Gurgeln zu zerplatzen. Der einen Luftblase folgte bald eine zweite, und dieser gleich darauf eine dritte. Immer mehr Luftblasen stiegen auf. Die dadurch entstandenen Wellen an der Wasseroberfläche formten sich allmählich zu einem Muster. Mein Gott!, entfuhr es ihm laut. Wenn hinter all den rätselhaften Ereignissen tatsächlich diese Struktur steckte, wie sollte er das jemals beweisen? Er war noch so überwältigt von der Erkenntnis, dass er unfähig war aufzustehen. Doch das Wellenmuster seiner Beobachtungen beantwortete sogar die Frage, warum der VW Golf auf einem Park-and-ride-Parkplatz in Wels stand, 100 Kilometer von Salzburg entfernt. Wie sollte er jemals diese Zusammenhänge aus der Tiefe an die Oberfläche bringen, damit sie allen klar wurden? Er erkannte das plausible Muster, aber es nachzuzeichnen, war eine andere Sache. Plötzlich war ihm klar, welche Maßnahme der erste Schritt sein musste. Er sah auf die Uhr. Ein Schreck durchfuhr ihn. Frauen mit Besen und Reinigungswagen tauchten in seiner Vorstellung auf. *Die Putzkolonne!* Es war bereits zehn nach sechs. Damit war er wohl zu spät dran! Er startete dennoch los, wie vom giftigen Rotfeuerfisch gestochen.

*facebook / florababy 19:00 Uhr*

hallo carola! danke für deinen lieben gruß. hey, finde ich krass, dass du an mich gedacht hast. muss morgen früh raus, kerstin bringt mich zum flughafen nach münchen. ich weiß ja nicht, wer sich um eminas verabschiedung kümmert. ob das moda sabarella macht. oder ihre familie, falls sie eine hat. gibst du mir bescheid, wenn du etwas weißt? denke, ich möchte da dabei sein. grüß den kommissar von mir. vielleicht will er doch meine freundschaftseinladung annehmen. finde, du hast es nicht schlecht erwischt mit deinem chef.

biba, tschüssi, flora

Richard Zeller, der Vorstand der Gerichtsmedizin, staunte nicht schlecht, als er sein Büro abschließen wollte, und auf einmal der Leiter der Kriminalabteilung hinter ihm stand.

»Martin? Was verschafft mir die Ehre, dass der Chefermittler sich höchstpersönlich in mein bescheidenes Reich bemüht? Hast du beschlossen, dein Handy für die Wohlfahrt zu spenden und Wichtiges nur mehr durch persönliches Erscheinen zu erledigen? Wegen Unwichtigem wirst du ja nicht gekommen sein?«

Er öffnete die Tür zu seinem Zimmer und ließ Merana eintreten. »Nimm bitte Platz«.

Merana griff sich den Besucherstuhl, legte dem Arzt einen Plastikbeutel auf den Schreibtisch und dazu ein handgeschriebenes Blatt Papier.

»Was ist das?«

»Ich möchte dich bitten, Richard, etwas für mich zu überprüfen. Ich habe es dir hier aufgeschrieben.« Der Gerichtsmediziner warf einen Blick auf die Seite. Dann zog er leicht erstaunt die Augenbrauen hoch. Er deutete auf den Beutelinhalt. »Wo hast du das her?«

»Ich habe mit einer Putzfrau darum gekämpft!«

»Und natürlich gibt es keine dienstweggerechte Anweisung der Staatsanwaltschaft, sondern nur diese Schönschreibübung eines mir nicht unbekannten Kommissars.«

Merana schmunzelte. Er schätzte die pointierte Ausdrucksweise des Arztes. Er bestätigte die Aussage durch ein Nicken.

»Warum rufst du nicht die Taubner an? Die ist doch wie

Wachs vor dem Zentralgestirn deines Charmes. Die kriegst du schon 'rum, dass sie diese Untersuchung absegnet.«

Wieder musste der Kommissar schmunzeln.

»Wenn ich recht habe, dann kann sie es im Nachhinein immer noch bestätigen und kriegt genug an Scheinwerferlicht ab. Wenn ich mich irre, dann vergessen wir einfach das Ganze.«

Der Gerichtsmediziner griff nach dem Beutel. »Zufällig habe ich eine neue Molekularbiologin im Team, die lechzt nach Arbeit. Sie wird sich mit Feuereifer der Sache annehmen.«

»Wie lange wird das dauern?«

»Wenn die junge Kollegin nur annähernd so gut ist, wie ich sie einschätze, schafft sie das in 24 bis 26 Stunden.«

Er stand auf. »Noch etwas?«

»Nein, Richard. Ich danke dir.«

»Dann kann ich ja endlich nach Hause. Meine Enkelin wartet schon sehnsüchtig. Ich habe ihr versprochen, mit ihr noch eine DVD anzuschauen. Irgendetwas mit einem Pandabären, der nicht mehr Wok-Gerichte kochen will, sondern zum furchtlosen Kämpfer wird, oder so ähnlich.«

Merana musste lachen. Der Esel mit den Melonen fiel ihm ein. Er war gespannt, ob er selbst ein Stück des Berges schaffte oder ob ihm die Affen bereits in der Ebene in die Quere kamen.

Die nächsten 24 Stunden waren für Martin Merana eine Qual. Die Ungewissheit, ob er mit seiner Vermutung richtig lag oder nicht, nagte an ihm. Das Allerschlimmste war, dass er selbst nichts dazu beitragen konnte, den Vorgang zu beschleunigen. Er war es gewohnt, die Dinge selbst in die Hand zu nehmen, wenn der Moment der Entscheidung heraufzog. Aber in diesem Fall war er gezwungen, die Hände in den Schoß zu legen und zu warten. Er hasste Nichtstun. Nach dem Besuch in der Gerichtsmedizin war er zurück ins Büro gefahren. Er hatte Andrea eine Nachricht geschickt und sich für das Cartoon bedankt. Dann hatte er sich die wichtigsten Passagen in Floras Facebook-Eintragungen noch einmal durchgelesen und war anschließend in das Sitzungszimmer gewechselt. Er stellte sich vor die große Tafel und ging alles erneut durch. Das Muster blieb, wie er die Teile auch drehte und wendete. Es war bereits drei Uhr morgens, als er zuhause ankam. An Schlaf war nicht zu denken. Er schnappte sich seine Laufschuhe und drehte auf den Wegen in der Nähe seiner Wohnung ein paar Runden. Dann kehrte er zurück und duschte sich lange und ausgiebig. Die Zeit wollte nicht vergehen. Es war noch nicht einmal fünf. Er nahm die Autoschlüssel von der Vorzimmerkommode und fuhr los. Als er an der Türe läutete, bemerkte er in der Ferne erste Streifen von Morgenrot am Himmel.

»Hallo, Herr Kommissar. Auch zum Frühaufsteher geworden?«

»Ich brauche ein wenig Ablenkung. Da wollte ich auf Ihr freundliches Angebot zurück kommen, mir die Werkstatt Ihres Großvaters zu zeigen.« Der Musiker deutete ins Innere des Hauses. »Gerne. Darf ich Ihnen einen Kaffee anbieten?« Die Werkstatt im Keller war größer, als Merana vermutet hatte. An den Wänden hingen Werkzeuge und Teile von halb fertigen Geigen. Große Holzstücke stapelten sich in Regalen. Ein schwacher Geruch von Chemikalien schwebte in der Luft.

»Ich habe alles so gelassen, wie ich es nach dem Tod meines Großvaters vorfand. Meine Vorfahren waren weitschichtig verwandt mit der berühmten Geigenbauerfamilie von Jakob Stainer aus Tirol. Stainers Instrumente zeichnen sich durch eine hohe Wölbung von Decke und Boden aus, eine Bauweise, die auch mein Großvater für seine Geigen übernommen hat.« Der Kommissar ließ sich vom Hausherrn anhand der vorhandenen Bauteile in der Werkstatt zeigen, wie aus den verschiedenen Hölzern durch das Geschick des Handwerksmeisters schlussendlich ein fertiges Instrument entstand. Dann trank er zusammen mit Neuenberg noch einen weiteren Espresso und bedankte sich für die freundliche Aufnahme. Er eilte vom Kapuzinerberg hinunter in die Stadt, wo er sein Auto geparkt hatte. Auf dem Weg zu seiner Wohnung machte er an einem Supermarkt halt, um einige Einkäufe zu erledigen. Beim Bezahlen fragte er die junge Frau an der Kassa, ob ihm auch einige Sammelbilder zustünden. Sie nickte und reichte ihm fünf Sticker, die er in die Tasche schob.

»Na, junger Mann. Haben Sie die Saubande schon verhaftet oder laufen diese Verbrecher immer noch frei herum?« Er schloss den Kofferraum seines Wagens und drehte sich um. Vor ihm stand die kleine alte Frau, die er an den Dombögen getroffen hatte. Trotz der Wärme trug sie eine Strickjacke, die bis zum Hals zugeknöpft war. »Noch nicht, gnädige Frau. Aber nach Rücksprache mit dem Innenminister gründen wir demnächst eine WC-Enten-Sonderkommission, die sich der Angelegenheit annehmen wird.«

»Wurde auch allerhöchste Zeit, dass etwas passiert«, entgegnete die Alte und stapfte auf die abgestellten leeren Einkaufswägen zu. »Und richten Sie dem Innenminister einen schönen Gruß aus. Wenn er die Gauner hinter Schloss und Riegel bringt, kriegt er bei der nächsten Wahl meine Stimme. Andernfalls mache ich mein Kreuz bei der Oppositionspartei.« Sie griff nach einem Einkaufswagen und verschwand im Inneren des Geschäftes. Merana brachte die Einkäufe in seine Wohnung. Dann fuhr er ins Präsidium.

Wie schon am Abend zuvor stellte sich der Kommissar wieder vor die große Ermittlungstafel und ließ die Hinweise auf sich wirken. Noch immer war er in dem Gefühl bestärkt, das von ihm vermutete Muster könnte das richtige sein. Die erste Bestätigung, die zu seiner Einschätzung passte, kam am frühen Nachmittag. Otmar Braunberger hatte Eminas Tante erreicht. Er schickte ihm die Zusammenfassung ihrer Aussage per Mail. Merana studierte aufmerksam, was Mevlida Supic, geborene Saric, 51 Jahre, wohnhaft in Berlin-Charlottenburg, seinem Abteilungsinspektor zu Protokoll gegeben hatte. Otmar hatte dem Bericht auch ein Foto beigefügt. Die Ähnlichkeit zwischen Tante und Nichte war nicht besonders ausgeprägt, aber doch erkennbar. Der Kommissar notierte die wichtigsten Passagen der Aussage auf eine Karteikarte und hängte sie zusammen mit dem Foto an die große Ermittlungstafel.

Allmählich kamen die Dinge in Schwung. Ergebnisse anderer Befragungen trudelten ein. Auch scheinbar widersprüchliche Aussagen passten ins Gesamtgefüge, wenn man sie so einordnete, wie Merana es tat. Erneut brach er in die Stadt auf. Dieses Mal führte ihn sein Weg nicht auf den Kapuzinerberg, sondern auf die rechte Salzachseite zu einem Haus in der Nähe des Mozarteums. Gleich nach seiner Rückkehr kam der erlösende Anruf. Die Mitarbeiterin in der Gerichtsmedizin hatte die Zeiteinschätzung ihres Chefs klar unterschritten. Sie hatte nur 22 Stunden gebraucht. Exakt waren es 22 Stunden und vier Minuten, wenn Merana es ganz genau nahm. Richard Zeller selbst lieferte ihm am Telefon das Ergebnis der Untersuchung.

»Es besteht kein Zweifel, Martin. Es findet sich mindestens ein gemeinsames Merkmal in allen Systemen. Du hattest recht mit deiner Annahme.«

Auch wenn er auf diese Antwort vorbereitet war, traf sie ihn dennoch wie ein Schlag.

»Hallo, Martin! Bist du noch da?«

Er versuchte, sich zu fassen.

»Ja, Richard. Vielen Dank. Richte das bitte auch deiner Assistentin aus.«

Er erhob sich langsam und ging ins Sitzungszimmer. Dort stellte er sich noch einmal vor die große Tafel. Er brauchte diese zehn Minuten, um sich zu sammeln. Dann berief er sein Team ein. Es blieb ihnen nicht viel Zeit, um noch ein paar offene Einzelheiten zu überprüfen und Zeugen zu befragen. Aber sie würden es schaffen.

# SAMSTAG, 1. AUGUST, 23.00 UHR

Die große Wolkenbank trieb langsam über den Himmel. Sie erinnerte Merana an ein unförmiges Schiff mit schwarzen Segeln. Als der aufkommende Wind das Wolkengebilde am Firmament stärker erfasste, lösten sich die Segelballen auf und gaben den Mond frei. Das fahle Licht fiel schräg auf die Bäume. Der Mond war im Zunehmen. Die Sichel zeigte sich schon breit, war aber bei weitem kümmerlicher als der glänzende silberne Halbmond, auf den die Königin der Nacht der Zauberflötenaufführung ihren Fuß gesetzt hatte. Der Kommissar hielt ›Totenwache‹, ein Ritual, das ihm wichtig geworden war. Das Opfer seines ersten Falles war ein kleines Mädchen gewesen. Sie hatten den zerschundenen Körper in der Rollsplitttonne eines Hinterhofes gefunden. Noch in der darauf folgenden Nacht war er an diesen Ort zurückgekehrt. Es war ihm nicht darum gegangen, dort mögliche Hinweise für die Suche nach dem Mörder zu finden. Er war einfach da gestanden und hatte die Stille auf sich wirken lassen. Er wollte die Präsenz des Ortes wahrnehmen, wo sich die Hülle eines kleinen Wesens befunden hatte, in dem wenige Tage davor noch Leben gewesen war. Atmen und Lachen. Herzschlag und Freude. Nahezu bei jeder seiner bisherigen Ermittlungen hatte es Momente gegeben, in denen er aufbrach, um sich an einen solchen Platz zu begeben. Manchmal geschah dies gleich in der Nacht nach dem Auffinden der Leiche, manchmal auch später. Oft hatte er dabei auch an Franziska gedacht. Auch jetzt war er sich der Leere bewusst, die seine Frau durch ihren Tod hinterlassen hatte. Er ließ seine Augen ein paar Minuten auf den Bäumen ruhen. Das

Mondlicht warf Streifen auf die Stämme. Die Äste reichten bis an den Rand der Gaisbergstraße. Er konnte von da, wo er stand, die genaue Stelle unter ihm nicht ausmachen. Aber er fühlte sie. Dort war vor vier Tagen der Leichnam von Emina Saric gelegen. Er sah das schmale Gesicht des Mädchens vor sich, mit den Schmutzspuren des Waldbodens und dem eingetrockneten Blut auf der Haut. Er spürte wieder den Blick, den sie starr nach oben gerichtet hatte, auf einen Punkt weit draußen, fern der Wipfel dieser Bäume.

*So wird Ruh' im Tode sein!*

Er hielt auch Totenwache für Anabella Todorova. Er war ihr nie näher gekommen als die gut 30 Meter, die seinen Platz im Parterre von der Bühne des Festpielhauses getrennt hatten. Doch der Anblick ihrer verkrümmt hingestreckten Gestalt auf dem schwarzen Boden neben der durchsichtigen Säule würde für immer in seiner Erinnerung eingebrannt bleiben. Sein Atem ging ruhig. Kaum ein Geräusch drang von der nahen Stadt hier herauf. Er ließ noch ein wenig die Aura der Umgebung auf sich wirken. Dann kehrte er zu seinem Wagen zurück.

Hartmut Keller. Er hatte sich den Namen des jungen Kollegen eingeprägt. Dessen Hartnäckigkeit war es zu verdanken, dass sie schließlich doch noch auf eine Zeugin gestoßen waren, die bestätigte, Fabienne Navarra während der Pause im Garderobenbereich hinter der Bühne erkannt zu haben. Sie hatte gar nicht versucht zu leugnen, als Merana in das Zimmer der kleinen Wohnung im vierten Stock des Hauses trat. Ein blondes Mädchen hatte ihm geöffnet, Laura Sigurdson, die Schwester des schwedischen Tenors. Fabienne war zusammengekauert auf einem kleinen roten Sofa gesessen. Die langen braunen Haare hingen wie ein dichter Vorhang vor ihrem Gesicht, der sie vor der Wirklichkeit schützen sollte. Merana ließ die Begegnung noch einmal vor seinem Inneren Revue passieren, während er durch die Nacht fuhr.

»Ich habe gewusst, dass Sie mich schließlich aufsuchen werden, Herr Kommissar.« Ihre Stimme war leise. Sie teilte mit zitternden Händen den Vorhang vor ihrem Gesicht. Er bemerkte ihre ausgeweinten, geröteten Augen, in denen keine Tränen mehr waren.

»Ich habe es schon gewusst, als Sie mich nach dem Konzert aufsuchten.« Er ließ ihr Zeit. Die Augen der schwedischen Sängerin wanderten unruhig zwischen dem Polizisten und ihrer Freundin hin und her.

»Du hättest mich springen lassen sollen, Laura.« Die Angesprochene atmete heftig ein, ein Laut des Schreckens entfuhr ihr. »Aber nein, Fabienne!« Sie richtete den Blick ängstlich nach oben zur Zimmerdecke. Der Kommissar verstand, was dieses Hinaufschauen zu bedeuten hatte.

»Warum wollten Sie von der Dachterrasse springen, Fabienne?«

Die Lippen zuckten. Das Mädchen auf dem Sofa hatte Mühe zu sprechen.

»Mir war klar, dass Sie bald dahinter kommen würden. Er hat mich ja gesehen.«

»Wer?«

»Dieser schreckliche Geigenhändler.«

»Bernhold?«

Sie schloss die Augen. Das Nicken ihres Kopfes war kaum wahrnehmbar. Merana stellte sich die Szene vor. Damit passte erneut ein loser Stein ins Gesamtgefüge. »Herr Bernhold war also Zeuge, dass Sie sich während der Pause im Bereich der Garderoben aufgehalten haben. Hat er auch Ihren Streit mit Frau Todorova mitbekommen?«

Sie versuchte zu antworten. Ihre Stimme gehorchte ihr nicht. Nur ein leises Krächzen kam aus ihrem Hals.

»Laura, würden Sie bitte für Ihre Freundin ein Glas Wasser holen?« Er wartete, bis das blonde Mädchen zurück war. Die Geigerin trank in ruhigen Zügen. Dann richtete sie ihren Oberkörper auf.

»Ich glaube nicht, dass er es mitkriegte. Aber er hat mich gesehen, wie ich aus der Garderobe kam.«

»Aus der von Frau Todorova?«

»Nein, aus der Garderobe von Ferdinand Hebenbronn.«

Auch jetzt versuchte der Kommissar, sich die Situation vorzustellen. Dann beugte er sich vor und blickte der jungen Frau direkt in die Augen.

»Fabienne, wollen Sie mir nicht erzählen, was genau vorgefallen ist.«

Die Geigerin drehte den Kopf zur Seite, schaute auf ihre Freundin, dann wieder auf Merana. Schließlich nickte sie.

»Als ich Frau Todorova am späten Nachmittag beim Einsingen aufsuchte, sagte sie mir, sie wolle mich gleich nach der Vorstellung sehen. Sie müsse mit mir über München reden. Ich weiß nicht, wie sie davon Wind bekommen hatte. Ich war den ganzen ersten Akt über furchtbar nervös, weil ich Angst hatte vor der wütenden Szene, die sie mir machen würde. Vielleicht warf sie mich auch aus dem Förderungsprogramm der Stiftung. Gegen Ende der Pause hielt ich es nicht mehr aus und eilte hinter die Bühne. Es waren nur wenige Leute auf den Korridoren unterwegs, die meisten hasteten vorbei. Frau Todorova war tatsächlich furchtbar zornig auf mich. Sie hielt mir vor, ich würde wegen ein paar Flausen meine Karriere ruinieren. Dann klagte sie über plötzliche Migräne. ›So kriege ich meine Arie nie hin. Wo bleibt denn diese Garderobiere mit den Tabletten? Warum musste ich dumme Kuh heute auch die falsche Handtasche mitnehmen!‹ Dabei griff sie sich immer wieder an den Kopf. ›Dann holen Sie doch eine Tablette von Herrn Hebenbronn‹, schlug ich vor. ›Der hat sicher welche in seiner Garderobe.‹ Ich wusste das von den Proben, bei denen ich dabei war. Sie gab mir einen Klaps auf die Schulter und klang schon wieder versöhnlicher. ›Kluges Mädchen, komm mit. Du kannst mir suchen helfen.‹ Der zweite Akt hatte schon angefangen. Wir gingen dann in Hebenbronns Garderobe und hielten nach den Medikamenten Ausschau. Ich fand die Schachtel schließlich in der Tasche einer Jacke, die über einem Stuhl hing. Ich gab ihr eine der Tabletten. Sie wollte zur Sicherheit lieber noch eine zweite. Kaum waren wir aus der Garderobe raus, bemerkte ich, dass ich immer noch die Schachtel in der Hand hielt. Ich ließ Frau Todorova alleine voraus gehen und machte kehrt, um die Packung zurück in die Jackentasche zu stecken. Als ich wieder aus der Garderobe kam, traf ich Waldemar Bernhold, den Geigenhändler. Ich dachte mir nicht viel dabei und eilte zurück in meine Loge, um weiterhin dem Spiel auf der Bühne zuzuschauen.« Jetzt kämpfte sie doch mit den Tränen. Sie trank den letzten Schluck Wasser. Wieder drohte ihre Stimme zu versagen. Aus ihrem Mund kam nur mehr ein Flüstern.

»Und dann passierte dieser schreckliche Vorfall! Ich sah sie auf der Bühne, wie sie mit der Säule nach oben fuhr. Ich erschrak, als ich bemerkte, dass sie zitterte.

Schon zu Beginn der Arie schwankte sie. Und dann …« Sie kam nicht mehr weiter.

Ihre Schultern zuckten hilflos. Laura setzte sich zu ihr und drückte sie fest an sich.

»Und dann stürzte sie zu Boden und war tot«, vollendete der Kommissar den Satz.

»Verstehen Sie?«, schrie das Mädchen plötzlich auf und kämpfte um den Rest seiner Fassung. »Ich bin schuld! Wenn ich sie nicht dazu überredet hätte, in Hebenbronns Garderobe zu gehen, wäre sie noch am Leben. Und ich selbst habe ihr die Tabletten aus der Jackentasche gegeben! Als ich später erfuhr, dass sie nur deswegen von der Säule stürzte, weil sie ein zu starkes Mittel eingenommen hatte, war mir alles klar! Es ist alles meine Schuld!«

Der letzte Satz kam mit einem quälenden Schrei ganz tief aus ihrer Brust.

»Nein, Fabienne, Sie können nichts dafür.« Sie hörte ihm gar nicht zu. Sie weinte nur heftig vor sich hin.

»So viel ich aus Ihrer Schilderung mitbekommen habe, nahm Frau Todorova die Kopfwehtabletten noch in Hebenbronns Garderobe. Bitte, Fabienne, versuchen Sie sich genau zu erinnern, wie das passierte.«

Sie war erschöpft. Jede Kraft war aus ihrem zarten Körper gewichen. Er wiederholte seine Frage. Die Schwedin strich ihrer Freundin mit der Handfläche behutsam über den Rücken.

»Ja, so war es«, sagte die Geigerin dann leise. »Ich habe ihr zwei Tabletten aus der Schachtel gereicht und sie hat sie gleich genommen.«

»Hat Anabella Todorova die Tabletten einfach so oder mit einer Flüssigkeit hinunter geschluckt?«

Das Mädchen dachte kurz nach. »Da stand ein Glas, halb voll mit Johannisbeersaft. Das hat sie ausgetrunken. Sie hat noch gesagt, es sei für den guten Ferdinand ohnehin besser, wenn er nicht so viel Saft trinke. Das mache nur dick.«

Merana nickte bedächtig. Auch diese Szene prägte er sich ein. Dann nahm er die Hände der jungen Frau. Sie waren eiskalt.

»Hören Sie mir bitte gut zu, Fabienne. Es ist nicht an Ihnen gelegen. Frau Todorova ist nicht wegen der Wirkung der starken Migränetabletten auf der Bühne zu Tode gekommen. Die Ursache für den Unfall war ein anderes Mittel. Dieses tragische Unglück ist nicht Ihre Schuld.«

Sie sah ihn unsicher an.

»Nicht?«

Er drückte ihr aufmunternd die Hände.

»Nein.«

Sie sah ihn immer noch entgeistert an. »Sind Sie ganz sicher bei dem, was Sie da sagen?« Er stand auf.

»Ja, das bin ich. Ich kann mir gut vorstellen, was Sie in den letzten Tagen durchgemacht haben. Es wäre um vieles besser gewesen, Sie hätten mir das alles schon früher erzählt. Es wäre Ihnen und mir manches erspart geblieben. Ich hoffe, dass Sie diesen schrecklichen Vorfall bald vergessen und sich wieder auf Ihre Karriere konzentrieren können. Ich bin sicher, es steht Ihnen eine glänzende Zukunft offen. Denn Sie sind eine wunderbare Geigerin.«

Ein erster Anflug von zaghaftem Lächeln schlich um ihre Mundwinkel. Er gab beiden Mädchen die Hand, dann ging er.

Als er die Stelle erreichte, an der die breite Straße allmählich bergab führte, schob sich wieder ein Gebilde dunkler Wolken vor die Sichel des Mondes. Die junge Schweizerin hatte ihm zum Abschied noch einmal scheu zugewunken.

Sie war immer noch verwirrt darüber, ob ihr der Polizist auch nichts Falsches erzählt hatte.

*Die Wahrheit. Die Wahrheit.*

Für Merana war es die Wahrheit, so wie er es der jungen Frau gegenüber ausgedrückt hatte. Es war ihm klar, dass sie selbst den Vorfall und ihre Rolle dabei ein wenig anders beurteilte. Doch sie würde darüber hinwegkommen. Er schaltete zurück in den dritten Gang. Es war wenig Verkehr für einen Samstagabend. Er fuhr diese Strecke nicht allzu oft, aber er kannte sich ganz gut in der Gegend aus. Dann riss der Himmel wieder auf und das Mondlicht fiel auf die Straße. Erste Sterne schimmerten durch die dünne Wolkenschicht. Wie eine silberne Platte lag der See vor ihm. Er war gleich da. Die anderen würden nachkommen. Er hatte beschlossen, alleine voraus zu fahren.

In der Nähe des Hauses erwarteten ihn schon die Kollegen von der Polizeiinspektion aus dem Nachbarort.

»Guten Abend.«

»Guten Abend, Herr Kommissar. Er ist gegen neun gekommen. Seitdem ist er zuhause. Es ist niemand bei ihm.«

Merana bedankte sich und ging das letzte Stück zu Fuß. Das Licht der Sterne und der breiten Mondsichel genügten, dass er sich zurechtfand. Im Wasser des Swimmingpools trieben ein paar helle Blätter. Er registrierte, dass die Hecke einen sehr eigenwilligen Schnitt hatte. Dann drückte er den Knopf der Klingel.

Er hörte die Stimme von drinnen, die mürrisch fragte, wer da sei. Er meldete sich. Dann wurde die Türe geöffnet.

»Herr Kommissar, zu so später Stunde? Was führt Sie zu mir?«

Er war kurz versucht zu sagen: ›Die Wahrheit‹. Aber das erschien ihm um eine Spur zu pathetisch.

»Ich möchte mit Ihnen reden, Herr Hebenbronn.«

»Worüber? Haben sich neue Aspekte in den beiden Fällen ergeben?«

»Ja, die haben sich ergeben. Darf ich reinkommen?«

»Bitte.«

Der Sänger ging voraus. Er trug eine dünne Jacke über dem Hemd. Im Wohnzimmer bot er dem Kommissar einen Platz auf der Couch an und setzte sich ihm gegenüber. Merana öffnete die Mappe, die er mitgebracht hatte. Er legte ein Foto von Emina auf den Glastisch. Hebenbronn sah kurz auf das Bild, dann blickte er wieder den Kommissar an.

»Herr Hebenbronn, aufgrund unserer Ermittlungen gehen wir davon aus, dass Sie Ihre Tochter umgebracht haben.«

Die direkte Anschuldigung traf Hebenbronn wie ein Schlag. Seine Augen weiteten sich. Er rang um Fassung. Dann reckte er energisch das Kinn nach vorne und stützte die Hände auf die Oberschenkel. »Wovon reden Sie da? Ich kenne dieses Mädchen überhaupt nicht! Ja, die junge Frau war einmal kurz in meiner Garderobe mit diesen Modedamen. Aber danach habe ich sie nie wieder gesehen. Wie kommen Sie auf die absurde Idee, dass dieses Mädchen meine Tochter ist?«

Merana griff wieder in die Mappe.

»Hier ist ein Bericht der Gerichtsmedizin Salzburg. Ein Vergleich Ihrer DNA mit jener der Toten hat zu einem eindeutigen Ergebnis geführt. Sie sind der Vater von Emina Saric.«

Der Sänger versuchte Haltung zu bewahren. Erneut warf er sich in Positur, als stünde er auf der Bühne. Die Stimme schwoll an. »Diese Behauptung ist eine Frechheit! Woher wollen Sie überhaupt eine DNA-Probe von mir haben? Ich habe Ihnen keine gegeben.«

»Das tut nichts zur Sache. Die Übereinstimmung steht dennoch außer Zweifel.«

»Das ist eine Fälschung. Sie wollen mir etwas unterschieben! Was treiben Sie hier für ein Spiel?«

Merana zog ein neues Dokument aus der Tasche.

»Wenn Sie unsere Angaben bezweifeln, dann habe ich hier die gerichtliche Anweisung, den Test erneut durchzuführen. Meine Leute werden gleich hier sein. Sie werden Ihnen im Beisein der Staatsanwältin und eines Notars eine weitere DNA-Probe zur Analyse abnehmen. Das Resultat wird dasselbe sein. Aber das ist Ihnen ohnehin klar. Bis das Ergebnis der neuen Untersuchung vorliegt, bleiben Sie in U-Haft!«

Der Mann in dem breiten Stuhl starrte mit stumpfem Blick vor sich hin. Allmählich dämmerte ihm, dass sein herrisches Gehabe ihn nicht weiter brachte. Er nahm die Hände hoch, hielt sie kurz in Brusthöhe und ließ sie darauf mit einer theatralischen Geste fallen.

»Es war ein Unfall, Herr Kommissar, das müssen Sie mir glauben. Sie ist gestürzt. Ich habe ihr nichts getan. Im Gegenteil. Diese Göre wollte mich umbringen. Wissen Sie davon überhaupt?«

»Ja, das weiß ich!«

Merana dachte an die junge Frau, die ihm am Sonntagnachmittag gegenüber gesessen war. Er sah wieder die entsetzten Augen, die wie Knöpfe glänzten.

Ihre perlmuttfarbenen Zähne hatten sich in die Unterlippe gebohrt.

»Und wissen Sie, wer statt meiner das Gift abgekriegt hat?«

»Ja, das weiß ich auch. Anabella Todorova. Durch eine tragische Verkettung von unglücklichen Umständen.«

Hebenbronns Stimme überschlug sich. Er gestikulierte wild mit den Händen.

»Sie ist eine Mörderin! Kommt da am Sonntagabend bei mir an und heult mir die Hucke voll. Behauptet, sie wäre meine Tochter. Ich hätte ihre Mutter …« Er stockte, suchte nach den richtigen Worten. Es fiel ihm schwer, weiter zu reden.

»Also ich soll ihre Mutter … vor über 20 Jahren geschwängert haben, am Theater in Bielefeld. Ich und eine Putzfrau?! So ein Schwachsinn. Alles völlig an den Haaren herbeigezogen. Und dann macht sie auch noch mich dafür verantwortlich, dass Anabella das Gift getrunken hat, das sie mir ins Glas schüttete!«

Er beugte sich nach vor. Sein Atem roch bitter. »Was würden Sie da machen, Herr Kommissar, wenn Ihnen jemand gegenüber sitzt, der Sie umbringen will? Und der das auch noch zugibt?«

Zum ersten Mal hob auch Merana die Stimme.

»Herr Hebenbronn! Die junge Frau, die Ihnen am Sonntagabend hier in diesem Haus gegenüber gesessen ist, war Ihre Tochter! Sie ist zu Ihnen gekommen, weil sie zutiefst verzweifelt war!«

»Sie war hysterisch! Völlig durchgeknallt. Schrie mich an, sie würde jetzt zur Polizei gehen, damit endlich die ganze Wahrheit ans Licht käme. Dann ist sie nach draußen gestürmt. Ich bin ihr nachgelaufen. Es war stockfinster. Sie ist gestolpert und in den leeren Swimmingpool gestürzt. Mein Gärtner hatte vergessen, das Wasser einzulassen. Wirklich tragisch! Ich bin sofort ins Bassin geklettert. Aber da war nichts mehr zu machen. Es war ein Unfall, Herr Kommissar, ein schrecklicher Unfall!«

Merana dachte an die Verletzungen der toten Emina. Sie war auf den Hinterkopf gefallen. Und dann gab es noch die seitliche Verletzung am Schädel. »Warum haben Sie nicht die Polizei gerufen, Herr Hebenbronn? Immerhin hat Ihnen die junge Frau gerade den Mord an Ihrer Kollegin Anabella Todorova gestanden. Auch wenn die ursprüngliche Absicht des Mädchens eine völlig andere gewesen war.«

»Davon wurde sie auch nicht mehr lebendig!«

Merana fixierte ihn. Schweißperlen traten auf die Stirn des Sängers.

»Was haben Sie dann gemacht?«

»Ich habe sie aus dem Becken gezogen.«

Merana nickte. Er hielt den Blick fest auf Hebenbronn gerichtet.

»Dann brachten Sie die Tote mit dem Auto auf den Gaisberg und warfen sie in den Wald. Sie wollten die Leiche schnell loswerden.«

Mit einem Ruck schnellte der Sänger vom Stuhl hoch. Er begann im Zimmer auf und ab zu marschieren. »Verstehen Sie, Herr Kommissar, ich war in Panik. Die Frau war tot. Ich konnte ihr nicht mehr helfen. Sie war unglücklich gestürzt. Ich war völlig außer mir. Ich wusste gar nicht mehr, was ich tat.«

»Ich glaube Ihnen, dass Sie in Panik waren. Aber Sie wussten genau, was aus Ihrer Sicht zu tun war. Sie mussten die Leiche so schnell wie möglich wegschaffen. Denn Stuart Loretto war zu Ihnen unterwegs, zusammen mit den …«, Merana machte eine kleine Pause. Dann fügte er mit leicht abschätzigem Tonfall hinzu: »… jungen Damen.«

Hebenbronn blieb mitten im Zimmer stehen. Seine Stirn glänzte schweißnass.

»Das haben wir schon alles überprüft«, setzte Merana seine Ausführungen fort. »Herr Loretto war ein wenig verwundert gewesen, dass Sie entgegen ihrer sonstigen Gewohnheit wenig Zeit hatten und ihn samt den Damen bald hinaus komplimentierten.« Der Mann stand immer noch regungslos auf dem Teppich. Nach ein paar Sekunden griff er nach einer Serviette auf dem Tisch, wischte sich den Schweiß aus dem Gesicht und nahm wieder Platz. »Wir haben die Zeugenaussagen aller Beteiligten. Herr Loretto sträubte sich anfangs ein wenig. Erst als wir ihm eine Anklage auf Mitwisserschaft bei einem Mord in Aussicht stellten, war er plötzlich sehr auskunftsfreudig.«

Hebenbronn hielt immer noch die Serviette in der Hand.

»Das ändert nichts an der Tatsache, dass ich in völliger Verwirrung war und nicht so recht wusste, was ich tun sollte.«

»Für einen Verwirrten haben Sie erstaunlich überlegt reagiert. Sie hatten die Autoschlüssel aus Eminas Handtasche genommen, bevor sie die Leiche in den Wald warfen. Ich bin davon überzeugt, Sie machten sich noch in derselben Nacht daran, den Wagen los zu werden. Ein Auto mit Bielefelder Kennzeichen in der Umgebung Ihres Hauses wäre sofort aufgefallen. Wo versteckt man am besten einen Löffel? In der Bestecklade. Denn er ist unter ähnlichen Löffeln schwer zu finden. Der Park-and-ride-Parkplatz in Wels war wirklich eine hervorragende Idee. Falls man das Auto doch fand, würde die Tatsache, dass der VW Golf so weit von Salzburg entfernt war, für gehörige Verwirrung sorgen. Von Wels aus konnten Sie auch ganz bequem den Frühzug nach Salzburg nehmen. Wo ist Eminas Laptop?«

Hinter Hebenbronns Stirn arbeitete es. Das sah man ihm an.

»Von einem Laptop weiß ich nichts.«

Merana verzichtete darauf, nachzustoßen. Vermutlich hatte der Sänger ihn vernichtet. Vielleicht hatte Emina Tagebuch geführt. Vielleicht hatte sie auf dem Computer auch Dokumente gespeichert, die sich auf ihre Mutter und die Vaterschaft von Hebenbronn bezogen. Der Kommissar zog das Handy aus der Tasche.

»Ihr könnt jetzt kommen.«

Zwei Minuten später bog das Auto der Tatortgruppe auf den Weg des Grundstücks ein. Gleich dahinter folgte der Wagen der Staatsanwältin, dem auch die Chefinspektorin und Otmar Braunberger entstiegen. Ferdinand Hebenbronn hockte mit leerem Blick auf seinem Stuhl. Von dem fürstlichen Gehabe, mit dem er noch vor zwei Tagen den Sarastro auf der Festspielbühne dargestellt hatte, war nicht viel geblieben. Zwei Polizisten in Uniform erschienen, um ihn abzuführen. Er stand langsam auf.

»Es war ein Unfall, Herr Kommissar. Ein bedauernswerter Unfall.«

Merana erwiderte nichts darauf sondern wartete, bis die Beamten mit dem Verhafteten draußen waren. Dann nahm er Eminas Foto vom Tisch. Der Ausdruck der stillen Traurigkeit in ihren Augen tat ihm weh. Hatte Dinharazade jemals in ihrem Leben gelächelt? Er steckte das Foto zusammen mit den Unterlagen in die Tasche. An der Tür blieb er stehen. Die zylinderförmige Steinskulptur war ihm schon beim Hereinkommen aufgefallen.

*Für unseren hochverehrten Stammgast*
*Herrn Kammersänger Ferdinand Hebenbronn*

Er holte den Chef der Spurensicherung. »Nehmt die bitte mit.«

Keiner wollte nach Hause. Sie hatten Hebenbronn im Präsidium noch einmal verhört und ihn mit allen Fakten konfrontiert, die ihnen bekannt waren. Dann wurde der Sänger in die Justizanstalt überstellt. Sie saßen im großen Sitzungszimmer. Die Deckenbeleuchtung war nur zur Hälfte eingeschaltet. Die Tafel mit den bunten Karteikarten und den Fotos lag im Halbdunkel. Die Chefinspektorin hatte die Beine auf einem Sessel hochgelagert. Auf dem Boden neben ihrem Stuhl stand ein Glas mit einem Rest Rotwein. Merana bemerkte, wie sich die Müdigkeit von seinen Schultern aus langsam in jede Zelle des Körpers fraß. Er hatte seit 44 Stunden nicht geschlafen. Dennoch spürte er nicht das Verlagen, heim zu fahren. Otmar Braunberger nuckelte nachdenklich an der kleinen Bierflasche, die er vorhin aus dem Kühlschrank der Abteilungsküche geholt hatte. Alle drei schwiegen. Sie konnten nicht anders, als die dichten Ereignisse der vergangenen Tage Revue passieren zu lassen.

Die Ereignisse der letzten Stunden hatten sich förmlich überschlagen. Nach einer Weile stand der Abteilungsinspektor auf, löste das Foto von Eminas Tante von der großen Tafel und setzte sich wieder. Er schaute lange auf das Bild. »Das ist eine ältere Aufnahme. Sie ist nicht gut darauf getroffen.« Die anderen beiden hoben die müden Köpfe. Er drehte das Foto in ihre Richtung. »Inzwischen hat sie die Haare gefärbt. Mevlida Supic war immer schon die stärkere der beiden Schwestern gewesen. Sie hatte sich gegen die Familie durchgesetzt und war nach Frankreich gegangen, um zu studieren. Sie lebt erst seit einem halben Jahr wieder in Deutschland. Ihre jüngere Schwester Sabina war eine Schönheit, aber schon als Kind sehr verschüchtert. Sie durfte keine Ausbildung machen, verdiente als junge Frau ihren Lebensunterhalt mit Putzen, unter anderem im Bielefelder Theater. Hebenbronn, der dort für ein Jahr engagiert war, hat sie öfter bedrängt, erzählt zumindest die Schwester. Eines Tages ist er über sie hergefallen. Das habe ich auch im Protokoll der Aussage festgehalten. Er war betrunken. Es kam nie zu einer Anzeige. Die junge Bosnierin hatte Angst vor der Schande. Die Familie hat die Schwangere verstoßen, da war die ältere Schwester schon in Paris. Sabina Saric ist daran zerbrochen. Sie hatte einen tiefen Hass auf den Mann, der ihr das alles angetan hatte. Sie nahm Medikamente, wurde schließlich abhängig.«

»Und sie hat diesen Hass auf ihre Tochter übertragen.« Carolas Stimme merkte man die Müdigkeit an.

*Mutter, durch dich leide ich,*
*und dein Fluch verfolget mich.*

Merana musste an Paminas Worte aus der Zauberflöte denken.

»Die Tante hat mir auch erzählt, dass Emina mit 17 Jahren versucht hatte, sich das Leben zu nehmen. Eine Schulfreundin fand sie rechtzeitig. Sie hatte Tabletten geschluckt. Vielleicht hatte Emina das Barbiturat ja auch für sich selbst besorgt.« Braunberger stand auf und fixierte das Foto der Frau wieder auf der Tafel, gleich neben dem Bild ihrer toten Nichte. Merana war nicht zum ersten Mal erstaunt, wie viele Parallelen dieser Fall mit der Handlung der Zauberflöte aufwies. Eine Frau hasst einen Mann. Die Tochter ist dazwischen. Sie soll die Mutter rächen. Sie schwiegen wieder. Es war frisch im Raum. Durch die halb geöffneten Fenster drang die Nachtluft herein und ab und zu das Geräusch eines vorbeifahrenden Autos.

»Wie bist du schlussendlich auf die richtigen Zusammenhänge gekommen, Martin?« Die Chefinspektorin tastete nach dem Rotweinglas am Boden und schaute zum Kommissar. Der lehnte sich zurück, verschränkte die Arme hinter dem Kopf, versuchte die Müdigkeit aus dem Nacken zu pressen.

»Ich weiß es nicht genau, Carola. Die ganze Zeit über hatten wir so viele Einzelteile herumliegen. Das allmähliche Erkennen war eher wie bei einem verschwommenen Bild, das man für kurze Momente klarer sieht, ehe es wieder in die Unschärfe abtaucht. Zum ersten Mal bekam ich das Gefühl, ich würde so etwas wie eine Richtung ausmachen, als ich mir die Frage stellte: Was hatte Anabella Todorovas Tod tatsächlich zu bedeuten? Wenn es kein Selbstmord war, und wenn wir niemanden in ihrer Nähe sahen, der wirklich ein glaubwürdiges Motiv hatte, was steckte dann hinter diesem tragischen Vorfall? Und das führte mich zu der Überlegung: Vielleicht war sie gar nicht das Ziel dieses Anschlages gewesen.«

Otmar Braunberger mischte sich kurz ein. »Mich hat bei den Überlegungen zum Mord immer gestört, was uns Thomas Brunner erläutert hatte. Es war kein Gift im Spiel, das schnell und absolut tödlich wirkte. Verwendet wurde ein Schlafmittel! Da hätte die Todorova unter anderen Umständen sogar noch gerettet werden können. Zu Bernhold als möglichem Täter passte das Barbiturat überhaupt nicht. Meinem Gefühl nach auch nicht zur jungen Geigerin.«

Merana nickte. »Bei Fabienne Navarra war mir bis zum Schluss nicht klar, was sie uns verschwieg.«

Wieder kehrte Stille ein. Alle drei hingen weiter ihren Gedanken nach. Carola Salmann drehte sich schließlich um und betrachtete eingehend das vergrößerte Bild, das ganz links außen an der Tafel hing. Nach geraumer Zeit sagte sie: »Du hast recht, Martin. Ihr Blick, mit dem sie Hebenbronn anschaut, ist tatsächlich *prüfend.* Ich könnte es nicht besser ausdrücken.«

Die beiden Männer wandten die Köpfe in ihre Richtung. Merana erinnerte sich, wie er durch das Öffnen des Rundmails auf diese Szene gestoßen war. Konnte das wirklich erst ein paar Stunden her sein? Carola löste ihren Blick wieder von der Tafel. »Wir hatten einmal gemeinsam in Erwägung gezogen, dass die Ursache für die schwer erklärbaren Ereignisse dieses Falles vielleicht in der Vergangenheit liegt.« Der Kommissar stimmte ihr zu. »Ja, aber wir sind dieser Überlegung nicht konsequent genug gefolgt. Wir dachten dabei an das Vorleben von Anabella Todorova und nicht an die Vergangenheit von Ferdinand Hebenbronn.«

Beim Gedanken, welche Rolle die Geschehnisse aus der Vergangenheit in diesem Fall gespielt hatten, fiel ihm wieder die Ähnlichkeit zur Geschichte der Zauberflöte auf. Auch dort lagen die Ereignisse, die in letzter Konsequenz die Handlung auslösten, weit zurück.

»Kennt ihr den Zauberflötenfilm von Ingmar Bergmann?« Die beiden anderen verneinten. »Bergmann deutet die Beziehung zwischen Sarastro und der Königin der Nacht als gescheiterte Ehe. Demnach ist Pamina die Tochter der beiden.«

Er stand abrupt auf, ging zur Tafel und nahm einige der Fotos ab.

»Bei dem Vortrag von Professor Peterfels rief ein Mann im Publikum scherzhaft: Dann schickt sie allesamt zur Familienaufstellung! Er wusste gar nicht, wie richtig er damit lag.« Er breitete die Bilder auf dem Tisch aus. Die anderen kamen näher.

»Die Parallele unseres Falles zur Zauberflöte ist fast schon unheimlich. Ich versuche, es zu erklären.« Er ordnete die Fotos.

»In der Zauberflöte haben wir, wenn wir bei der Sicht von Ingmar Bergmann bleiben, eine Familie: Vater, Tochter, Mutter. Das heißt Sarastro, Pamina, Königin.«

Er legte die Bühnenfotos der Darsteller nebeneinander: Ferdinand Hebenbronn, Carlotta Veitsch, Anabella Todorova, jeweils in ihren Rollen.

»Das sind also die Personen der Oper. Schauen wir uns jetzt im Vergleich dazu die Realität unseres Falles an. Da erkennen wir zunächst einmal eine Tochter. Deren Bild wollen wir unter jenes der Bühnentochter legen.«

Er platzierte Eminas Foto unterhalb der Darstellung von Pamina.

»Dann haben wir auch in der Wirklichkeit unseres Falles einen Vater. Es ist dieselbe Person, die auch auf der Bühne für den Vater steht.« Er schob das Sarastro-Bild von Ferdinand Hebenbronn nach unten, so dass es links neben dem von Emina zu liegen kam. »Vater und Tochter in der Wirklichkeit«. Er tippte mit dem Finger auf beide Fotos.

»Aber die entscheidende Frage ist: Wo bleibt in der Realität die dazu gehörige Mutter?«, führte Carola weiter aus. »Wir können nicht einfach das Foto der Königin nach unten schieben, so wie das Sarastro-Bild. Die Todorova steht nur in der Oper mit Pamina in Verbindung. Aber sie ist in der Wirklichkeit nicht Eminas Mutter. Das ist eine andere Frau.«

Alle drei starrten auf das Bild von Emina. Links war das Foto des leiblichen Vaters. Der Platz auf rechten Seite war frei. Otmar Braunberger legte seine Hand auf die leere Stelle. »Wer hätte darauf kommen können, dass eine Mutter, die nicht da ist, eine so große Rolle spielt?«

Merana sah kurz das Gesicht der Großmutter vor sich.

*Es fehlt eine Mutter.*

Sie hatte es gespürt. Auch wenn ihr sicher nicht bewusst war, dass diese Mutter aus der Vergangenheit ihr Leid auf die Tochter übertragen hatte. Sie ließen die Bilder auf dem Tisch liegen und nahmen wieder Platz. Der Kommissar überlegte kurz, ob er sich vom Automaten einen Kaffee holen sollte. Es war fast fünf Uhr morgens. Carola bot ihm einen Schluck aus ihrem Rotweinglas an, doch er lehnte dankend ab.

»Ich glaube nicht, dass sie von Anfang an vorhatte, ihn umzubringen. Was denkt ihr?«

Otmar Braunberger nahm den letzten Schluck aus der Bierflasche und schaute zu seinen Kollegen. Die Chefinspektorin schüttelte langsam den Kopf.

»Ich auch nicht«, bestätigte Merana. »Hilfreich, um der Wahrheit einigermaßen nahe zu kommen, waren für mich besonders auch die Bemerkungen von Flora Stullermann in ihren Postings. Sie führte zwar eine kecke Sprache, deren Sinn sich mir manchmal schwer erschloss, aber sie hat Eminas Zustand immer wieder treffend beschrieben. Da wurde mir ihre Rolle als traurige Außenseiterin immer klarer. Selbst bei der Begegnung in Hebenbronns Garderobe, wo Flora schon allein von den Fotoaufnahmen abgelenkt wurde, hat die junge Deutsche dennoch genau registriert, was mit Emina los war.«

»Ich erinnere mich an die Stelle«, ergänzte Carola. *»Und Emina hat wieder die Trauergurke raushängen lassen und sich an den Cateringtisch verkrümelt.«*

»Und am Cateringtisch standen die Fruchtsäfte und die Gläser«, fügte Braunberger hinzu. Merana dachte daran, wie er Flora Stullermanns Facebook-Eintragungen Passage für Passage durchgegangen war.

»Beim Hinweis auf den Cateringtisch hatte ich zum ersten Mal eine Vorstellung davon, wie es gewesen sein könnte. Die Bestätigung bekam ich erst durch die Aussage von Fabienne Navarra. Anabella Todorova hatte tatsächlich in Hebenbronns Garderobe zu einem Saftglas gegriffen und damit den verhängnisvollen Ablauf eingeleitet.«

Otmar Braunberger stand auf, näherte sich langsam dem Tisch und nahm Eminas Bild in die Hand. »Ein bedauernswertes Mädchen. Sie traute sich zum ersten Mal in die Nähe ihres Vaters und stand nur wenige Meter von ihm entfernt in dessen Garderobe.«

Merana versuchte sich die Szene vorzustellen. Er sprach laut aus, was er dabei dachte. »Sie sah ihren Vater, der nichts von ihr wusste. Emina war auf der Welt, weil dieser Mann ihre Mutter vergewaltigt hatte. Und dann sagte der Kerl einen Satz, der sie wie ein Schwerthieb tief im Innern treffen musste. Er hätte leider nie eine Tochter gehabt. Aber wenn er eine hätte, dann müsste sie aussehen wie Flora! Ich glaube, das war der Knackpunkt. Das hat sie nicht mehr verkraftet. Da griff sie in die Tasche und schüttete das Phenobarbital, das wahrscheinlich für sie selbst bestimmt war, in einem Anfall von Trauer und Wut ins Trinkglas.«

Alle drei schwiegen. Sie würden nie erfahren, ob es tatsächlich so passiert war.

Eine der Leuchtstoffröhren begann zu flackern, gab nach kurzem Knistern ihren Geist auf. Es fiel ihnen nicht auf. Die Chefinspektorin ergriff nach einigen Minuten als Erste wieder das Wort. »Dass die Todorova das Phenobarbital erwischt hatte, diesen Zusammenhang hatte Emina sicher nicht hergestellt. Warum auch? Nachdem Hebenbronn noch lebte, musste sie eher denken, er habe den Saft doch nicht getrunken. Vielleicht war sie sogar erleichtert darüber.« Sie schaute kurz zum Kommissar, sucht dessen Augenkontakt. »Und dann tauchen wir beide am Sonntag nach der Aidaprobe auf, und ihr wird plötzlich mit erschreckender Deutlichkeit klar, was sie angerichtet hat.« Carolas Stimme war ganz leise geworden. Sie fühlten alle drei mit dem toten Mädchen. In Meranas Erinnerung stand Eminas Gesicht, aus dessen Augen im Verlauf ihrer Begegnung jeglicher Glanz gewichen war, verdrängt vom blanken Entsetzen. Warum hast du nicht mit mir geredet, Emina? Warum habe ich es nicht geschafft, dich zum Reden zu bringen? *Die Wahrheit. Die Wahrheit.* Paminas Schmerz und Eminas Schmerz sickerten in sein Inneres.

»Wollen wir gehen?« Der Abteilungsinspektor schaute die anderen fragend an.

Die nickten nur, erhoben sich wortlos. Merana nahm die Bilder vom Tisch und brachte sie zurück zur Tafel. Die Chefinspektorin und Otmar Braunberger räumten ihre Gläser zur Seite. Sie waren eben dabei, alle drei gemeinsam den Raum zu verlassen, als die Tür aufging. Thomas Brunner trat ins Zimmer. Er stellte die Skulptur aus Hebenbronns Haus auf einen der Tische. »Du hattest recht, Martin. Damit hat er zugeschlagen. Die Rundung passt zur Verletzung. Nachdem an der Stelle, wo er das Mädchen am Kopf traf, kein Blut ausgetreten war, befand sich auch keines auf der Säule. Er hatte wohl keine Veranlassung gesehen, die Skulptur sorgfältig abzuwischen. Das war unser Glück. Wir haben einen Abrieb gemacht und genug DNA-Spuren der Toten gefunden.«

Gut, dass wir am Freitag unsere Führung durch das Präsidium abgekürzt haben, dachte Merana. Somit hatte Hebenbronn nicht mehr zur Gänze mitbekommen, was die Spezialisten unserer Spurensicherung alles zu Wege bringen.

»Die Ausrede mit dem Unfall stand ohnehin auf schwachen Beinen. Wenn Emina sich der Polizei gestellt hätte, dann wäre vieles aus Hebenbronns Vergangenheit ans Licht gekommen. Allein der Vorwurf der Vergewaltigung hätte gereicht, dass er seine künftige Karriere als Operndirektor in den USA vergessen konnte. Die Amerikaner sind, wie wir wissen, in solchen Fällen besonders heikel.«

Thomas Brunner nahm die Skulptur in die Hand. »Also eilte er ihr nach und schnappte sich beim Hinauslaufen den ersten Gegenstand, mit dem er zuschlagen konnte.«

Er reichte das Beweisstück an Merana weiter. Der Kommissar drehte die Skulptur in den Händen. Der Schlag mit dieser Marmorsäule hatte das Leben einer verzweifelten jungen Frau ausgelöscht, getötet von ihrem Vater, der verhindern wollte, dass die Wahrheit über ihre Mutter herauskam. Merana strich mit dem Finger sanft über die Gravur.

*In diesen heil'gen Hallen*
*kennt man die Rache nicht.*
*Und ist ein Mensch gefallen,*
*führt Liebe hin zur Pflicht*

Was für ein hehrer Anspruch. Daran zu scheitern, war traurige Wahrheit.

Sie gingen schweigend nebeneinander zum Parkplatz. Thomas Brunner verabschiedete sich. »Du hast uns noch gar nicht erzählt, woher du die DNA-Probe von Hebenbronn hattest, Martin.« Ein Schmunzeln schlich sich ins Gesicht des Kommissars. »Aus einem Reinigungswagen.« Die anderen schauten ihn erstaunt an.

»Willst du uns auf den Arm nehmen?«

»Nein. Ich hatte mich erinnert, dass der Herr Kammersänger sich in ein Papiertaschentuch geschnäuzt hatte, als er bei unserem Chef im Büro saß.

Als mir das einfiel, wäre es fast zu spät gewesen. Gott sei Dank ist unsere Reinigungstruppe bisweilen ein wenig lascher als jene vom Festspielhaus. Hätten die Damen am Freitagabend nicht ein bisschen getrödelt, wäre mir der Beweis durch die Lappen gegangen. Die Putzfrau hatte den Papierkorb schon ausgeleert. Aber ich fand das Taschentuch im großen Plastiksack an ihrem Wagen. Sie wollte nur ungern damit rausrücken.« Die Vorstellung, wie ihr Chef auf den Korridoren des Präsidiums mit einer türkischen Reinigungsfrau um ein verschmutztes Papiertaschentuch rang, erheiterte die drei. Die bedrückende Stimmung der vorangegangenen Stunden löste sich ein wenig auf. Thomas Brunner klopfte Merana auf die Schulter. »Gut gemacht, Herr Kommissar. Solltest du auf die Idee kommen, künftig ein Schnupftuch-Sonderkommando zu gründen, kannst du auf mich zählen. Ich bin dabei.« Er lachte immer noch schallend, während er die Tür seines großen Geländewagens öffnete. Sie schauten dem Chef der Tatortgruppe nach, wie er schwungvoll die Ausfahrt zur Alpenstraße nahm.

Bevor Carola ins Auto stieg, hielt Merana sie kurz zurück. »Ich habe etwas für dich.« Er griff in die Jackentasche und drückte ihr ein kleines Kuvert in die Hand. Sie blickte ihn fragend an. Dann erkannte sie, was er ihr zugesteckt hatte. Sie zog vorsichtig mit zwei Fingern ein buntes Bild aus dem Umschlag.

»Oh, Martin. Ein Rotfeuerfisch! Ich danke dir. Jetzt habe ich sogar zwei!«

Zwei? Er verstand nicht, was sie damit meinte. Carola lächelte ihn an und schaute dann hinüber zu Otmar Braunberger. Der hob den Daumen in die Höhe. »Aber danke, dass du an mich gedacht hast, Martin.« Sie küsste ihn auf die Wange. Der Himmel im Osten zeigte sich rosig. Es würde ein schöner Sonntag werden.

## SONNTAG, 2. AUGUST, 7.00 UHR

Die Müdigkeit hing an ihm wie ein Sack schwerer Melonen, als er die Treppe zu seiner Wohnung hochstieg. Trotzdem wollte er sich nicht hinlegen. Er öffnete die Flügeltüren zum Balkon und setzte sich ins Wohnzimmer. Dann holte er die frischen Kipferl, die er sich in einer Sonntagsbäckerei besorgt hatte, aus der Papiertüte.

An der Espressomaschine wählte er die Stufe ›Extra stark.‹ Er wollte mit Musik von Mozart frühstücken. Er suchte in den Dateien seines Laptops nach Serenaden, die Heiterkeit vermittelten, die nach Frühstück im Grünen klangen und nach ausgelassenen Tanzschritten in sonniger Landschaft. Er tauchte das Ende der knusprigen Hörnchen in Brombeermarmelade, die ihm die Großmutter gebracht hatte. Streichermusik schwebte durch das Zimmer, begleitet von Klarinetten und Hörnern. Morgen würde er den Papierkram erledigen, der zum abgeschlossenen Fall nötig war. Dann hoffte er auf zwei oder drei freie Tage. Die Brombeermarmelade war köstlich und schmeckte nach Sommer und Sonne. Die Melonensäcke auf seinen Schultern wurden leichter. Die Müdigkeit hatte aufgehört zu schmerzen. Er freute sich, Andrea vielleicht noch in dieser Woche bei einer Tasse Kaffee zu treffen. Wenn Birgit sich nicht bis übermorgen meldete, würde er versuchen, sie zu erreichen. Er wusste, er war in seinem Privatleben an einem Kreuzweg angelangt. Der Schmerz, etwas zu verlieren und loslassen zu müssen, tat weh. Gleichzeitig stärkte ihn das Gefühl von Freiheit, das er dabei empfand. Er räumte das Geschirr weg, holte den großen Korbsessel aus dem Schlafzimmer und stellte ihn nahe an die offene Balkontüre. Draußen ging der Sonntagmorgen nahtlos in den Vormittag über, während er die Sonne auf den Füßen spürte und sich an den Serenaden erfreute. Es würde lange dauern, bis er die Bilder der vergangenen Tage aus dem Kopf brachte. Er würde das verschlossene Gesicht von Emina mit sich herumtragen und sich hin und wieder fragen, ob es nicht auch anders hätte kommen können. Ein paar feine Wolkenstreifen am Himmel zogen seine Aufmerksamkeit an. Irgendwo da draußen, in unvorstellbar großer Entfernung schwebte eine kleine Metallsonde durch das Weltall, mit einer goldenen Schallplatte an Bord. Auf dieser Scheibe war eine Arie von Mozart, die vom Schmerz einer zutiefst verletzten Frau erzählte. Plötzlich hatte er das Gefühl, er brauche auf der Stelle Menschen um sich. Das Verlangen, Hände zu spüren, sich an Leibern zu reiben, in Gesichter zu schauen, wurde schier übermächtig. Er sehnte sich nach Trubel. Er schob mit einem Ruck den Stuhl zurück und brach auf.

Musik und vielstimmiges Lachen wehten ihm entgegen, als er vom Rudolfskai in Richtung Papagenoplatz abbog. Ein kleines Fest war im Gange. Er sah Touristen und Einheimische bunt gemischt. Einige Kinder schwirrten vorbei in Federkostümen. Vor einem Lokal spielte eine kleine Combo. Die Sängerin trug eine große gelbe Blume im Haar und sang ein spanisches Lied, begleitet von einem Congaspieler und zwei Gitarristen. Merana umrundete einen Stehtisch, an dem vier Männer einander zuprosteten und versuchte, sich einen Weg zum Brunnen zu bahnen. Dass er dabei hin und wieder angeschubst wurde und eine Frau mit Sonnenhut ihm beinahe um den Hals fiel, empfand er als belebend. Er lehnte sich an die steinerne Einfassung, half einem Kind, auf den Brunnen zu klettern, und lauschte den Klängen des Saxofonspielers, der die Sängerin abgelöst hatte.

»Herr Kommissar, das ist aber nett, dass man Sie hier trifft!«

Er drehte sich um und blickte in das Gesicht von Alois Kendelbacher. Der Trachtenschneider war nicht alleine. »Darf ich bekannt machen. Das ist Rotgunde Stiegler.« Der Kommissar schmunzelte. »Danke, ich hatte schon einmal kurz das Vergnügen.« Sie schenkte ihm ein helles Lächeln. Die lindgrüne Leinenbluse hatte am Ausschnitt ein Muster, das an Weinblätter erinnerten. Bunte Bänder zierten das verspielte Wirrwarr ihrer roten Haare. Die beiden hielten einander fest an den Händen. Merana war erstaunt über die Vertrautheit, die zwischen ihnen herrschte. Der Ischler-Lois bemerkte den Blick des Kommissars. »Kennen Sie das Zauberflötenhäuschen im Garten hinter dem Mozarteum? Sie sollten einmal hingehen. Das ist ein magischer Platz. Man trifft dort wunderbare Menschen.« Das verschmitzte Lächeln, das er dabei aufsetzte, wirkte sympathisch. Auch in den rauchgrauen Augen der Rothaarigen schimmerte es. »Was halten Sie davon, Herr Kommissar, wenn ich euch zwei Hübschen hier kurz alleine lasse und aus der kleinen Bar da drüben eine Flasche Weißwein und drei Gläser hole?« Er ließ die Hand seiner Begleiterin los und machte sich auf den Weg durch die Menge. Die Gimpl-Gundi schaute ihm nach, dann drehte sie ihr Gesicht wieder Merana zu. »Sie wirken ein wenig überrascht, Herr Kommissar.«

»Nein, im Grunde nicht.« Er meinte das ehrlich. »Sie scheinen einander gut zu verstehen.« Sie lachte, drehte ihren Finger in eine Haarsträhne und ließ wieder los.

»Ich habe ihm gesagt, er kriegt mich nicht ins Bett, bevor er nicht seine Vogelfängerei aufgibt und den Käfig an den Nagel hängt.« Der schelmische Blick, den sie dabei aufsetzte, sprach Bände.

»Na, das nenne ich eine äußerst aktive Form des Tierschutzes.«

»Man muss schon bisweilen großen persönlichen Einsatz zeigen für die schützenswerten Geschöpfe der Natur.« Sie zupfte mit unschuldiger Miene am Ausschnitt ihrer Bluse. Der helläugige Schelm in ihr kam noch eine Spur deutlicher zum Vorschein. Merana fiel der Blick ein, mit dem sie vorhin dem Davoneilenden nachgeschaut hatte.

»Gefällt er Ihnen, der Ischler-Lois?«

Ihr Gesicht wurde ernst.

»Ja. Er hat viel von dem, was mir fehlt.« Ihre Augen huschten in die Richtung, in die Alois Kendelbacher verschwunden war.

»Und wenn er nicht auf den Deal mit dem Ins-Bett-Kriegen eingeht?«

Der Schelm kroch langsam zurück in ihr Gesicht. Sie schaute Merana von schräg unten an.

»Keine Angst, Herr Kommissar. Der wird …«

Als Merana den Blick sah, mit dem der Trachtenschneider auf die Frau schaute, die ihm entgegenstrahlte, war er felsenfest davon überzeugt, dass sie recht hatte.

»Worauf wollen wir trinken?« Der Ischler Lois reichte ihnen die Gläser.

Merana machte einen Vorschlag. »Wie wäre es, wenn wir auf das Wohl des kleinen Papageno da über uns anstoßen?«

Der Mann dreht den Kopf zur Frau. Die öffnete leicht ihren Mund und küsste ihn zärtlich auf die Wange. Dann hob sie das Glas in Richtung Brunnen.

»Auf Vogelfänger, die auf Opernbühnen sind und dort bleiben, trinke ich gerne!«

# MONTAG, 3. AUGUST, 22.00 UHR

*facebook / florababy 22:00*

*hallo carola, danke dass du mir gepostet hast, wann eminas verabschiedung ist.*

*kommst du auch hin? ich fürchte, es werden nicht viele da sein. sie hatte ja niemanden. ich mache mir immer noch vorwürfe. vielleicht hätte ich ihr helfen können. hey, wenn du kommst, dann bring doch den süßen regieassistenten aus salzburg mit. der ist echt ein hammer.*

*richte dem kommissar aus, dass ich mich sehr gefreut habe. er hat heute lange mit mir telefoniert. wir haben viel über emina gesprochen.*

*und überrede ihn bitte, endlich meine freundschaftseinladung anzunehmen!*

*hey, einen mann wie kommissar martin merana in meiner facebook-runde zu haben, das wäre echt ENDGEIL!*

*deine flora*

# DANKE

Bedanken möchte ich mich bei Conny Seiwald, die mich als kundige Apothekerin mittels Crashkurs in die Wirkungsweise der zum Morden tauglichen und weniger tauglichen Gifte eingeführt hat. Ich habe es überlebt. Edith Tutsch-Bauer, Leiterin der Gerichtsmedizin Salzburg-Linz, war so freundlich, bei einem Frühstück im Café Bazar meine fiktiven Tatorte und das beteiligte Personal zu analysieren, damit die Spezialisten in meiner Geschichte auch wirklich als solche handeln. Ein gemeinsames Mittagessen mit zwei Profis, dem Salzburger Landespolizeikommandanten Ernst Kröll und dem Leiter des Kriminalamtes Albert Struber, hat mein immer noch rudimentäres Wissen um polizeiliche Ermittlungsarbeit enorm bereichert. Und schließlich verbeuge ich mich noch vor der Geigerin Marie-Stephanie Radauer-Plank, nicht nur wegen ihres wunderbaren Spiels, sondern auch deswegen, weil sie mich in manch dubiose Machenschaft beim Handel mit alten Musikinstrumenten einweihte.

*Manfred Baumann*
*Jedermanntod*
*978-3-8392-1089-5*

»Kommissar Merana tritt ins Rampenlicht. Einer, der sich festbeißt und nicht mehr loslässt! Seine Bühne: die Festspielstadt Salzburg.«

Salzburg im Sommer, belagert von Touristenscharen und Festspielgästen. Auf der »Jedermann«-Bühne vor dem Dom liegt ein Toter. Ein prominenter Toter. Der Tod höchstpersönlich. Hans Dieter Hackner, der gefeierte Darsteller des Todes in Hofmannsthals »Jedermann«. In seiner Brust steckt die Kopie eines Renaissance-Dolches, an seinen Füßen fehlen die Schuhe. Alles viel zu theatralisch, denkt Kommissar Martin Merana, und beginnt seine Ermittlungen in einer Welt, die ihm fremd ist: die Welt der Salzburger Festspiele mit ihren extrovertierten Künstlern und fädenziehenden Managern …

GMEINER

*Wir machen's spannend*

# Unsere Lesermagazine

**2 x jährlich das Neueste aus der Gmeiner-Bibliothek**

*24 x 35 cm, 32 S., farbig; inkl. Büchermagazin »nicht nur« für Frauen*

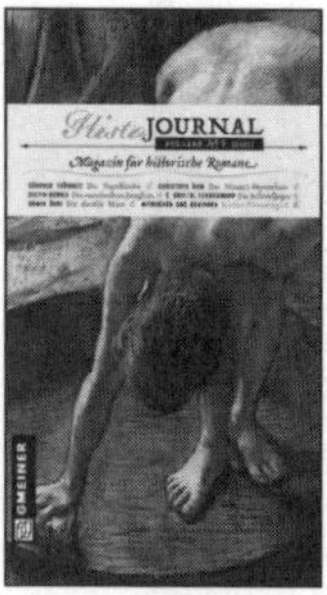


*10 x 18 cm, 16 S., farbig*

Alle Lesermagazine erhalten Sie in Ihrer Buchhandlung oder unter www.gmeiner-verlag.de.

# GmeinerNewsletter

**Neues aus der Welt der Gmeiner-Romane**

Haben Sie schon unsere GmeinerNewsletter abonniert?

Monatlich erhalten Sie per E-Mail aktuelle Informationen aus der Welt der Krimis, der historischen Romane und der Frauenromane: Buchtipps, Berichte über Autoren und ihre Arbeit, Veranstaltungshinweise, neue Literaturseiten im Internet und interessante Neuigkeiten.

Die Anmeldung zu den GmeinerNewslettern ist ganz einfach. Direkt auf der Homepage des Gmeiner-Verlags (www.gmeiner-verlag.de) finden Sie das entsprechende Anmeldeformular.

# Ihre Meinung ist gefragt!

**Mitmachen und gewinnen**

Wir möchten Ihnen mit unseren Romanen immer beste Unterhaltung bieten. Sie können uns dabei unterstützen, indem Sie uns Ihre Meinung zu den Gmeiner-Romanen sagen! Senden Sie eine E-Mail an gewinnspiel@gmeiner-verlag.de und teilen Sie uns mit, welches Buch Sie gelesen haben und wie es Ihnen gefallen hat. Alle Einsendungen nehmen automatisch am großen Jahresgewinnspiel mit attraktiven Buchpreisen teil.

GMEINER

*Wir machen's spannend*

Christel